西村好子
Nishimura Yoshiko

# 寂しい近代

## 漱石・鷗外・四迷・露伴

翰林書房

# 寂しい近代——漱石・鷗外・四迷・露伴

## 目次

## 二葉亭四迷をめぐって



## 夏目漱石をめぐって

## 幸田露伴をめぐって



## 森鷗外をめぐって

# 二葉亭四迷をめぐって

# 二葉亭四迷と俳諧——その前近代と近代——

## 1

二葉亭と俳諧とは、妙な取り合わせと思われるかもしれない。二葉亭は、近代文学理論たる「小説総論」、近代リアリズム小説たる『浮雲』をひっさげて登場した近代文学の祖というイメージが強く、一方、俳句という呼称ではなく俳諧は、いかにも近世文学の産物という感じがあるのだから、この取り合わせの奇妙さは拭い難いかもしれない。私がここで俳句ではなく俳諧と書いたのは、二葉亭の意識の中に、当時、子規が強引に「俳諧の連歌の発句」から「俳句」という十七字詩を独立させたやり方に、不満の気配がみえるからだ。二葉亭にとって、俳句ではなく、やはり俳諧なのであった。明治三十五年から四十一年まで書かれた「俳諧手録」は、俳句約三七〇句と、連句独吟と、『猿蓑』『続猿蓑』[*1]の評釈と短歌少々を収録している。死の前年まで書き続けられ、ノート三冊に散在していたという「俳諧手録」が残ったという事は、「文学嫌い」を自称する二葉亭が最終的に手放さなかった文学形式は俳諧ではなかったかと思わせるのだ。自己をひそかに表現する文学形式として、俳諧を選び連句を愛読したのである。

連句を擁護し、連句独吟を試み、注釈も残した二葉亭の意識は、前代の遺物として連句を切り捨て、俳句革新によって俳句における近代を成立させた子規とは背反する。それは、短絡させれば、二葉亭の暗部に蹲居する前近代を示唆しているだろうが、前近代的と否定せず、そこに二葉亭における前近代と近代との重い行き交いを見るべきだと思うのだ。

二葉亭は「文談五則」（明40・10）で以下のように言っている。

俳句ほど究屈《ママ》でもなく、国文や和歌のやうに、雅醇ではあるが耳遠いといふのでもなく、俗語と調和さるゝやうに砕けてゐて、それで彫琢が懸つてゐる。語《ことば》に光があり澤《つや》がある。恰《ちょう》ど言文一致の参考――殊に私の参考には極く佳いと思つたので、好んで連句を見た。

二葉亭は、言文一致体の文章と、その用語の選択に必要なので、連句を見ると言っているわけで、当時の書き言葉がいかに口語とかけ離れていたかが知れる。それは、森田思軒が「新著月刊」（明21）で翻訳の苦労を尋ねられて、「第一の困難は言葉の不足」と答えていることからも推察される。言葉が不足しているのだから、文体創出の困難さは言うまでもない。二葉亭は、『浮雲』第二篇をまずロシア語で書き、口語に翻訳したというが、川上眉山も同類であった。

私は何だつたか嘗て、綿密に、分解的に描き度いと思つたことが有つたが、何うしてもそれが日本文で書き顕はせなかつたので、一旦それを外国文で書いて見て、後で日本文に翻訳したことがあります。

（「創作苦心談」明34・3）

それまでの第一外国語であった漢文が、ロシア語や英語に代わったのだから、二葉亭や眉山のやり方は、特別なことではなく、彼らにとって日本文よりもロシア語や英語の方が書き易かったという事情を明らかにしている。

二葉亭は、「漢文をやつた方がいい位で」（「文談五則」）という程の漢文育ちなのだから、漢文訓読体が書き易かったらしく、死の一カ月前まで書き続けられた手帳は、ロシア語と漢文訓読体である。それは、彼の内面に牢固として漢文が根を張っていたことと、骨身に徹するロシア語の習得を物語っている。

逆に言えば、言文一致体の創出の困難さが推し量られる。創出した本人に定着しなかったということは、言文一致体にその習得をはばむ何かがあったという推測もできる。状況としては、急進的欧化主義の反動として起った国粋保存の保守的風潮と文章彫琢の世論の影響として言文一致体は後退し、紅葉・露伴の西鶴文体や鷗外の雅文体や落合直文の新国文等が現れたとされるが、言文一致体の内側から考える為に、蒲原有明の『あひびき』（明21）を読んだ感想を手がかりにしたい。

巧に俗語を使つた言文一致體――その珍らしい文章が、これがまたどうであらう、読みゆくまゝに、わたくしの耳のそばで親しく絶間なく、綿々として、さゝやいてゐるやうに感じられたが、それは一種名状し難い快感と、そして何處かでそれを反撥しようとする情念とが、同時に雜りあつた心的状態であつた。（略）それでゐてわたくしはこの拂拭し難き印象を、内心氣味わるく思つてゐた。（「『あひびき』に就て」『飛雲抄』『明治文学回顧録集(二)』明治文学全集99　筑摩書房、昭55・8）

有明の感じた「快感」と「気味悪さ」は、言文一致体が人間の生理に直接働きかける文体である事を語っている。「弩破崙ガ輿中ノ書」[*2]（『国民之友』明22・10）を、言文一致体で翻訳した鷗外は、後書で、「コノ文ヤ実ニ卑俚ナリ」と記し、翌年、雅文体で『舞姫』を書く。江戸時代から連綿と続いて来た前近代的書き言葉たる文語体を口語体に転換し、戯作と蔑まれてきた小説を、戯作者ではない士大夫的意識を持った、維新に遅れて来た青年達が執筆する際には、「卑俚」という感覚がまといつかざるを得なかったのではないか。

言文一致体の定着を阻むものは、「快感」「気味悪さ」「卑俚」という感覚であり、二葉亭一人がその感覚から自由であったとは考えられない。「連句は予の持薬」（「文談五則」）という彼の言葉は、言文一致体のための持薬と一般化できる。すなわち、連句の「語《ことば》」は、「雅醇」で「彫琢」「光」「澤《つや》」があって、「快感」「気味悪さ」「卑俚」の感覚を和らげるのである。連句の「語《ことば》」は日本の伝統的な言葉であり、言文一致体の「語《ことば》」は生々しく近代の味がした。この生々しさを緩和するために連句の「語《ことば》」が必要であったのだ。二葉亭は言文一致体創出のために伝統的なものを媒介としたのである。

ところで、「語《ことば》」ばかりでなく精神も必要としたことを以下の文に述べている。

また、書き出す前に、心持を整へるため讀む本がある。いつてみれば、三味線の二を上げたり三を下げたりして調子を揃へる格で豫め讀むので……それは俳諧の連句だ。

（「法帖を習ひ連句を読む」明40・8）

二葉亭にとって俳諧の精神とは、「俳諧が持つ不即不離の境地」（十川信介『いやといふ声』―『平凡』についてー」『文学』昭43・11）であるが、それは、本来なら小説を書く精神と連続せず、逆に、否定的につながっている。しかし、この俳諧の精神を、求心的な劇的構造を持つ『浮雲』を書こうとして破れてしまった二十年後に、『平凡』において生かそうとした。十川信介は、『平凡』の各部の構成を分析した後、「このようなつかずはなれずの構成を、彼はおそらく連句の作法から学び、『理窟』の形でその各部に自注をほどこそうとした。」（同前）と述べている。連句の方法を小説に生かそうとする試みは、露伴の『連環記』にも見られるのであって、生かし方の違いはあるけれども、二葉亭と露伴の意外な近さを示唆している。

『連環記』の全体は、肖像画の画廊のように、それぞれの肖像の躍如たる個性によって訴え、求心的な劇的構造によって読者を捉えるのではない。（略）まさにその表題の示すように画面に画面をつないで絵巻物の如く、句に句をつないで連歌の如くである。全体から独立した部分それ自身への強い関心―日本の文学史を一貫するこの著しい特徴は、ここでは積極的に生かされている。

（加藤周一『日本文学史序説下』昭55・4、筑摩書房）

「有の侭に、だらくと、牛の涎のやうに書」（『平凡』二）かれた『平凡』は、求心的な劇的構造を持たず、祖母の死・ポチの死・父の死という三つの死をつないで、「玩具《おもちゃ》のカレードスコープを見るやうに」（『平凡』二）展開する。「新聞小説は又俳諧の連句に似てゐる」（「新聞紙の懸賞小説の鑑査に就て」明40・4）と、二葉亭自身が『平凡』を「東京朝日新聞」に連載する六カ月前に記している通りである。

露伴が、晩年『芭蕉七部集評釈』に行きつくように、二葉亭も「俳諧手録」にわずかであるが同じ評釈を残している。この点において、露伴の意識構造に深く入り込んでいた日本の伝統主義と同じものを、二葉亭の内部に見ないわけにはいかないだろう。

連句を切り捨て、俳句における近代を成立させ、写生の方法を取り入れ、写生文への道を開いた子規よりも、露伴に近い位置を占める二葉亭が、俳論や句作や芭蕉評価や写生文[*3]についてことごとく子規と相違し、果ては、中村不折[*4]の絵についてまで食い違うのは理の当然であった。しかし、それが二葉亭における前近代の指標とは言えない。

何時會つても君の頭の中には、常に或る者が戰ひつゝあつて絶えず混亂し、絶えず紛糾してゐるやうである。（略）傍から見ると、どうしても君の頭の中には常に千軍萬馬入亂れ矢叫びの聲、鬨の聲、敵と味方が重り合ふて大戰爭をしてゐるかのやうである。

（松原岩五郎「二葉亭先生追想録」坪内逍遙・内田魯庵編『近代文学研究資料叢書5　二葉亭四迷』日本近代文学館、昭50・3）

後に『最暗黒之東京』の作者となる松原岩五郎が、二葉亭の頭蓋の中に聞いた大戦争の音は、真理とは何か、人生の目的とは何か、人間とは何か等の様々な問題を、存在をかけて解決しようと、限界までつきつめて思考する音であり、その背後に前近代との凄絶な戦いが横たわっていたと言えるだろう。この凄絶な戦いの内実について明治二十五年の爆発的な俳句制作を手がかりにして考えてみたい。

2

明治二十六年二月、二葉亭は自らの文学活動を概括した以下の書簡（40）を出している。

また先頃は拙著浮雲御高覧に相成候由汗顔の至り［に］たへす候　そのころ少年の客気に任せみづから才の拙きを揣らずしてかゝる愚にもつかぬものを書散らし候ことおもへはうらはづかしくも被存候也
かゝる始末ゆゑ小説は筆を浮雲に絶ち、たゞ今はひたすら学事にのミ心を傾けをり申候　尤も文学もすきの道に候へはをり〳〵ハ発句など口ずさみたのしみ候事に御座候

『浮雲』を否定し、句作の楽しみを控え目に報告しているが、実際は「日夜吟誦致候」（書簡31・明25・9・15）という程俳句に熱中している。「落葉のはきよせ　三籠め」は、「おそらく二十三年から二十七年二月頃にかけての執筆」（十川信介解題『二葉亭四迷全集　第五巻』筑摩書房、昭61・4）とされ、その後半は俳句の習作で埋められている。二十五年の書簡は同好の病友で外語同窓生奥野広記との句作の応酬で占められる。

この時期は官報局時代にあたっており、「衣食の安定を得たので、思想を追求する恰も餓ゆるが如き二葉亭は安心して盛んに読書に没頭した。」（内田魯庵『おもひ出す人々』）のであり、「学事」とは人生の立脚地を捜す為の思想の遍歴を指すだろう。この時期の愛読書として、ダーウィン、スペンサー、コント、モーヅレー“Pathology of Mind”、呉秀三『精神啓微』や『精神病者の書態』、果ては、『禅門法語集』『白隠全集』を精読したと言う。こんな書物を通じての人生問題研究はあきたらないと、「実際に人事の紛糾に触れて人生を味はうとし、此好奇心に煽られて屢々社会の暗黒面に出入した。役所に遠いのを仮托《かこつけ》に、猿楽町の親の家を離れて四谷の津《つ》の守《かみ》の女の写真屋の二階に下宿した事もあつた。神田の皆川町の桶屋の二階に同居した事もあつた。」（内田魯庵『おもひ出す人々』）のである。

四谷の津の守は東京の三大貧民窟の一つとして有名であった四谷鮫ケ橋の隣り町の四谷荒木町で、二十三年九月に下宿し、ここで松原岩五郎と知り合う。二十四年初夏に、神田錦町今井館に移り、ここで、横山源之助と知り合い、最初の妻福井つねと会い、俳句に関心を示す。[*5]「落葉のはきよせ　三籠め」に初出する俳句は、今井館の前に植えてあった柳を詠んだものである。二十四年十二月三十一日、「財嚢之都合にてお常之宅に杉野と共に同居致候にて有之候」（書簡19）と、神田東紺屋町の桶屋であった福井つね宅に移り、奇妙な同棲生活を始める。魯庵のいう神田皆川町は、二十七年十一月から翌年三月まで住んだ所で第二子の長女の出生地で、ここを含めて考えると、二葉亭の下層社会探究[*6]は正式の結婚後も続いた事となり、二十八年までの五年間となる。「桶屋の二階に同居した」（内田魯庵・同前）を重視するなら、当然桶屋でありかつ同居という言葉にふさわしいのは、つね夫人宅の神田東紺屋町となり、二十五年六月までの一年六カ月となる。皆川町は東紺屋町と錦町の中間にあってどちらにも直線距離で五丁（約五百メートル）程の近さである。

故高橋健三の下に官報局の役人をしてゐた時分、わざ〳〵裏長屋の汚ない家に下宿してゐて、役所から帰ると盲縞の絆纏に着更へて下等な職人と交際したり、ヤゾウをきめ込んで裏店連と一緒に遊んだりして、裏長屋の二階から洋服姿で官報局に出勤してゐた事がある。

（大田黒重五郎「三十年来の交友」『二葉亭四迷』・前出）

右の文を引用し、中村光夫は「裏長屋の汚ない家」を、つね夫人宅ではあるまいかという推定をしている（『二葉亭四迷傳』講談社、昭33・12）。この大田黒と魯庵の回想から考えて、東紺屋町のつね夫人宅同居中も下層社会探究は継続されたと結論できる。俳句「風あれば淋しくもなし秋の夕」を奥野広記に示す書簡（16）の差出人住所は神田錦町今井館で、二十四年十一月であり、二十句程を示し本格的に俳句の応酬が始まる書簡（23）は、二十五年三月[*7]（推定）で神田東紺屋町のつね夫人宅を差出人住所としたと考えられる。以上から、下層社会探究時期と俳句制作の時期は後者がずれる形で重なると思われる。

『日本の下層社会は根本から駄目だ。精神の欠乏が物質の不足以上だから、何を説いても空々寂々で少しも理解しない。倫理も哲学もあつたもんじや無い。根柢からして腐敗し切つてゐて到底救ふべからずだ』

（内田魯庵『おもひ出す人々』）

と、晩年二葉亭は愛想をつかしていたという。右の言葉は、つね夫人に対してそのままあてはまるのであって、結局、彼の下層社会探究は失敗に帰し、下層社会探究の結果得た一人の女との結婚も破綻した。

しかし、『浮雲』が彼の側から失敗と決めつけられたにもかかわらず、初めて個人の内面を描き出し日本近代文学に大きく貢献したように、彼の下層社会探究も、彼と行動を共にした松原岩五郎と横山源之助が、『最暗黒之東京』『日本之下層社会』を書き、近代日本社会の暗黒面をえぐり出した。

ところで、俳句が下層社会探究の過程で発見され、ほぼ結婚生活の前半に重なる時、私は、『明暗』執筆中の漱石を想起させざるを得ない。漱石は、午前中『明暗』の一回分を書き午後は必ず漢詩を作り、もしくは書を書き南画を描き、人間のエゴイズム追究に耐えられなくなった頭を浄化したという。二葉亭における『明暗』とは下層社会探究であり、後にロシア語で「嫉妬せる夫の手記」を書かせるに至った結婚生活ではなかったか。晩年、魯庵に、「『あの時代、無暗と下層社会が恋しかつたのは、矢張露国の小説に誤まられたのだ。』」（内田魯庵『おもひ出す人々』）と語ったように、一種の生活のロシア文学化と言えないことはあるまい。

漱石における漢詩や書や南画が、大きく西洋的なものに振れた精神の動きを振り戻し、精神の均衡を保つために必要とされたように、二葉亭は、ロシア文学化された生活の中で俳句を必要とした。ゆえに、彼の俳句の世界は現実を遮断し、写実から遠ざかる。漱石の漢詩や書や南画が、伝統的、東洋的で、強いて言えば前近代的なるものに繋がっていたように、二葉亭の俳句も前近代的なものに繋がり、子規の写生的俳句と相違せざるをえない。

しかし、子規が運座の方法を取り入れ、「競吟」や「一題百句」のきわめて前近代的、座興的、遊戯的な側面を継承していたのにひきかえ、二葉亭は、奥野広記と俳句の応酬を盛んにし投吟もしたが、[*8]真率な文学表現として俳句を選び、たった一人で句作りに呻吟したという点においては近代的であった。俳句の方法と内容をめぐって、子規と二葉亭は、交叉した前近代と近代をかかえていたと言えよう。どちらが実りが多かったかというと、子規の方であったけれども。

3

二葉亭の俳句を具体的に見ていくことによって、彼の俳句世界が何を作り上げ、彼の内部の何に対応するのかを明らかにしたい。それは、彼の俳句が制作の時期から、晩年の漱石の漢詩や書や南画という伝統的なものに対応し、西洋的近代のイメージから乖離しようとする現れではないかという推定を検証することにもなる。逍遙や蘇峰訪問に較べて閉却視されてきた明治二十二年の依田学海訪問もこの現れにつながるものだし、フェノロサ「浮世絵史考」の訳出に二十三年まで携わったという桑原謙蔵の回想に従えば、乖離の理論的根拠は形成されつつあったと考えられる。

二葉亭の俳句は、「くち葉集　ひとかごめ」（明21）に約一八句、「落葉のはきよせ　二籠め」（明22）にはなく、「落葉のはきよせ　三籠め」（明23〜27）には、約四三十句程残っている。書簡では、明治二十四年に七句程、二十五年に八十六句程、二十六年には四十三句程残っている。「俳諧手録」（明35〜39）には約二三十句程ある。手帳一九（明39、40）には七十句程、手帳二十三（明39、41）には三十句程ある。三十六歳で生涯を終えた子規の遺した俳句数約一万八千句には及びようもないが、重複を除いて約九百句程にはなり、中断の時期もあるもののほぼ生涯にわたって俳句に親しんだと言っていい。

夕かほの花にかくるゝ垣根かな
稲妻や行手に急ぐ人ひとり
袖の香のするかあらぬか雪の梅
ほろ〳〵と散り際もろき椿かな

（「ひとかごめ」）

右の「くち葉集　ひとかごめ」（ひとかごめと略称する。「落葉のはきよせ　二籠め」は「二籠め」、「落葉のはきよせ　三籠め」は「三籠め」とする）から引用した句の題材・基調は、約四年後の「三籠め」でも、約十年後の「俳諧手録」でも変わらない。ということは、『浮雲』の執筆や子規の俳句革新が何の影響も与えなかったのである。子規の「獺祭書屋俳話」を読んだ事は、書簡からも「三籠め」からも跡づけられるのだが、題材としては、夕顔・梅・椿と花題が多く、風流めいた基調で、夕顔と垣根・袖の香と梅という取り合わせの陳腐さが目立つ。「三籠め」の四三十句程の内、愛犬マル失踪の哀傷句五十句を除く三八十句を題材別に分類してみると次の表のようになる。

| 題材 | 句数 |
|---|---|
| 梅 | 77 |
| 花（桜） | 46 |
| 卯の花 | 18 |
| 柚の花 | 12 |
| 芥子の花 | 6 |
| 山吹 | 4 |
| 夏草 | 5 |
| 柳 | 12 |
| 小計 | 180 |
| 月 | 19 |
| 風 | 39 |
| 嵐 | 10 |
| 雲 | 10 |
| 春雨 | 7 |
| こがらし | 10 |
| 秋の暮 | 11 |
| ほととぎす | 11 |
| 蛙 | 11 |
| その他 | 72 |
| 合計 | 380 |

＊柳と風というように題材の重なっている場合どちらかに入れた。その他には行年（八句）歌念仏（六句）等がある。

梅の句が群を抜いて多く、卯の花等の花題は全体の約半分を占める。趣向の陳腐な例として正岡子規は以下を挙げている。

梅に鶯、柳に風、時鳥に月、名月に雲、（略）春雨に傘、暮春に女、卯の花に尼、五月雨に馬、紅葉に滝、（以下略）

（『俳諧大要』明28）

子規は、右のような題材にしばりつけられた伝統的風流を否定し、芭蕉を正風とあがめる月並俳諧を破壊し、方法としての写生を発見し俳句革新を成し遂げるが、二葉亭は、逆に、自分の開いた『浮雲』的世界を捨て、ひたすら伝統的風流の世界に入ろうとしているかの如くである。確かに例程の型通りの趣向はないが、題材はそのままで、愛犬マルの哀傷句以外の自己表現を盛った句は極めて少ない。

そのわずかな例のうち二句は、「どこへなと我を吹き行け春風」（「三籠め」）「風あれば淋しくもなし秋の夕」（書簡16）という作句初期の句で、十川信介は後者の句意を「風を友として、『物』とともに変化しようとする二葉亭の気持をあらわす」（「二葉亭の沈黙」『文学』昭43・6）とまとめ「三籠め」の思想的変遷を踏まえ、「かねがね疑問とされて来た彼のひたすらな俳諧修業の意味は、その『達人』修業と重ならざるを得ない」と結論する。確かに、二葉亭は俳句と出会った二十四年の夏、十川信介の推定する通り以下のような境地に立ったであろう。

信想を生じ想疑を生じ疑遂に想を絶す　人は信ぜざる能はず　又其信ずる所を疑はざる能はず
これ人の性也　達人ハ性に逆らはず　故に信じて疑ふ　信じて疑ふ故に著せず　著せざる故に
悠々として自適す　（「三籠め」）

右のような境地が開けたからこそ、下層社会探究の根拠地として下宿した神田錦町今井館の往来を隔てて植えられた柳を句に詠むことができたのだろう。

永々と緑を垂れて枝の長さ丈餘に及ぶ　風吹き至るごとに上枝下枝摎りもまれてさら〳〵として驟雨の降来りたるが如き音す　われ頗る之を愛し會て一句を與ふ

柳言へ縁あれハこそ日にさしむかへ

「三籠め」に初めて現れる俳句が柳の句であった背後には、「むつとして帰れば門に青柳の」[*9]と端唄に謡われ、人口に膾炙していたという「むつとして戻れば庭に柳かな」(蓼太)があったと考えられる。また、「庭前に白く咲たる椿かな」(鬼貫)の句の以下の注も参考となる。

この問答は既に禅の様式によっている。／趙州因僧問　如何是祖師西来意　州日庭前柏樹子／という公案で、抽象的な理解を否定し、具体的感性的な直観に訴えようとしてゐる所に、この公案の強みがある。庭前の亭々と聳える柏樹こそ、何の粉飾もない偽らざる自然の姿である。意識情量を離れた素朴な姿であり、自然が真に自然に到達した姿である。その姿を直観する所に禅機が開かれるといふのである。

(麻生磯次『俳趣味の発達』東京堂、昭21)

実際に二葉亭は禅に親しんでいたのであるから、柳の句の背景に禅機を開こうという姿勢があったとしても不思議ではない。

芭蕉之俳諧ハ禅より出でたるものゝ如くに候

(書簡24、明25・4推定)

芭蕉のたどりたる道ばかりが俳諧ならぬハ小生もよく心得居申候　しかし自然に契はざる句ハ発句とは申され間敷候　（書簡38、明25・12・30）

彼の芭蕉評価の背後に禅があり、彼の求める俳句が、作り発句ではなく「自然に契」う句であったことは自明である。

確かに、二葉亭の俳句は禅的なものを下敷きにし、「『達人』修業」として出発した。しかし、彼の俳句世界が、梅・桜・卯の花・柚の花・月・ほととぎすで埋められている時、「『達人』修業」とぴったり重なるとは思えない。

「バラ深くぴあの聞ゆる薄月夜」と子規は詠み、二葉亭は「薄月夜梅ちらくとこぼれけり」「薄月夜をりから聞けばほととぎす」（「三籠め」）と詠む。子規の俳句と比較すると、月に梅やほととぎすを配する感覚に、近世的なるものの残存の深さを見ないわけにはいかない。二葉亭の「自然」は、近世的観念的自然であって趣向という言葉に置きかえてもよく、彼は趣向にしがみ付き、聴覚的なものと苦闘している気配がある。「趣向ありて姿具らざる句ども」（「三籠め」）という前書の後に、次のような趣向が考えられている。

柚の花に星影はらくとこぼれかゝりたる風情（略）空もめて雲の雲をおひまはしたる風情　月などあしらはゝよからん

前者の趣向は以下のように展開されている。

柚の花に星影こほれかゝりけり
柚の花やこほれかゝりし星の影〈一ッ星〉
柚の花にちり込む影や流れ星
柚の花にちり込む星の白さかな
柚の花に星のちり込む白さかな
柚の花にちら〳〵ちるや星の影
柚の花や散りかゝりたる星の影
柚の花やちりこほれたる星の影
柚の花にちり込む星の匂かな
柚の花や星はちら〳〵こほれけり
柚の花にちり込む星の光〈夜明〉かな
柚の花に星はら〳〵とこほれけり

最後の句を、書簡43（明26・7・5）で奥野広記に送っている。柚の花と星影をめぐって十句程も試行錯誤をさせたのは、二葉亭が「気韻」（「予の愛読書」）「神韻」（書簡23）を求めた為であると考えられる。それは聴覚的な余韻につながるものであって、子規は以下のように説明している。

余韻は俳諧に所謂余情と略同じ意にして一句の表面に現れたる意味の外に猶幾多の連想を生ぜしむるをいふ、即ち一句を誦し畢《をは》りて言外に髣髴たる者を感ずるをいふ。

（「明治二十九年の俳句界」（七）明30・1）

さらに、「余韻と印象明瞭とは両立せず」と言い、以下のような公式を作っている。

| | | | | | | | | | | | |
|---|---|---|---|---|---|---|---|---|---|---|---|
| 餘韻 | 十 | 九 | 八 | 七 | 六 | 五 | 四 | 三 | 二 | 一 | 〇 |
| | ＋ | ＋ | ＋ | ＋ | ＋ | ＋ | ＋ | ＋ | ＋ | ＋ | ＋ |
| 印象 | 〇 | 一 | 二 | 三 | 四 | 五 | 六 | 七 | 八 | 九 | 十 |
| | ＝ | ＝ | ＝ | ＝ | ＝ | ＝ | ＝ | ＝ | ＝ | ＝ | ＝ |
| | 十 | 十 | 十 | 十 | 十 | 十 | 十 | 十 | 十 | 十 | 十 |

（「明治二十九年の俳句界」（八）明30・1）

さしずめ、二葉亭は「十＝五＋五」より以上をめざしたのであって彼の理想とする句は最上位の「十＝〇＋十」であり、子規はこの公式を発表した時点では余韻ある句も印象明瞭な句も両方認めているが、結局は最下位「十＝十＋〇」を達成しようとした。二葉亭が「三籠め」[*10]にも書簡にも書いている自慢の句は、「梅が香や根岸の里は昼時分」「月入るや卯の花しろき門の前」で公式の最上位と考えていい。子規が、印象明瞭な句を尊重し写生句の提唱に至るのにひきかえ、二葉亭はひたすら余韻ある句をめざしたことになる。

故に、芭蕉評価も正反対となり、子規は「芭蕉の俳句は過半悪句駄句を以て埋められ、上乗と称すべき者は其何十分の一たる少数に過ぎず」（「芭蕉雑談」）と否定し、二葉亭は「まことの俳諧をたのしみたるもの芭蕉の外ハ古今に少く」（書簡36）と全面的に肯定する。二葉亭が芭蕉を評価するのは、「芭蕉が『達人』の具体例と見えたに違いない」（十川信介「二葉亭の沈黙」『文学』昭43・6）ばかりではなく、芭蕉の「気韻が好きだ」（「予の愛読書」）からなのだ。気韻[*11]という前近代的なものと印象という近代的なものへの評価の相違が、芭蕉評価の相違につながっている。子規の俳句革新に背を向け、ひたすら梅・桜・卯の花・柚の花・月・ほととぎす等の前近代的な句材を採り、「日夜吟誦致候」（書簡31）という程熱中する背後に、『浮雲』を執筆し、「人生の目的は何だらう」（「予が半生の懺悔」）という苦悶をかかえ、哲学・キリスト教・仏典・神学・心理学・禅と「実に苦しい」（「予が半生の懺悔」）思想的遍歴を続け、下層社会探究に赴き、圧倒的な力で押し寄せた西洋近代と生存をかけて格闘して病んだ心が透けて見える。「『達人』修業」のための俳句は、病んだ心を癒すための持薬でもあったのだ。

　漱石は、『明暗』執筆中、分裂した自己を午前と午後とに使い分けることによって、作家としての活動を維持したのであろうが、全身をかけて肯定するか否定するかしかできなかった不器用な明治の第一代目知識人たる二葉亭は、『浮雲』において性急に成立させてしまった内面的視点を反転させて彼の開け始めた近代的表現の世界から踵を返し、自己の内面の目を閉じ、ひたすら、花鳥風月の世界に言葉を捜し、芭蕉の「気韻」を求めた。その中に、二葉亭が幼児期から親しんだであろう[*12]三味線の音や、俗曲が好きで「気に入つた曲を聴いてゐる瞬間には全く酔つたやうに」（坪内逍遙「長谷川君の性格」）なったというその曲を聴こうとしたのかもしれない。

「酒余茶間」の二葉亭の回想について柳田泉は以下のように述べている。

「酒余茶間」の中に見えることで面白いのは、少時の二葉亭が散散撃剣をやつたあとでいきなり浄瑠璃や小唄をうなるのが大の楽みだつたといふあの話でわたしはこれが或る意味で彼の生涯のシンボルだといふ気さへする。この浄瑠璃や小唄はあとでいろいろに変つて彼の文学になつていくのだが

（「二葉亭とその周囲」『文学』昭29・10）

二葉亭の俳句は、結局この浄瑠璃や小唄の変化したものであって、江戸文化を色濃く継承している。俳句ばかりではなく他の面でもそうであったことは以下によっても知れる。

大体に於て江戸式教養を受けたので、最も進んだ西洋文学思想を取入れた人たるに係らず、其良心作用には武士道風の感化が纏綿し、趣味、嗜好、口吻、交際の態度等は大体に於て江戸式であつたと言つてよい。

（坪内逍遙「長谷川君の性格」）

このような人間にとって、俳句における前近代的世界の構築は当然のことであったに違いない。孤立無援で暗い土蔵の中で『浮雲』を書き、幻想のごとき近代を成立させ、近代の懐疑の毒に苦しんでいた二葉亭は、俳句の前近代的要素に魅きつけられたのだ。

君の文章上の苦心は大したものであつた。経営惨憺だの、推敲鍛錬だのは、普通の形容になつてゐるから斯る文辞で形容する事は君のそれに対して甚だ失礼である。君の文は骨を削り、髄を扶《え》ぐるものである。一文成つた時は正に一斗の血を枯らしたものである。

（松原岩五郎「二葉亭先生追想録」）

という程、苦心をしいられた言文一致体を捨て、小説の筆を折り、官報局に勤務し下層社会を探究し、苦しい思想遍歴を終えて、俳句の世界に耽溺することは、二葉亭にとって書簡（36）にもあるように楽しいことであったに違いない。言文一致体で小説を書くことによって圧殺された浄瑠璃や小唄や俗曲につながる聴覚的な言葉の世界を復活させたのである。二葉亭の俳句は、周りの風景や自己の内面を見ることのできる近代の眼を閉じるという役割を担ったのであろう。

では、愛犬マル失踪の哀傷句の一群はどうなるかということになる。「三十歳の鬚面を抱へた男が、ぼろ〳〵涙を墜《おと》して探して歩」（「『平凡』物語」明41・2）いた心象が実に生き生きと表現されているではないか。『平凡』では、ポチになり子供の時の事になっていて、二葉亭は以下のように回想している。

唯この天地を挙げて愛する一個物の為に、心の底の底から隈々《くまぐ》までも、全分《すつかり》温められ酔はされる如な心持になつて、何とも知らず自分には一種の安住の地がある様な心地がしてゐた。で、狗兒《くじ》的哲学観とか狗兒的宗教観とか言つたやうなものを微茫《ぼんやり》と抱いて来る様になつてゐた。

（『平凡』物語）

愛犬マル失踪（明26・1・17）の一カ月後の長男出産（明26・2・28）に対しては「ならはしやこゝにこそばゆき物一ツ」（書簡41）他二句程であるが、マル哀傷句は約五〇句程あり、「『平凡』に書いたよりも最つと〳〵深いものがあつた」（『平凡』物語）という二葉亭について中村光夫は以下のように言っている。

これはもはやたんなる犬好きの心理でなく、もはや人間同志の交渉では満たされない貪婪な無垢と、疑ひ深い孤独な性格の重なりあひを見るべきでせう。

（『二葉亭四迷傳』・前出）

マル失踪の哀傷句と花鳥風月の句の間に、右の文章を置いて考えると共通の部分が浮かびあがってくる。右文中の「人間同志の交渉」を現実世界と言い替えたなら、異質な二つの俳句世界は、現実から背を向けた点において共通する。自分を取り巻く人間に、まわりの風景に絶望し、その息苦しさを忘れるために俳句は二葉亭にとって必要であった。ここに、彼の俳句が、現実から離れた花鳥風月を句材とし、月並にならざるを得ない理由がある。「月並くさいところもあるが、わるくない俳句である。」（小田切秀雄『二葉亭四迷—日本近代文学の成立』岩波新書、昭45・7）ということになる。しかし、「月並くさい」背後に、屈折した二葉亭の詩心を読み取るべきであろう。二葉亭は、趣味として句作したのではなく、あふれ出し自己の存在を押し流していくかのような現実を封じ込めるために生存をかけ、一つの文学表現として俳句を選び取ったのである。マルを愛したように、幻想の花鳥風月を愛し、五七五の小天地の中に「安住の地」を見つけ出そうとしたのだ。

しかし、所詮あふれ出す現実を詩心で防ぎ切れるものではなく、二十六年一月マル行方不明、二月祖母死去、同月長男出生、二十七年日清戦争開始という時代の動きに揺さぶられ、「安住の地」は崩壊した。さりながら、句作は三吟という形式もとり連句めきながら継続される。

## おわりに

現在、連句が見直され、子規の写生句を極限まで追い詰めた季題なしの碧梧桐の新傾向俳句が行き詰まったことなどを考慮すると、二葉亭の埋れてしまった俳句の世界は、子規とは違って前近代とは切れない日本的な近代の一つのあり方を示したのではなかったかと思える。ということは、日本において、西洋的近代は成立せず、一人の偉丈夫二葉亭の全肉体全精神をかけても成立しなかったのだ。ただ、私達は、近代に衝迫された一人の青年の夢の残骸に性急に近代を見ようとしすぎたのかもしれない。


『浮雲』のやうな作品が、明治文壇の初期に顕はれたといふことは、奇蹟以上の奇蹟である。また二葉亭氏が其の最初開けかけた道を開拓せずに、或時は却つて紅葉露伴の文芸に従がつて行くやうな態度を見せたのは不思議な現象である。

（田山花袋「二葉亭四迷君」）

この「不思議な現象」の背後に前近代と近代が重く深く行き交っていたと言うべきだろう。

注

＊1　『猿蓑』は「はつしぐれの巻」、『続猿蓑』は「八九間雨柳の巻」のそれぞれ一巻のみ。

＊2　のちに「少年ヱルテルの憂」と改題され「観潮楼偶記」の表記の下に纏められ、『かげ草』（春陽堂、明30・5・28）に収録される。

＊3　「写生文に就いての工夫」（明40・3）がある。

＊4　中村不折君の画よりも書が面白いのは私で、甞て画は解らぬから字を書いて下さいと言つて書いて貰つた事がある。」（「法帖を習ひ連句を読む」）一方、子規は、明治二十七年「中村不折に出会い、絵画の方法としての『スケッチ』を教えられた」（松井利彦『正岡子規の研究』上　明治書院、昭51〈一九七六〉・5）。

＊5　十川信介「彼が俳諧に親しみはじめたのは、二十四年夏、神田錦町三丁目の今井館に、桑原謙蔵と同宿してからのようである（「二葉亭の沈黙」『文学』昭43〈一九六八〉・6）。

＊6　山田博光「二葉亭の下層社会の研究を二十四年末ごろまでと限った推定の根拠は、二十四年十二月三十一日に最初の夫人つねの宅に転居し、間もなく実質上の夫婦生活に入っていること、俳句への熱中との二つである。（略）俳句の内容から見て、下層社会探訪と俳句の創作とが同時におこなわれたとは信じがたい」（「二葉亭と松原岩五郎・横山源之助」『解釈と鑑賞』昭38〈一九六三〉・5）という説もある。

＊7　書簡23は、（三月?）で差出人住所は不明であるが、神田東紺屋町のつね夫人宅と推定できるだろう。

＊8　投吟したという記事が、「三籠め」には二カ所ある。「三籠め」成立に関してはすべて割愛した。

＊9　「むつとして戻れば庭に柳かな　蓼太／『むつとして帰れば門に青柳の』と端唄にも謡はれたれば世の人は善く知りたらん。（略）此柳の如く風にもさからはず、ただ柔和にしてこそ世の中も渡るべけれと悟りた

るなり。箇様な理想を含む故に端唄にもはいりたれど、俗気十分にして月並調の本色を現はせり。」（子規『俳諧大要』）

＊10 「卯の花の絶間敲かん闇の門　去来」の句からの連想ではないか。

＊11 気韻は聴覚的で印象は視覚的で、二葉亭は聴覚型であった。前田愛は「『浮雲』における擬声語・擬態語の多用」を証するために以下の表を掲げている。それにならって『平凡』を調べてみると『浮雲』第一編に近い。生涯にわたって聴覚型ではなかったかと思われる。
『浮雲』は42字詰（昭47〈一九七二〉・3改版）、『平凡』は43字詰（昭46〈一九七一〉・10改版）いずれも岩波文庫版による。表の『浮雲』部分は前田愛『近代読者の成立』（有精堂、昭48・11）157頁。『平凡』は筆者作成。

| | 地の文の行数 | 擬声語・擬態語の数 | 十行につき擬声語・擬態語の数 |
|---|---|---|---|
| 浮雲第一篇 | 587 | 140 | 2.4 |
| 〃第二篇 | 754 | 144 | 1.9 |
| 〃第三篇 | 634 | 65 | 1.0 |
| 平凡 | 1926 | 437 | 2.2 |

＊12 「二葉亭のお父さんは尾州藩だつたが、長い間の江戸詰で、江戸の御家人化してゐた。お母さんも同じ藩の武家生れだつたが矢張江戸で育つて江戸風に仕込まれた。両親共に三味線が好きで、殊にお母さんは常磐津が上手で、若い時には晩酌の微酔《ほろゑい》にお母さんの絃でお父さんが一くさり語るといふやうな家庭だつたさうだ」（内田魯庵『おもひ出す人々』）

# 『浮雲』における青年の意識の成立

1

本邦初ともいうべき言文一致体小説『浮雲』の洗礼を、後続の文学者がいかに受け止めたかは興味のあることだ。その一人蒲原有明は次のように述べている。

二葉亭氏は実際謎の人と云つてよいであらう。今から二昔も前にあの名高い「浮雲」を書いた。明治文学史上の謎がこゝに始まつたのである。新文芸の曙光だと手早く云つてしまへばそれまでの事であるが、それにしては餘りに陰気な暁の光景ではなかつたらうか。(中略)　謎はどんな場合でも不気味な匂ひのするものである。謎の人の書いた謎の作に一種不気味な感を伴ふのは免かれ難い。

(「長谷川二葉亭」『飛雲抄』『明治文学回顧録集(二)』明治文学全集99　筑摩書房、昭55・8)

実際に、坪内逍遙『当世書生気質』（明18）、饗庭篁村『当世商人気質』（明19）、末広鉄腸『雪中梅』（明19）、山田美妙『武蔵野』（明20）などの先行あるいは同時期の作品から『新編浮雲』に目を移すと、冒頭から何かが決定的に違うという思いに搦め捕られ、角書「新編」という文字が、目に染み心に染みるのだ。それは何かと問われれば、「月に浮雲」のように、小説『浮雲』を覆っている「不気味な匂ひのする」「謎」であって、この「始末にゆかぬ浮雲め」（「浮雲はしがき」）は、なかなか晴れそうにない。もっとも中村光夫を初めとする多くの二葉亭論や『浮雲』論を思い浮かべながら、「謎」は解読されたという見方もあるだろうが、自分なりの解読の仕方によっても、「謎」にまつわる「不気味な感」を減じたいと思うのだ。

まず、『浮雲』第一篇（明20・6）の冒頭から見ていきたい。

千早振る神無月も最早跡二日《あとふつか》の餘波《なごり》となツた廿八日の午後三時頃に神田見附の内より塗渡《とわた》る蟻、散る蜘蛛《くも》の子とうよ〱ぞよ〱沸出でゝ来るのは孰《いづ》れも顋《おとがい》を気にし給ふ方々、しかし熟々《つらつら》見て篤《とく》と点検すると是れにも種々《さまざま》種類のあるもので、まづ髭《ひげ》から書立てれば口髭頬髯顋《くちひげほほひげあご》の鬚《ひげ》、暴《やけ》に興《お》起《や》した拿破崙髭《なぽれをんひげ》に狆《ちん》の口めいた比斯馬克髭《びすまるくひげ》、そのほか矮鶏髭《ちゃぼひげ》、貉髭《むじなひげ》、ありやなしやの幻《まぼろし》の髭と濃《こ》くも淡《うす》くもいろ〱に生分《はへわか》る（以下略）

（『二葉亭四迷全集』第一巻・以下同じ、筑摩書房、昭59・11）

柳田国男は、「口言葉には最初から、ふだんとよそ行きとの二通りのものがあ」り、「以前には無口といふ人が最も多く、たま〳〵物を言つてももどかしいほど間が伸びて、調子に乗るといふ場合が甚だ稀であつた」し、「早口は単なる一つの芸に過ぎなかつた」（「喜談日録」『柳田国男集』29）と回想している。言文一致を二葉亭が考えた時、その文は勿論、言のイメージさえ持つことが難しかった事情の一端を、この回想によって、垣間見ることができる。そして、「あの円朝の落語《はなし》通りに書いて見たら何うか」（「余が言文一致の由来」）という逍遙の忠告に従ったという二葉亭の告白によれば、まず、彼は地の文を支える言のイメージを「よそ行き」のハレの口言葉である語りに求めたことになる。ゆえに、次の冒頭の文章を評した寺田透の指摘は、実に的を射ているのだ。

> かういふ調子をとつた、飾り沢山の言葉は、けして今から七十六年前の当時にあつても普通の「言」ではありえない。高座や狂言の舞台から聞かれる言葉ではあつても、街中や一般民家で聞かれる言葉であつたはずはない。そこらで聞かれたとしても、話し上手と評判をとつた連中が、ひとに聞かせたくて話す話の話し方であつたらう。
>
> （「近代文学と日本語」『岩波講座日本文学史13　近代III』岩波書店、昭34・2）

書き言葉と話し言葉（口言葉）が離れていた日本語にとって、まず、言文一致とはハレの口言葉である語りと文との一致と考えられ、黙読ではなく音読であったという当時の読書形態を背景に、二葉亭は「話し上手」の語り手を介在させて『浮雲』を始めたのである。それに、自由民権運動の衰退と共に、演説がすたれ、当時人気絶頂の円朝の噺の速記本を世人は、「人情話の写真なりと賞賛して、争い購うに至」（若林玵蔵『塩原多助一代記』序詞・明18）り、青年たちは、「寄席劇場の遊覧を快とし」「徒らに長短を俳優若くは講談師の仮聲に争」（尾崎行雄『少年論』明20・『尾崎咢堂全集』3）っていたのであった。恐らく、「話し上手」の語り手は、世人のそのような動きと無関係ではなかっただろう。

さて、この『浮雲』に続く三十年代までを田山花袋は以下のように回想している。

兎に角あの時代に於ては、一ふしなくては通らなかつたのである。同じユウモアにしても操つて笑はすやうなところがなくつては、いけなかつたのである。それは何うしてかといふのに、やはり新しくされた明治の文化の中にも江戸の空気がそのまゝ残されて渦を巻いてゐたのである。駄洒落などの流行つてゐたのもそのひとつである。

だから、言文一致で書くにしても、平凡なのはいけないと言はれた。またいかに如実に書かれてあつても、一ふしある会話でなければ、書いても書いたにならないといふ風に言はれた。（中略）何うしてさういふ風に駄洒落や面白半分の観察を書かなければならないのか。

（「明治の小説　自然主義と写実主義―」『日本文学講座11』新潮社、昭6・5）

右の文は、欧化主義の波の曳いた後、登場した紅葉・露伴・一葉を含めての回想なのだから、「江戸の空気」の濃淡は一概に言えないものの、やはり『浮雲』の周囲にも残存していたと考えてよいだろう。そのなかで「話し上手」の語り手の語りという範疇にある間は、「一ふしある」ことが必要であって、普通の「言」であってはならなかったのだ。

ところで、『浮雲』の謎は、語り手が「江戸の空気」に浸された「一ふしある」語りを脱し、普通の「言」による会話文と三人称叙述を達成し、内面描写に筆が伸びていった点にあるだろう。謎を解く鍵の一つは、語り手の存在にある。語り手は「面白半分の観察」めかしながらも、語りというハレの口言葉の機能を生かして[*1]作者の声を伝達できるようになった。またゴーゴリの断片（戯曲）の翻訳や「虚無党形気」（明19・3）の部分訳などの二葉亭の苦労を経て、作品内の会話がハレからケに至り、語り手が自立し、筋を展開する力を付与されていったのである。換言すれば、語りから会話文と地の文が派生したことになる。まず、前者の会話文から考えていきたい。

会話文について、いかに二葉亭が苦労したかは「たしか八九十枚も譯してゐた」（坪内逍遙「長谷川君の性格」『二葉亭四迷』日本近代文学館）ツルゲーネフ『父と子』の部分訳についての次の回想から推し測ることができる。

会話用の日本語だつて其頃は言文一致といふ文体がまだ成立たない位だから、到底外国人の問答を髣髴するに適しない。第一今の女学生語《じよがくせいことば》なぞいふ西洋の娘を現すに持つて来いといふ語《ことば》が無かつた。（同前）

また、『当世書生気質』における「会話」[*2]の力の継承といった側面も看過できないだろう。文三の免職（第一回）、文三とお勢が親しむ場面（第三回）、新旧主義の衝突（第五回）、菊見の相談（第七回）、文三と昇の諍い（第十回）、文三とお勢の諍い（第十二回）など、人物間の関係や筋の展開点は、多く会話文で語られる。『浮雲』を分析するための重要語である「居所立所《ゐどたちど》」(第六回)、「鄙劣《ひれつ》」(第五回)、「條理」(同上)、「不活潑」(第八回)、「己惚《うぬぼれ》」(第十二回)などは、ことごとく会話文中に現れる。「妄想」にしても、「『イヤ妄想《ばうそう》ぢや無い　おれを思つてゐるに違ひない……が……』」(第八回)という文三の独白にまず使用される。筋の展開点を握っている会話を語りが繋ぐという形式で、すなわち、ケの口言葉とハレの口言葉との落差によってこの物語は進行して来た。

　しかし、会話の飛び交う世界が徐々に閉じられ、文三が独立するのに比例して、一対多の「話し上手」の語り手は、文三の内部に降り立ち、内面の会話、すなわち独白を読者に伝達し、やがて、一対一を基本とする会話のケの口言葉のリアリティに導かれ、文三と一体化することを通じて内面描写を地の文において展開する。

> 『浮雲』の特長の一つは〈語り手〉が内海文三などとしばしば一体化し、その瞬間において内海文三という一個の身体が起き上るという一点に存在していた。その時、明治二〇年前後の社会に息づいていた作者の日常感覚は〈語り手〉を通過して内海文三の内部で生き始めた。
>
> (山田有策「一人称への苦闘」『文学』昭60・11)

すなわち、作者の声が語り手を通過して文三に届き、地の文化し始めた時、『浮雲』の物語世界は停滞する。語り手の揶揄嘲笑は自嘲となって文三内部に屈折し、その傍観者的態度[*3]は、「歎息のみしてゐるので、何故なれバお勢を救ハうといふ志ハ有つても、其道を求めかねるから」(第十九回)という文三の態度となり、作者の見取図で言えば、「本田昇は一旦お勢を手にいれてから、放擲《うつちや》ツてしまひ、課長の妹といふのを女房に貰ふと云ふ仕組でしたよ。其れで文三の方では、爾《さう》なることを、掌上の紋を見るが如く知ツてゐながら、奈何《どう》することも出来ずに煩悶して傍観してしまふと云ツたやうな趣向」(「作家苦心談」明30・5)につながるのだ。さらに「くち葉集　ひとかごめ」末尾に残された六種類に及ぶ第三篇筋立で、最も重要と思われる文三の「失望(Despair)」という共通項に結び付く。また、三種類に共通する「狂気」にまで至る。しかし、結局のところ、現『浮雲』を中絶に追いこんだ執拗な停滞[*4]のエネルギーはどこからやって来たのだろうか。文三がとらわれた停滞とは、もはや、政治に投射すべき志の世界が風化し、傍観的で批評的である以外に世界への「居所立所《ゐどたちど》」のない当時の青年の意識[*5]ではなかったか。それが、「内海文三の内部で生き始めた」「明治二〇年前後の社会に息づいていた作者の日常感覚」(山田有策・前出)の核ではなかっただろうか。

2

近代日本において、はじめて「青年論」と「世代論」とが登場したのは明治二十年代であった(岡和田常忠「青年論と世代論」『思想』昭42・五一四号)。

その青年論として私達は、徳富蘇峰の『新日本之青年』(明20・4)を象徴的に想起することができる。では、なぜ、この時期に青年論が登場してきたのか。

『平凡』で語られたように、「留魂録は暗誦してゐた程」「吉田松陰崇拝」(三十五)で、「板垣さんは自分の叔父さんか何ぞのやうに思つてゐた」（二十五）二葉亭を含めた青年たちは深い政治志向の中でその立志を育んで来たにもかかわらず、かつての志士とほぼ同年に達した明治二十年代に、明治国家は資本の原始的蓄積をほぼ完了し、憲法発布（明22）を控え、近代国家としての体裁を整え、鹿鳴館には夜会舞踏会が流行し、社会の基礎が漸く強固となったという状況において、中江兆民が看破したように、「政治の学問は、凡百学問中の第一等高尚なる物」というのは「妄念」（「随感随録」（七）『国民之友』第12号　明20）に過ぎなくなった。

しかし、この「妄念」から派生した「国家問題、政治問題の趣味」（「酒餘茶間」）に一生つきまとわれたのが、二葉亭ではなかったか。「維新の志士肌」（「予が半生の懺悔」）が終生抜けなかった二葉亭を、「妄想」から醒めず「一《ひ》と先《まず》二階へ戻った」（第十九回）文三の後姿にだぶらせることができる。先走って言えば、作者が文三と一体化することを通じて、明治二十年代に登場した青年論が掬えなかった青年の内面に鬱屈する暗い部分を、はからずもひき出し得たのである。

さて、この暗部をひき出し得た経緯に入る前に、まず青年という言葉とその内容を充填している青年という階層にこだわってみたい。

明治二十年代、青年という語が未成熟であったことは、文三と昇が「二人の少年《わかもの》」（第一回）という二重表現で登場し、お勢が「少女」（第八回）と表記されているところに感知される。また、『浮雲』執筆時を回想しての二葉亭の書簡の「少年の客気に任せみづから才の拙きをも揣らずして」（書簡40・明26・2）からも、ゴンチャロフ『断崖』の試訳の「徠子徽は己れを視て時に逢へる少年とハおもはさりし」（「くち葉集　ひとかごめ」）という断片からも、現在で言えば「青年」を「少年」という言葉で意識していることが分かる。当時の評論である『新日本之青年』（明20・4）、『少年論』（明20・11）、あるいは雑誌『青年思海』（明20）、『少年子』（明21）という表題の混乱は、青年という階層の不明瞭さにみあっており、青年論や雑誌の刊行は、少年という言葉であれ、青年という世代が形成されつつあることを物語っているだろう。[*6] 蘇峰を初めとする政治評論家は、「少年から政治家への連続の世界を内面的に切断すると同時に、他方では、少年と成人との区別を前提とする童蒙観のなかに『青年』という中間領域を打ち入れた」（岡和田常忠・前出）のだ。この「童蒙観」の変化は、明治二十年代の児童文学の登場に連動する。ところで、なぜ「青年」を「中間領域」として囲い込む必要があったのかと言えば、それは、前述した状況における青年の傾向にあった。

尾崎行雄は、『少年論』において彼ら青年が「酒色の間に貴重な日月を消過し」「俳優講談師の徒を尊敬し、其の仮聲を使て、得意を鳴す」「無思想無気力」にいらだち、「少年は人形使ひにして、老成者は人形なり」と奮起を促し、一方、徳富蘇峰は、「冷笑者流ノ輩出」という青年の現状を、政治の改革より人間の改革を通じて、新日本という第二革命に向けて変革しようとした。「青年」という限定によって、政治少年の挫折を救い、逆に、変革の主体ならしめようとしたのである。その拠って立つ基盤は、政治評論であり、その核は、「明治ノ世界ハ批評ノ世界ナリ」という『新日本之青年』の冒頭に現れた批評という意識であっただろう。

要するに、青年たちは、政治という実践の世界をめざして成長してきたにもかかわらず、「其頃の青年に、政治ではない、政論に趣味を持たん者は幾《ほと》んど無かつた」（『平凡』二十五）という演説、政談の時代を経て、政治評論という批評を媒介にした言葉の世界の住民たる他なくなったのだ。

さて、政治評論という言葉の世界に組み入れられようとしている青年たちが、具体的に何を学問していたかと言うと、「其頃流行の学問だつた」「法律学」（同前）であったらしい。

青年学生の意向は益々法律政治に傾くに至り、東京の法科大学に入学するもの日に増加し、民間にも英吉利法律学校、和仏法律学校、明治法律学校、東京専修学校等の法律学校起りて、[*7]何れも多数の青年学生を教授し、其頃東京に於ける学生の六七分は法律書生にして、到る処の下宿楼上には権利義務の論盛んに行はれ、（以下略）

（高橋淡水『維新から今日までの青年学生史』大7）

『諷誡京わらんべ』の中津国彦が、「法律とか政治学とかを」「修行し」（第二回）、『平凡』の古屋雪江が法律研究を志すのも当然と思われる状況の中で、「権利が如何《どう》ある斯《かう》である」（『京わらんべ』第二回）といった議論を、尾崎行雄は「下宿屋の二階の空論」と呼び「議論より実を行へなまけ武士　国の大事をよそに見る馬鹿」（『少年論』）という歌を添えている。

では、『浮雲』の世界に、この明治十年代から二十年代にかけての現実の風はどんな形で吹き込んでいるのか。まず、冒頭は、冷笑的な青年の視線を踏まえて、「冷笑《あざわら》」（第十回）う語り手の視線が形成されている。「団子坂の観菊《きくみ》」（第七回）の雑踏の描写も同じだ。すなわち、語り手の態度は、幾分か、当時の青年の態度と通い合っていたというべきだろう。

ところで、「議論が土台となつてる」（「予が半生の懺悔」）はずの『浮雲』の文三の二階の下宿は、文三と昇の議論（第十回）が「Self-evident truth《セルフ エヴヰデント ツルース》」としてしか結論づけられなかったことを通じて、以後「我と我に相談を懸け」（第十一回）る文三の独白、すなわち心理葛藤の場に変質する。空論の充溢する二階の下宿から、心理葛藤の場への変遷は、そのまま、近代日本の青年の意識のそれに重ね合わせることができるだろう。この下宿の変質と文三の対他関係の崩壊は軌を一にし、同時に、言葉は通わなくなる。お政が、「『お前さん云ひ掛りをいふンだね？』」（第十五回）と文三に「云ひ掛」るように、文三の言葉は無力となる。にもかかわらず、文三は「妄想」から醒めず、「Explanation《エキスプラネーシヨン》（示談《はなしあひ》）」（第十四回）と思い詰め、失敗したあとも、「いとゞ無口が一層口を開《き》かなくなツて、呼んでも渉々敷《はかばかし》く返答をもしない。（中略）真闇《まつくら》な坐舗《ざしき》に悄然《しよんぼり》として、始終何事をか考へてゐる」（第十六回）。

文三の言葉の無力は、当時の「下宿屋の二階の空論」（前出）の遠い反響であり、「真闇《まつくら》な坐舗《ざしき》」とは、対他関係の消滅の結果、不在としてしか存在できない文三の「居所立所《ゐどたちど》」の陰喩であり、「お勢が『落葉のはきよせ』にいう『国家の大勢』を寓した名」（「『浮雲』の発想—二葉亭論への批判」『立教大学日本文学』昭36・6）であろうという関良一の推測を援用するならば、お勢の行動を傍観する他ない文三の意識とは、「国の大事をよそに見る馬鹿」である以上に存在のしようのない青年たちの意識であった。それが、『浮雲』を中絶に至らしめた執拗な停滞のエネルギーの源泉と言えるだろう。

> 日本の近代文学の生誕は、当時のいわば非国士的な「幾万のぐうたら人種」の発生を踏まえ、これを直接間接の母胎とすることなしには決してあり得なかったのである。
>
> （猪野謙二「明治作家の原点」『明治の作家』岩波書店、昭41・11）

二葉亭は、「内海文三というういわゆる『憲法発布前後』の『ぐうたら人種』」(同前)と一体化することを通じて「『幾万のぐうたら人種』」の暗部を、第三篇においての構成の破綻と言文一致体による内面描写の苦しさのなかで、逆説的に表現し得たのである。

3

『浮雲』の構成は、まず登場人物の性格規定によって始まる。文三は古いタイプの青年で、彼に見られる儒教道徳は「封建時代の倫理」(中村光夫発言『座談会明治文学史』岩波書店、昭36・6)だ。しかるに、それは、儒教の衰退の顕著であったこの時期、「孝をもって国家の政治体制の精神的柱の一つにしようとする意図」をもって、「明治二〇年前後に各種新聞に孝子表彰の記事や孝子の美談が頻繁に登載され」(有地亨『日本の親子二百年』新潮選書、昭61)たことと無関係ではないだろう。「親に孝行」(第三回)で「篤実温厚」(第十一回)な文三への第一篇の語り手の揶揄的な語り口は、作者の対社会への批評意識を示している。つぎに「親の前でこそ蛤貝と反《そつくりかへ》身れ他人の前では蜆《しじみがい》貝と縮まる」(第二回)お勢の性格は、『平凡』では「内ン中の鮑《あはび》ツ貝、外へ出りや蜆《しじみ》ツ貝」(六)という古屋雪江の性格となり、「予は此の如く他人に対しては臆病なりしかと家人に対して大膽にて所謂湾泊を極めたりき」(「自傳第二」「落葉のはきよせ　二籠め」)と後に分析された二葉亭の幼児期の性格の記憶から造型されたであろう。

石橋忍月が、「浮雲中第一の欠點は女を男となし男を女となしたること」（「浮雲の褒貶」『女学雑誌』明20・9）と注文をつけたように、モデルがあったというお勢にしても、やはり作者の血は批評的に流れているのだし、「本田昇もまた二葉亭の分身」（磯田光一「東京外国語学校の位置」『鹿鳴館の系譜』文芸春秋、昭58）なのだ。

しかし、虚構の枠組の中での社会批評あるいは自己批評であったはずが、いつかその枠組を破って、三篇の文三において、当時形成されつつあった青年という階層の意識である傍観からくる停滞の感覚を定着し得たのは、どうしてだろうか。正しい「識認」（第十六回）と共に「妄想」をも生むこの停滞の始まりは、文三に対するお勢の批評である「何故ア、不活潑だらう」（第八回）から始まる。

この「不活潑」な文三に対して、当時の一典型である叩頭型青年として登場した「活潑」（第十二回）な本田昇や、文三から彼に心を移す「活潑な娘」（「浮雲第一篇及び第二篇趣意適要」）であるお勢を、揶揄的な語り手が声を潜め、作者が文三と時に一体化する時、読者は文三の位置から眺めることとなる。その結果、彼らの「活潑」の欺瞞性は明瞭となり、逆に文三の「不活潑」は意味を持ち始め、その表面の下で「活潑」な心理が描写され、正しい「識認」に達するのだ。

今の家内の有様を見れバ、最早以前のやうな和《やはら》いだ所も無ければ、沈着《おちつ》いた所も無く、放心《なげやり》に見渡せバ、総て華《はなや》かに、賑《にぎや》かで、心配もなく、気あつかひも無く、浮々《うかうか》として面白さうに見えるものゝ、熟々《つらつら》視れバ、それハ皆衣物《きもの》で、裸體《はだかみ》にすれば、見るも汚《けがら》ハしい私欲、貪婪《とんらん》、淫褻《いんせつ》、不義、無情の塊《かたまり》で有る。（第十九回）

これは、蘇峰が『新日本之青年』で述べた「今ヤ我カ明治ノ社會ハ。之ヲ道徳上ヨリ観察シ來レハ。乃チ裸体ノ社會ト云ハサル可ラス」という認識と符合するのであり、この園田家の実態は、「華やかで賑やかな近代の現実」（越智治雄「浮雲のゆくえ」『近代文学成立期の研究』岩波書店、昭59・6）なのだ。しかし、そういう認識に行き着く契機となる「不活潑」は、「無気力」と共に当時非難されている青年の傾向であった。例えば、政治家尾崎行雄は、『新日本之青年』の序において、「少年固有ノ長所ナル慷慨激烈ノ志気ヲ抑束シテ趦趄逡巡ノ術ヲ学フ者アリ」「今日ノ青年ノ如ク因循姑息ニシテ半死ノ老人一般ノ気風ヲ有」すと批難し、『少年論』において「吾輩は、今の少年が固有の長所たる活潑敢為の気象を抑へ、故らに老成着実の風采を装うて世に媚ぶるの不可なるを論ぜり」（「第四章少年の無気力なる最大原因」）と、本来、青年の属性としてあるはずの「活潑」の「気象」を鼓吹する。天保の老人福沢諭吉は以下のように学生たちに演説する。

文明の学問に従事して能く其学理を実際に適用し時として清雅高尚の極を語り時として俚俗鄙陋の底を潜り言行活潑心事綽綽然として常に餘裕ある者にして始めて今の文明世界に富貴を致す可きなり。（「富貴浮雲の如し」『時事新報』明20・5『福沢諭吉全集』第九巻　岩波書店、昭45）

「活潑」は福沢諭吉にとってプラスの価値であった。「活潑」な本田昇が、「不活潑」な内海文三のように免職にならず、逆に「一等進み」（第六回）、「富貴を至す」方向で生きていけるように、「活潑」

は、文明社会を生き抜くために、青年が当然取るべき態度ですらあった。しかし、二葉亭にとって「活潑」は、『浮雲』という作品世界の構築を通じて、どうやらマイナスの価値に転落したようだ。というのは、「『浮雲』第三篇執筆直後のものと推定される明治二十二年六月末」（畑有三「二葉亭四迷―『真理』探究と文学者の成立」『日本文学』昭40・11）に、日記（「落葉のはきよせ　二籠め」）として次のように書き留めているからである。

○完備を此世にて求めんとするは少年の性質中尤もめたちたる所なるべくこれにつゝきては何事も一時に成さんとする性急の所なるべし　さるは血気盛にして何事にまれ所謂クツ〳〵してゐることは意に快よからぬから持重といふことの旨味は嘗め分かたきなり　少年の折に強ひて持重のことをさせらるれバ、甚た不活潑のやうにて歯癢く覚ゆるものぞかし

「持重」に関して、『平凡』では、古屋雪江が自分を擁護するために「早速此持重説を我物にして了つて」（二十五）とやや揶揄気味に取り扱われているが、ここでは「旨味」と評価されている。第三篇においての文三の位置の把握を通じてこの評価に行き着いたと思われる。

「妄想」と共に正しい「識認」を、文三がその深い停滞の中で得るように、世に「不活潑」「無気力」と批難される青年こそが、活潑な内面を抱え、日本近代に対して正しい「識認」を持ち、逆にそれによって状況に傍観的で冷笑的で批評的であるほかない。ここに「小生は苛酷なる批評家に候」（書簡5、徳富蘇峰宛、明20・8・25）という二葉亭の原像めいた青年の意識が炙り出されてくる。それ

が、恐らくは「新思想の中でも文三のやうなのは進んでゐるには相違ありません」（「作家苦心談」）という作者の述懐の理由であっただろう。

4

二葉亭が、この青年の意識に自覚的ではなかったかと思われるのは、二篇から三篇に至る中断期に「文章練修を意図していた」（十川信介解題『近代文学研究資料叢書7　落葉のはきよせ』複刻版・別冊　日本近代文学館、昭51・3）「くち葉集　ひとかごめ」の「清梁玉縄不暇嬾記反譯」だ。

まことハものうかるといふも物の役にえたゝふまじといふもひとつなるをや、杜工部のからうたに興來不暇嬾といふ句有りけり、おのれそれにおもひよせてゐる間の名を不暇嬾斎とぞ名つけ侍る（中略）おのれ物うかりと口にはいへとまことハ物うからむとて心の休むときなきなりと聞え侍る

この反訳の原文である『清白士集』[*8]（巻二十八）によれば「物の役にえたゝうまじきしれもの」（同前）は、「棄人」の訳である。この訳の膨らませ方に二葉亭の思い入れを感じとれはしないかと思う[*9]のだ。状況の中で「物の役にえたゝふまじきしれもの」である他ない青年、すなわち「つまらぬ」（第三篇序）人物として、「つまらぬ」まま露出して来ざるを得なかった内海文三は、表面的には「も

のうかる」という「不活潑」で「無気力」であっても、内面は「物うからむとて心の休むときなきなり」なのだ。この反訳は、「つまらぬ事にハつまらぬといふ面白味」（第三篇序）、つまり、第三篇冒頭の「心理の上から観れバ、智愚の別なく人咸《ことごと》く面白味ハ有る。内海文三の心状を観れバ、それハ解らう」（第十三回）という心理描写への道を開く一つのヒントにはなっただろう。

ところで、「不活潑」で「無気力」と見える青年の内面の描写へのヒントが、まず、漢文からの文語訳で書きとめられているということは、ゴンチャロフ『断崖』、とくに第三篇においては作者が云うようにドストエフスキーといったロシア文学の影響を深く受けているにしても、ナイーブな感情の表現にあたって、漢文体と文語文体を言文一致体の下に想起せざるを得なかったと言うことなのだ。

只の地の文は書きにくしとも思はねど、心の事またはけしき事を書くは大骨なり、さる文章は抑揚頓挫なけれバ平板となりてはけしき事もをたやかに聞ゆれバなり、和文は助にハならず、漢文の語勢はさる文章にハかつこうなるべし

（「くち葉集　ひとかごめ」）

「第三篇の心理描写に苦心していた」「二十一年九月ごろ」（十川信介「『浮雲』の世界」前出）、二葉亭は右のように記す。

「漢学仕込で魏叔子や壮悔堂を愛読し」（内田魯庵『おもひ出す人々』）ていた二葉亭にとって、「心の事」という抽象的思考のための言語は、やはり漢文を骨格としており、それを切り崩し、言文一致体で表現するワン・ステップとして、例えば「清梁玉縄不暇嬾記反譯」が試みられ、逆の形として「竹

取物語反譯」が試みられたのではないか。

二葉亭の内面に牢固として根を張っている漢文思考から第三篇において言文一致体で表現しようとしている文三の内面への距離は隔たっており、まず、その中間に和文を置いてみたのである。すなわち、『浮雲』の世界においての文三の成長に従って、語りというハレの口言葉の枠組が破れ、ケの口言葉という言と文との一致体による心理描写を展開しなくてはならなくなった二葉亭にとって、それは苦痛を伴う作業であり、「助にはなら」なかったにしても和文脈の練習が必要であったのだ。

しかし、日本語においての抽象的思考言語と生活言語との懸隔は甚だしく、懸命に和文から漢文への転換、あるいはその逆、または翻訳を試みたとしても、ケの口言葉による心理描写は、極めて困難であったのである。

そこで、和文脈に繋がり、かつ、日本の伝統的な感情表出の言語形式である和歌をも、二葉亭が、その言文一致体創出のために動員したことは、「くち葉集　ひとかごめ」末尾近く、第三篇筋立のメモの直前の百余首に及ぶ和歌制作が物語っている。

二葉亭の和歌については、「和歌の場合にも、ばかに熱心なのですが、あれはなにか理由か説明がつきますか。」（柳田泉）、「歌のほうはまだ説明がつきませんね」（中村光夫）という『座談会・明治文学史』での発言に示されているように閑却視されて来たが、十川信介は「森田思軒の和歌論に触発されて文章の調子を学びとろうとした」（『二葉亭四迷全集』第五巻、解題）と見ている。が、「初戀」という題詠で始まる百首習作は、多くの叙景歌を挟みながらも「戀」という題の十六首以外に失恋の歌を含み、それらは、文三の心情に沿って解釈できないわけではない。番号とともに次に抽出する。

30 忍ふれと思ひくらしの音をなきつあハれとおもへ夕暮のそら
39 いかにせハ泪の川は関とめんなとかくつらきこひもするかな
41 甲斐なしとおもひなからに待つ袖に月吹出す峯のこからし
72 うつりゆく風の心やとめかねしかこちかほなる松の音かな
79 今そしる葉末にすかる白露のかせにまかするいのちなりとハ
92 さるにても仇し心や君はもつ昨日もけふもそらたのめにて

（「くち葉集　ひとかごめ」）

72の歌において、お勢は風に喩えられ、79の歌において、「文三のお勢への恋着」が、「いわば唯一の人間としての存在価値を証明するものであった」（小森陽一「構成論の時代―四迷・忍月・思軒・鷗外」『文学』昭59・8）という危機的状況を、白露と風という置きかえで暗示している。勿論、風は「浮雲はしがき」にいう「文明の風」でもある。

さて、究極的には『浮雲』の言文一致体のための実験室ともいうべき「くち葉集　ひとかごめ」において、二葉亭は、彼が伝統的にひきずっている抽象的思考言語としての非言文一致体を書き列ねることによって、言文一致体による心理描写の道を把持しようとした。

特に、漢文和訳と和文漢訳の試みは、漢文思考の切り崩しのためであり、それは、当時の文明開化の世界においての漢文思考とその精神の浸蝕の反映であろう。そもそも、漢文思考とその精神とは、士大夫的志の世界のものであった。しかし、その崩壊に身をさらしている二葉亭は、自覚的に文明の現実に合わせて切り崩さねばならなかったのだろう。その顕著な例は、「学制」発布の翌年、[*10]小学校に入学し、卒業後、漢学と英学を一応修めたお勢に、文三が次のように黙想する場面である。

平生の持論は何處へ遣ツた何の為めに学問をした　先《まず》自《みずから》侮《あなどる》而《しかうして》後《のち》人《ひと》侮《これを》レ之《あなどる》その位の事は承知してゐるだらう　（第十回）

尾崎行雄もこの言葉を『少年論』で引用するが、[*11]文三の黙想での引用とその意味を異にする。二葉亭は、学問があるにもかかわらず「居所《ゐど》立所《たちど》」の見つけられない文三の言葉として使用することを通じて、結局は学問を相対化し、漢文思考が現実によって無残にも解体していくのを見つめているのだ。また、ケの口言葉によって組み立てられたと思われる会話の深部にも漢文思考は横たわっている。

文三はお勢に向かって、「私にやア貴嬢《あなた》と親友の交際は到底出来ない」、「何故といへば私には貴嬢が解からずまた貴嬢には私が解からないから」と言うのだが、二葉亭が徳富蘇峰にあてた書簡に、「交遊の途は心を相知るを尚ぶ心を相知らざれば同感する能はず同感は交遊を成す所以のものなり」とあるのと発想が同じであることは確かだろう。

（越智治雄「小説の自覚」『近代文学成立期の研究』・前出）

この発想は、「古人云朋友之交在相知其心」（「与友人勧学書」「くち葉集　ひとかごめ」）と同じでもある。

「漢文をやつた方がいい位で」（「文談五則」）という程の漢文育ちの二葉亭にとって、青年の内面を描写するための抽象的思考言語としての言文一致体への道は遠かった。ゆえに、第三篇の心理描写は、「抽象表現における資源の乏しさが露骨に見えて来る」（寺田透・前出）にしても、その文体と同様に、心理そのものの懸命な学習の結果、ようやく達成されたと言えよう。[12]

明治二十年代をむかえて、二葉亭は、政治評論家と同様に、もはや少年にも成人にも入らない一群の「少年《わかもの》」を発見した。そして、見知らぬ国の言葉を解読するように「少年《わかもの》」の内面の言葉を解読し、それをケの口言葉によって表現しようとした。しかし、初めて出現した青年という階層にふさわしい言文一致体による言語世界の構築を通じてみえてきた彼らの位置は、文三にとって「妄想」が唯一自分の世界を拡げる行為でしかないように、正しい「識認」を得たことによってかえって、世界からひきちぎられて存在するほかないという悲惨なものであった。深い停滞のなかで、「不安」[13]のみがたちこめ、『浮雲』は中絶され、以後、二葉亭は、孤立した精神の世界で、誠実に、存在をかけて煩悶し続けていくほかなかったのである。

**注**

＊1　「じつは二葉亭が美妙よりも一層忠実に、円朝の語り口を取りいれようとしたところに、『浮雲』後半の緻密な内面描写が約束されることになったのだ」（前田愛「音読から黙読へ」『近代読者の成立』有精堂、昭48〈一九七三〉・11）において、前半の語り機能の重要性が指摘されている。

＊2　この点については、山田有策「当世書生気質（坪内逍遙）」（三好行雄編『日本の近代小説』東京大学出版会、昭61〈一九八六〉）の「〈会話〉のきり拓くもの」に詳しい。

＊3　「この形勢を傍観して情けないトばかりにて其より以上は何事をも為し得ぬ小生のやうな人間が出来るのにてはあらぬかト疑はれ申候　浮雲の文三、まだ御記憶に留まりあるや否やを知らす候へとあの文三か今の小生ニ候」（書簡152、明36・6・13）に傍観者的態度への言及がある。

＊4　「結局は、その主人公内海文三がとつおいつただ思いにふけるだけで、状況に対する何らの批判にも行動にも出てゆけないいような停滞のうちに筆が折られてしまう」（猪野謙二「明治作家の原点」『明治の作家』岩波書店、昭41〈一九六六〉・11）に停滞への示唆があった。

＊5　「尾崎行雄『少年論』（明20・11）の序の中で末広鉄腸は『居所立所』を失って『気力』のなくなってしまった青年たちについて次のように記している」（山本芳明「『己惚』と『妄想』の果て―起泉、篁村、二葉亭、白鳥―」『文学』昭60〈一九八五〉・11）という指摘がある。

＊6　「明治二十年七月に日本青年協会の機関誌として出発した雑誌」（十川信介「『落葉のはきよせ』複刻版別冊」解題）。

＊7　明治十八年、英吉利法律学校（中央大学の前身）開校。明治二十二年、和仏法律学校（法政大学の前身）開校。明治十三年、明治法律学校（明治大学の前身）、専修学校（専修大学の前身）開校。明治十五年、東京専門学校（早稲田大学の前身）開校。明治二十三年、日本法律学校（日本大学の前身）開校。以上『東京の大学』（都市紀要10）に、法律学を中心とした大学として紹介されている。

＊8　梁玉縄　清の人。詩正の孫。字は曜北。号清白士。

＊9　「小生からが我ながら愛想の尽きるほど薄志弱行で、愚頭で、無気力で、懶惰で、臆病で到底物の役に立ち申さす候」（書簡152）。注3と同じ書簡。

＊10　畑有三・安井亮平『二葉亭四迷集』「日本近代文学大系」4（角川書店、昭46〈一九七一〉・3）頭注による。

＊11　「古人云はずや、自ら侮つて而して後他人之れを侮ると。今の少年諸君は自ら侮るものなり」（第四章「少年の無気力なる最大原因」）

＊12　これについては、拙稿「二葉亭四迷と俳諧―その前近代と近代」で私見を提出している（本書第一章）。

＊13　「お勢の心は取かへしかたし　波につられて沖へと出る船に似たり／文三の力之を如何ともしかたししかたしといひて何事をもせずまたし得ず／是に於て乎文三は（不安）に煩されたり　そのさきハ余か浮雲を読みたる情に同し」（「落葉のはきよせ　二籠め」（　）内ロシア語）について「ここにはよく文三の不安が二葉亭自身のそれとしてその内部にかかえ込まれたものである事情が示されている」（越智治雄「小説の自覚」・前出）と指摘されている。

# 『平凡』——その文体の成立と位置——

1

二葉亭四迷がロシアへ旅立つ半年前、「東京朝日」に連載した新聞小説「平凡」（明40・10～12）を巡っての論議は、現在に至るまで最後の作品としてそれなりの高い評価を受けながらも、処女作『浮雲』程にぎやかではなく、ともすると、花袋『蒲団』（明40・9）の影に隠れがちである。その上に、「『文学はドウでも宜い』といふ気になつて」「作者の根本の芸術的興味が去つて」（『おもひ出す人々』）という内田魯庵の『平凡』評釈もあり、「自分の死場所」（「送別会席上の答辞」）を求めてロシアへ旅立ち、十一カ月後ベンガル湾洋上で逝った二葉亭の文学への捨石めいた「置土産」（柳田泉）[*1]といった趣きを、どうも払拭し切れない。

しかし、露伴が『天うつ浪』を中絶し（明38）、藤村・花袋等の自然主義の若き旗手が登場し、小説における言文一致体の使用率が九八％（明40年度）[*2]となったこの時期、二葉亭自身が言っているように「大いに考える所」（「余の思想史」）があって、『平凡』は書かれたのである。その一つが文体であろう。

二葉亭はわれにもなき修辞家であつた。後年、『平凡』に至つて文体のまた昔日と面目を改めるのを見る。

（石川淳「二葉亭四迷」『石川淳選集12』岩波書店、昭55・10）

「面目を改め」た文体を創出するため、二葉亭がいかに苦労したかは、『平凡』周辺のおびただしい草稿群から推察できる。が、この苦労が、「座談の調子」を「見つけるための努力」（中村光夫『二葉亭四迷傳』）であったとはいえ、具体的には何に向けてのものであったかは不明瞭のようだ。それを明瞭にしていこうとすることは、二葉亭が切り開いた近代小説文体の成立と位置を見定めようとするささやかな試みとなるだろう。

まず、『平凡』の文体の特質の一つを、この作品のピリオドを示す「（終）」の後の書き入れから考えていきたい。

二葉亭が申します。此稿本は夜店を冷かして手に入れたものでござりますが、跡は千切れてござりません。一寸お話中に電話が切れた恰好でござりますが、致方ござりません。（六十一）

右の文は、語り手古屋雪江《せっこう》と読者の関係を、電話で話し中という虚構の形として、二葉亭が思い浮かべたことを物語る。この虚構の形を中断すべく、突然顔を出した作者の登場の仕方は、「申します」「ござります」といった敬体表現とあいまって、戯作臭を感じさせる。

ところで、この自己卑下的な物言いのいかにも腰の低い最後の挨拶には、戯作者めかしながらも二葉亭の主体がかけられているのだ。「夜店を冷かして手に入れたもの」であり、「跡は千切れて」散逸してしまったという説明に、「いや失敗して了つたよ」(「『平凡』物語」)という『平凡』脱稿直後の感想を裏打ちすると、作品消去の意志と文学者たる二葉亭抹殺願望が炙り出されてくる。それは、『平凡』によって、創作の筆を投げ打ち、決然とロシアへ旅立ち、遺骨となって日本へ帰って来た二葉亭の文学への最後の表現にふさわしく、文学との通話を二葉亭側で切った表明とも受け取れる。

とは言え、この書き入れに、以上のような二葉亭側からの問題とともに、文体の問題が絡まっていることも看過できない。「すぐれた口語体作品」(木坂基[*3])に、まるで退化し忘れたしっぽのようにひっついているたった二行の書き入れは、文体の落差を露わにし、違和感を醸すのである。

ここには、言文一致体小説『浮雲』と、それに付せられた雅俗折衷の文語体の「浮雲はしがき」と似た関係が微弱ながら潜んでいる。それは、「ことばについてのもともと鋭敏な感覚性」(小田切秀雄『二葉亭四迷―日本近代文学の成立―』岩波新書、昭45・7)による文体への強い意識の現れと言えよう。ゆえに、「まづおどろかるゝのは氏の筆の小気味よい程冴えてゐることである」(『帝国文学』明41・3)、「其面影よりも、更に磨きのかかつた文章」(『読売新聞』明41・4)といった『平凡』の当時の反響は、当然と言えば当然のことであった。

では、彼の文体への強い意識とは、『平凡』において、どのように現れているのか。粗っぽく言えば、最後の書き入れで、作者自身が言及した通り、主人公古屋から読者への語りを基本とし、かつ、「何処までも俗語本位」（「文談五則」明40・10）ということになる。『浮雲』以来の言文一致という主張を徹底し、それに、トルストイ『クロイツェル・ソナタ』と俳諧の影響を深く受けて、『平凡』の文体は成立した。

まず、前者について、二葉亭は以下のように語る。

> あのクロイチェル、ソナタ、あれなどは全然《まるで》理窟をやつてるものだ。然も真正面から熱烈な調子でやつてゐる。（中略）実は自から揣《はか》らずに、一つ彼処《あそこ》を行《や》つて見ようと懸つたのだ。（中略）クロイチェル、ソナタの書振？ さうさね、脚色《プロット》などといふものは殆ど無いといつてもいゝ。（中略）全く平語で、――即ち警句を使はうでもなければ美はしく面白く書かうでもない――唯思ひの儘を有りの儘の語《ことば》で書いてゐる。（「『平凡』物語」明41・2）

つまり、二葉亭は「理窟」を「平語」＝「俗語」＝日常の話し言葉で書こうと意図した。日常の話し言葉こそ、「段々実際ニ圧倒される／遂に平々凡々にな」（「手帳十五」[*4]）ったこの作品の語り手古屋の言葉として似つかわしく、かつ、文学を含めた「空想」を否定し、「実感」に目覚めるというテーマに適した言葉であった。

すなわち、女房殺しポズトヌイシェフが、汽車に同乗した聞き手に語る「懺悔談」（「『平凡』物語」）に終始する『クロイツェル・ソナタ』の方法にならって、「理窟」を「思ひの儘」「有りの儘の語《ことば》」で書こうとした。もっとも、その内容、ひいてはトルストイの思想には反発していたとしても。
しかるに『平凡』が、草稿段階で「懺悔」と題されていたことと、二葉亭のこの「懺悔談」[*5]というとらえ方は恐らく無関係ではないだろう。勿論、「懺悔」する内容は異なる。トルストイは、女房殺しポズドヌイシェフという語り手を創造し、彼の視点を利用し、結婚生活の欺瞞性を暴き、二葉亭は、元文士古屋雪江という語り手を創造し、彼の過去の告白を通じて、二葉亭自身が述べているように「凡そ人間在つて以来の文学者といふ意味も幾らか含」んだ「ある一種の人が人生に対する態度」(「私は懐疑派だ」明41・2)を描き、文学者の表皮を剝ごうとした。

始終言葉に転ぜられてゐたから、私は却て普通人よりも人生を観得なかつたのである。(四十八)

と、主人公に語らせた二葉亭にとって、懺悔すべき遺恨とは、「人間在つて以来」発生した言葉と、関わって来た文学者という核にあったはずだからである。女房殺しという設定が、トルストイの結婚生活への強い否定ゆえであるように、元文士のそれは、作者の文学への強い否定ゆえであった。この意味においては以下の通りであろう。

『平凡』は、文学の否定を、当の否定すべき文学によって行うという矛盾のもとにはじめて肯定され、構想された「真面目」な小説なのである。
(十川信介「『いやといふ声』――『平凡』について――」「文学」昭43・11)

しかし、二葉亭にとっては、少なくとも小説構想当時、「矛盾」は存在しなかったと思われる。というのは、「平凡な人《アビクノヴエンヌイ・チエラヴイエク》」[*6]となった元文士古屋の話し言葉を基調とする「座談的文体」[*7]によって、文学を否定し「実感」に目覚めるというテーマは充分展開できると踏んでおり、それが、二葉亭の「真面目」を支えていたからである。

二葉亭は、「眼前口頭」（明41・6）において、ロシア社会を「例へば普通のブールジョワ（日本で云へば一般俗衆）と精神的労働者（日本で云へば腰弁、文士等）との争ひと云ふ風に衝突がすべて階級的だ」と紹介している。彼が、この対立する階級を意識していたことは、『平凡』の「成立過程に介在する時期のものと推定される」（清水茂「『凡人の生活』そのほか」）[*8]草稿「凡人の生活」の戸田島守拙が腰弁であり、元文士古屋雪江が腰弁であり、『平凡』草稿に、題を「文士」と考えた跡[*9]が残っていることなどから明らかであろう。それは、『其面影』の哲也の知識人問題に繋がる。「一般俗衆」＝一般大衆と、「精神的労働者」＝知識人の対立に充分関心があったゆえの元文士という主人公の設定によってロシア社会と違って階級的衝突はないとしても、本来的に対立すべき二つの世界を見通せる場に、古屋はいる。「文学」に囚われていた過去の「精神的労働者」古屋を、「一般俗衆」の価値ともいえる「実感」に目覚めた現在の古屋が大衆のことばである話し言葉によって語るというのが、『平凡』のモノローグの基本的性格であろう。

大衆というものは、たえずしゃべる言葉によって、現実と対話し、そして現実に生きているというような領域にいるわけです。

（吉本隆明『情況への発言』徳間書店、昭43）

この「しゃべる言葉」への信頼は、彼の感想・回想の多くが、談話筆記であったことにも現れているだろう。更に、この信頼を示す格好のエピソードは、晩年、親しかった西本翠蔭の次の話だ。「『平凡』を書かれる前には大分脚本熱が高かった」（「著作に関する計画」『二葉亭四迷』近代文学館）というこの話を、池辺三山も、「『平凡』の出来る前の事であつたと思ひます。長谷川君は戯曲を書くといふ話である」（「二葉亭主人と朝日新聞」同前）と、裏付けている。文学嫌いの二葉亭の戯曲への意欲は、『実感』に依拠しようと決意していた」（十川信介『「いやといふ声」』前出）二葉亭が、「実感」を盛る容器として、大衆のものである日常の話し言葉を選び、その習熟をめざしたためではなかったろうか。実際に、『平凡』執筆二年前には『わからずや』（明38）という翻案脚本を発表している。

また、評論「某政治家の『かぐや姫』評」（明38）における、「ざつと言へば文学者は此詩の作者に限らず多くは理想本位だが、吾々普通人は生活本位だ」といった「理窟」が、『平凡』と繋がっているとともに、「ナニ盗人《ぬすつと》の昼寝だらうと、馬鹿言へ英雄閑日月《かんじつげつ》ありだ、ハツ、ハツ、ハ、」といった話し言葉を織り込んだ「座談的文体」との類似も見落してはならないだろう。評論「老の繰言」（明39）にしても、新体詩にうつつを抜かす若者を持つ親父からの小言が、『平凡』の文学否定と関連をもつとともに、その語り口にも共通性を見出すことができる。

この二つの評論は、作者が、政治家あるいは親父に身をやつし、聞き手として記者あるいは貴下《あんた》を設定し話すという虚構のかたちをとった評論である。ここから、元文士古屋雪江という語り手が、潜在的な読者へ向かって幼児期からの自己の半生を語るという『平凡』への距離はそう遠くはない。

では、なぜ、これらの虚構のかたちがとられたかというと、『平凡』の主題に繋がる文学への不信を語る時、その不信を表明する批評の言葉として、それが本源的な批判となるために、二葉亭は、知識人ではなく、現実と生き生きと関っている大衆の話し言葉に依拠しようとしたためであろう。

## 2

次に、『平凡』の叙述が、話し言葉を基調としている証左を、あげていきたい。

一つは、尻取文の多用で、前章の最終文と後章の冒頭文を抜き出すと以下のようである。

| 前章 | 最終文 | 後章 | 冒頭文 |
|---|---|---|---|
| 一 | 愈《いよ》〱老込んだに違ひない。 | 二 | 老込んだ證拠には、近頃は少し暇だと |
| 三 | 私に掛ると、から意《ママ》久地がなかつた。 | 四 | 何で祖母が私に掛ると、意久地が無くなるのだか、 |
| 五 | 私が矢張《やツぱり》其内拡がりの外窄《すぼ》まりであつた。 | 六 | 内ン中の鮑《あはひ》ツ貝、外へ出りや蜆《しゞみ》ツ貝、 |

＊ 〰線は同語、……線は同語ではないが同じ意味を持つ語。以下同じ。

右のように、かなり規則正しく尻取文で、（十）のポチの条まで、章と章とが繋がり、（二十五）以降は断続的だが一応終りまでこの傾向は見られる。それは当然、章内部にも現れる。

○　いや、しかし私も老込んだ。三十九には老込みやうがチト早過ぎるといふ人も　（一）

○一しきりして礑《はた》と其《それ》が止むと、跡は寂《しん》然となる。と、私の心も寂《しん》然となる。その寂《しん》然となつた心の底から、ふと恋しいが勃々《むら〳〵》と湧いて出て、私は我知らず泪含《なみだぐ》むだ。　（八）

これは、文中の同語反復という傾向となる。

○平凡！平凡に、限る。平凡な者が平凡な筆で平凡な半生を叙するに、平凡といふ題は動かぬ所だ、と題が極《きま》る。　（二）

○　親馬鹿と一口に言ふけれど、親の馬鹿程有難い物はない。祖母は勿論、両親とても決して馬鹿ではなかつたが、その馬鹿でなかつた人達が、私の為には馬鹿になつて呉れた。　（五）

六回も反復された「平凡」が、この小説の題となったように、多用された言葉は、作者が強調したいキーワードだ。キーワードは反復されているうちに、読者にその音声を響かせる。よって、『平凡』の文体は、声を持った文体に近づく。それは、この作品における擬声語・擬態語の多用、[*10]「まあ」「あゝ」等の感動詞の地の文における多用、ポチの聴覚的登場、「チト」「ツイ」「……トサ」といった話し言葉の口吻を地の文に写したカタカナ書き、地の文における「……」「？」[*11]等の符号の多用からも言える。

さて、原子朗は、漱石の『三四郎』二章冒頭部分を引用し、六回に及ぶ「驚いた」の反復を指摘し、以下のように述べている。

このたたみかけの表現（これは短いセンテンスでしかできない）や、おなじ語をかさねてゆく「尻取文」などは他の漱石の作品、ことに『草枕』等の初期のものに典型的に見られる特徴であることは、これも小林英夫氏ほかの人たちによっても、よく指摘されている例である。

（「作家の筆ぐせ」『文体論考』冬樹社、昭50・11）

この特徴が『平凡』にも見られることは確認しておいていい。ただ、漱石の作品では、「落語でも聞いているような、とぼけたユーモアを感じさせる」（同前）としたら、『平凡』の場合は、話し言葉ににじみ出るそこはかとないペーソスということになろうか。また、この特徴は、漱石の落語好きによる「筆ぐせ」（同前）としても把握されているが、二葉亭の場合は、『浮雲』の「声を伴った文体」（前田愛「音読から黙読へ」『近代読者の成立』有精堂、昭48・11）に根ざし、新聞という大きなメディアによる発表ということや、そのテーマとも考え合わせ、おびただしい草稿群を経て、極めて意識的に作られたと思われる。

以上のように、尻取文、同語反復等を駆使し、確実に一語一語読者に届くべく苦心された『平凡』

の文体の基本は、「俗語」＝話し言葉によるということであろう。その背骨を支えているのは、先述した「座談的文体」すなわち「一人称主語による語り体（話体）」（木坂基）である。次に、『平凡』を特徴づけるこの文体について考えていきたい。

もともと、二葉亭はツルゲーネフ『あひゞき』『めぐりあひ』（明21）を始めとして、多くの一人称小説を翻訳しており、この二つの翻訳の語り手の一人称は、「自分」で、物語を傍観する局外者の位置にある。それが、後年の一人称小説、例えば、ポタアペンコ『四人共産団』（明37）の語り手「僕」は、時に作中人物となり、ゴーゴリ『狂人日記』（明40）の『己《おれ》』やアンドレーエフ『血笑記』（明41）の「私《わたし》」は、語り手であり物語の主人公となるのだ。それは、『平凡』の一人称小説の形式に近づく過程でもあろう。

ところで、『平凡』執筆時と重なる『血笑記』の草稿（明37）から初版本（明41・7）への改変について詳細に比較検討された木坂基は以下のように結論づけている。

『血笑記』は、「私《わたし》」という一人称主語による語りの形式を持った作品であるために、この語りの流れにそった改変に意が注がれている。（中略）結局、初版本の文章が、『平凡』の文章型に近い形でまとめあげられたことも注目しなければならない。

二葉亭が、『血笑記』において一人称主語「私《わたし》」を選び、その語り体を採用したことに留意しなければならない。

「そ、そ、その僕が面白うない。君僕といふのは同輩或は同輩以下に對《むか》うて言ふ言葉で、尊長者に對《むか》うて言ふべき言葉でない、そんな事も注意して、僕といはずに私《わたくし》というて貰はんとな……」（三十）

と小狐三平に言わせている二葉亭は、『平凡』においても十分一人称に敏感であったと思われる。ゆえに、文壇人である旧友の使う一人称は、「僕」であって、「また僕の事になつて」（九）と、他へ拡がらない自意識過剰の一人称世界を、やや、ひやかし気味に扱っているのだ。

文章には「余」といふ漢語を用ゐ、又文章口語に通じて「僕」といふ漢語を用ひる。普通口語にては「わたくし」といふ語を用ゐる。（中略）この「わたくし」が略せられて「わたし」となりて用ゐらるゝが、これは江戸時代より生じたるものと思はる。

（山田孝雄「日本文法学概論」『日本の言語学4』大修館書店、昭54）

文章語でもある「僕」という一人称に、文士である知識人臭を、元文士古屋は嗅ぎつけたことになろうか。さらに、先引した小狐三平の説教を応用すると、「私《わたくし》」という敬体表現ではなく、話し言葉に用いられる。「私《わたし》」という「一人称主語による語り体（話体）」において、語り手古屋は、いわば読者と同位置を確保したこととなる。「平凡な人」である元文士古屋が、これまた「平凡な人」である読者に対して、文学を否定し、「実感」に目覚めるという懺悔話をするために、「私《わたし》」はふさわしい一人称であったと言えるだろう。

当時の一人称小説である夏目漱石『草枕』（明39）や正宗白鳥『二階の窓』（明39）や小栗風葉『恋ざめ』（明40）の、地の文の書き手としての一人称は、それぞれ「余」「自分」「私《わたくし》」であって、会話文の一人称とはやや違う。[*12] それは、地の文に残る読者への敬体表現、あるいは書き言葉的意識の露頭であって、二葉亭が言文一致を主唱実践した『浮雲』以来、様々な試みが行われ、文末の待遇表現を消すため非常な苦労が重ねられたにもかかわらず、日本の小説が、やはり、地の文と会話文との二本立てで進行することになった現れであろう。話し言葉と書き言葉という日本語の二重性は健在であった。この二重性に、書き言葉中心に抽象的思考によって生きる知識人と、話し言葉中心に具象的に、いわば「実感」的に生きる大衆という二重性が絡んでいる。この二つの二重性を「平凡な人」である大衆の側から突破できる一人称が結局「私《わたし》」であり、「私《わたし》」を主語とする「座談的文体」であった。

ゆえに、「古屋の複雑な心情が生な肉声のまま形象され」（相馬庸郎・前出）ることが可能となったのである。

## 3

次に、「私《わたし》」[*13] という一人称主語による「座談的文体」を獲得する過程を、『平凡』草稿を中心に見ていきたい。例えば、「清ちゃん」という三人称主語の文語体がある。

清ちゃんのポチを愛しかることは言語に断えたり　（「ポチ、初恋」）
或日の事なり、学校より帰つて来ると、いつもなら、横町の角あたりにチョコナンと坐つて待つてゐ、清ちゃんの姿を見るより、飛て来て飛つき　（「ポチ」）
……清ちゃんとて今歳十二の悪戯盛りの、恋の相手はポチといふ飼犬なり　（「初恋」）
（「平凡」系統草稿『二葉亭四迷全集7』筑摩書房、平3・11）

このポチの条は、「『平凡』物語」や「著作に関する計画」（西本翠蔭）から、必ずしも『平凡』の草稿として執筆されたのではないことが分かっている。が、『平凡』草稿は圧倒的にポチの条が多く、結局、この作品内に生かされるのであって、その原型の一つが文語体の三人称主語であったことは注目していい。先引の「ポチ」・「初恋」は、「『茶筅髪』・『其面影』に前後して執筆されたものと推定される」（清水茂「後期の二葉亭」「日本文学」昭33・3、4、7）。すなわち、明治三十八～九年頃で、この時期に二葉亭が文語体に接近していたことは、トルストイ『つゝを枕』（明37）を、「俗語調から離れて、文語的な表現をかなり多く取り入れ」（米川正夫[*14]）て翻訳し、ガールシン『根無し草』（明39）・ゴーリキイ『灰色人』（明39）・創作『小按摩』（明39）を文語体で発表したことからも言えるだろう。
しかし、一方で、『黒龍江畔の勇婦』（作者不詳・明37）は、「私《わたくし》」という一人称の女主人が語る「丁寧体・直話体」（木坂基・前出）であり、「口授して筆記させる」（「露国現代文士の癖」）と、二葉亭が紹介したポタアペンコ『四人共産団』（明37）は、江戸系統の俗語を取り入れ、主人公キルジャーガには薩摩弁を使わせる[15]という方言を含んだ饒舌体だ。この二つの相反する文体への試みは、自分の切り開いた言文一致体の使用率が、九十一％（明39年度）[16]となったにもかかわらず、当時の小説の日本語へのなんらかの不満の表明と受け取ることができる。

今の文士のを見ると、言文一致でも、関はずにずん〳〵漢語を使ひ、或は仏語をも挾む。荘重とか遒勁とかいふ趣もそれで付けてゆく。私はそれが厭で、日本には日本語の文章——立派に日本語の文章を成立たせたいと思ふ。（中略）私はどうか日本には日本語の文章、即ち平生に使ひこなれてゐる通俗語で書いた文章が、立派に成立つやうにしたいと望むので、これは文章に携はる者の、抱負とし責任として心がくべき事であらうと思ふ。

（「文談五則」明40・10）

言文一致体とは言え、通俗語である話し言葉から離れ、声を失い、書き言葉化していく当時の小説の日本語への揺さぶりのために、二葉亭の文学者としての「抱負」と「責任」から、相反する二つの文体は試みられ、右の談話と同年同月に、『平凡』は連載を開始する。

しかるに、この二つの相反する文体は、『平凡』草稿に流れてきており、先引した文語体もあれば、次のようなポタアペンコ風文体もある。

それからねえ、君、僕あ非常に苦労したんだ、ポチを育てるについて。初ての晩なんざ、僕あ終宵《よっぴて》寝なかつたぜ。（中略）クン〳〵泣いてばかりゐるンたもの。お母さんを探すンだね。そ

れがさも〳〵悲しさうで、僕あ其声を聞くと何だかかう淋しいやうな、心細いやうな、厭な気持になつてね、（「ポチ」・前出）

文語体においての「清ちやん」という三人称主語が、「僕」という一人称主語に代わると共に、「君」という二人称が導入され、親しい相手に対して話すという虚構の形をとり、「それからねえ、君」と話しかけ、「ねえ／ね／なんざ／僕あ／なかったぜ／だもの」という話し言葉による会話の特徴が、そのまま書き写される。一人称世界をいつも読み取る位置にある二人称の介在は、告白の情緒性と主観性と圧迫感を減じるのだ。

ところで、この直話体ともいうべき饒舌体は、「平凡」系統草稿「百述懐　百懺悔（零落した人）」の文体でもある。「『平凡』への道の有力な、しかしいちばん遠い位置にある飛石と考えられる」（稲垣達郎・前出）「百述懐」は、「や、こんな姿を君に見られて誠にお羞かしい次第だ」で始まり、「え、君はまだ覚えてゐるかい、さうかい、実に罪が無かつたよ」と同意を求め、「何が君」「何で君」と言いつのる饒舌体だ。稲垣達郎によれば、これが「第二の飛石」にあたる「無題ノート」に移り、「懺悔」の下書のようなもの、「懺悔」、もう一回の下書、「平凡」と題されたものを経て、定稿に至る。

おびただしい草稿群を巡る紆余曲折した過程を経て、「百述懐」の「君」、ポタアペンコ風文体の「ポチ」の「君」は姿を消し、その役割を果す代替として、潜在的に存在する無人称の読者となる。その結果、地の文において読者に話しかけるというスタイルをもつ「座談的文体」が成立したと言えよう。つまり、『平凡』周辺の草稿群は、「私《わたし》」という一人称世界を常に侵犯する無人称の読者を存在させるために、書かれたのではないだろうか。

申後れたが（二十五）／前にも断つて置いた通り（三十六）／爰《ここ》で一寸國元の事情を吹聴して置く（五十七）

右のように、読者への語りかけを挟みながら、祖母とポチの死、性欲ゆえの雪江さんへの初恋、人生研究の為接近したお糸さんとの痴情、父の死などの半生の経歴が語られていく。そして、語られた途端、「平凡な人」である現在の古屋、あるいは潜在的な読者によって、相対化される。

餘《あんま》り馬鹿気てゐてお話にならぬ――と被仰《おつしや》るお方が有るかも知れんが（十）／娘といふものは壷口をして、気取つて、オホヽと笑ふものとばかり思つてる人は訂正なさい（二十九）／が、今となつて考へて見ると（三十一）／いや、罪の無い話さ（三十二）

「私《わたし》」を始めとした話し言葉を地の文に導入することによって、話し言葉の向こう側に潜在する読者の声を、あるいは、現在の古屋の声を導入し、一人称世界を対話する二人称的世界に相対化した。もっとも、それによって、主人公が常に人目に晒されることとなり、二葉亭が言う「冷嘲《ひやか》す様な調子」である「サタイヤ」（「『平凡』物語」）が忍び込むことになったのだが。

## 4

晩年、二葉亭は様々に俳諧への親炙を語る。例えば、以下のように。

また書き出す前に、心持を整へるため読む本がある。いつてみれば、三味線の二を上げたり三を下げたりして調子を揃へる格で予め読むので……それは俳諧の連句だ。

（「法帖を習ひ連句を読む」明40・8）

「文談五則」では「連句は予の持薬」と述べ『俳諧手録』では連句独吟を試み、『猿蓑』（「はつしぐれの巻」）、『続猿蓑』（「八九間雨柳の巻」）の評釈を残している。これらの二葉亭の俳諧体験が『平凡』にいかに生かされたかについては、清水茂の言及が既にあり[*17]、また十川信介は、「『平凡』構想にあたり、彼が連句の付合を念頭に置いていたことは、十分想像される」（「『いやといふ声』」前出）とし、「展開の仕方の類似」（同前）を分析されている。

私としては、二氏の指摘された執筆姿勢や構想面での影響に限らず、大衆のものである話し言葉＝「俗語」への信頼とその結果導入された受け手としての読者の存在をあげたい。まず、前者については、一つは、当然のことながら『浮雲』以来の言文一致論に加えて、特に『クロイツェル・ソナタ』に喚起されたというロシア文学経由であり、もう一つは、俳諧経由でもあったということだ。「俳諧は平話を用ゆ」「俳諧の益は俗語を正す也」（『三冊子』）といった芭蕉の言葉が、二葉亭の脳裡をかすめなかったとは言えない。「くち葉集　ひとかごめ」（明21）には、「芭蕉なりしか、その名は遺れたれど曽て俳諧には俗語を雅にする用有りといひたる人ありしと、名言なるかな」と書き残している。

芭蕉が、「和歌において使用を認められていなかった卑語の類を用い」「俳諧における言語的世界の拡大」（外山滋比古「言語理論について」「文学」昭43・9）を図ったように、二葉亭は更なる言文一致を押し進め、他者へ働きかけ他者から働きかけられる話し言葉を基調とする「座談的文体」によって、古屋雪江の一人称世界に、受け手としての読者の声を響かせることができたのだ。

> 日本の文芸が古くから受け手を立てるものであったのは、連句のことを考えてもわかる。一句の作者であったものが次には読者にまわり、読者であったものが順次作者になる。
>
> （外山滋比古『日本語の論理』中央公論社、昭48）

語り手古屋と同位置にある読者は、いわば連衆[*18]であって、古屋のモノローグは連衆の意識によって付けられる。この連衆の原像は、「無理想の俗人」（五）であって、次のような間接話法で作品に介入する。

> 内拡《うちひろ》がりの外窄《そとすぼ》まりと昔から能く俗人が云ふ。（五）／孝行をしたい時には親はなしと、又しても俗物は旨い事を言ふ。（九）

文士となった過去を語る古屋のモノローグは、「平凡な人」となった現在の古屋（最初の読者でもある）、潜在的に存在する読者、「無理想の俗人」によって、二重三重にと相対化される。いわば、古屋のモノローグは、常になんらかの形でダイアローグ化するのだ。

ところで、このダイアローグ化は、理想や空想や文学を肯定する書き言葉世界の住人である知識人と、それらを否定し、「実感」に生きる話し言葉世界の住人である大衆という二項対立に縛られているのだから、その方向は、無教育の祖母、父母とすごした幼少年時代以外は、常に否定されていくことになる。「いや」「ナニ」「実は」「尤も」などという否定の話し言葉によって、連衆の役割を担う現在の古屋、あるいは読者あるいは「無理想の俗人」によって付けられていく『平凡』は、その作品内部に深く俳諧の方法を沈めているといえるだろう。

その結果、二葉亭は、否定に否定を重ね、草稿類に見られるまっとうな批判を流れる話し言葉によって時に溶解させ、抒情を乾燥させ、言葉を削ぎ、人物像を痩せさせ、知識人を大衆の中へと解体した。その意味において「『平凡』は破壊されて行く精神の可傷《いたま》しい形見である」（島崎藤村「長谷川二葉亭氏を悼む」『二葉亭四迷』）し、草稿に比べて「表現の背丈が低くなつて」（中村光夫『二葉亭四迷傳』）しまい、作者は「主人公の中へ否定的に矮小化され」（清水茂「『平凡』鑑賞」「近代文学鑑賞講座」Ⅰ・前出）た。

しかし、それは同時代の自然主義思潮のもとで、一人称世界の構築にいそしむ日本の小説と小説の日本語にむかって投げつけられた二葉亭なりの「爆烈弾」（「露国文学の日本文学に及ぼしたる影響（遺稿〉」）ではなかったか。『平凡』連載の約二カ月前に発表された田山花袋の『蒲団』が、その射程内に置かれていたことは、ほぼ間違いあるまい。[*19]

『平凡』脱稿直後、「私は懐疑派だ」（明41・2）において、「今の文学者連中に聞き度いのは」と始めて、「一片の形容詞が何時の間にか人生観と早変りをするのは、これ何とも以て不思議の至りさ」と、「大気焔を吐」く二葉亭の口吻から感じとれる文学状況へのいらだちは、「文壇を警醒す」（明41・2）によればもっと明瞭だ。

それモーパッサンだ、ツルゲネフ《ママ》だ、イブセンだ、と真似をしたつて到底だめな事は前に言ふ通りだ。流行や書物《ほん》で事を決めてるやうな事なら仕方がない、真に実感に訴へて、国民性に立戻つて其処から行かなけりやならぬ。世界が何うだつて大陸諸国が何うだつて、それを出来ない模擬をするよりも日本は日本の長所でやつたらいゝぢやないか。

この文を、「空想」から「実感」へという『平凡』のテーマに挟むと、「実感」は単に二葉亭の内面のみに限定されるのではなく、「実感」を回路として、訴える対象としての読者を含めて発想されていることが分かる。ゆえに、「国民性に立戻」り、「日本は日本の長所でやつ」ていくほかはない。「模擬」的な文学への批判、ひいては皮相な日本近代への批判を込めて、二葉亭が拠って立つ基盤は結局俳諧の世界ではなかったか。

　古屋のモノローグを相対化する連衆としての現在の古屋、潜在的な読者、「無理想な俗人」の導入は、無意識的な俳諧の影響であり、「連句は予の持薬」（「文談五則」）で語った地の文における連句の影響や、「新聞小説は又俳諧の連句に似てゐる」（「新聞紙の懸賞小説の鑑査に就て」明40・4）と述べた構成への影響や、祖母・ポチ・父という「最愛なもの」（「作家苦心談」）の三つの死を転回軸として設定したことなどは、意識的な影響であろう。

特に、三十歳の時の愛犬マル失踪をモデルにしたポチの死においては、俳諧に立脚した文学論を展開しようとし、「我れと人生と」（「作家苦心談」）が、「ピツタリと面と面が出あふやうな心持」を表現し、「心の味」（同前）をいい取ろうとした。「落葉のはきよせ　三龍め」に、マル行方不明を嘆ずる約五十句を書きとめた二葉亭には、自信があったはずである。「心の味」を言い取るという「美術家たり詩人小説家たる人々の働くべき場所」（「作家苦心談」）を見つけて懸命に奮闘したことは、ポチが殺された翌日にあたる十九回の改稿が、「六種の多きを数える」（十川信介・前出）ことで明らかだろう。十九回こそは、「心の味」をいい取るべき回であった。が、「『平凡』に書いたよりも最つと〳〵深いものがあつた」（「『平凡』物語」）という感想によればその意図は挫折した。二十回では、作者の心の亀裂を表現するかのように、ポチの条を長いダッシュで区切り、平凡な主人公の頭越しに、作者が顔を出したかのように、小説の展開にとっては破調と思われるアフォリズムを文語体で書き綴っている。語りかける「座談的文体」の底を流れる声は途切れ、現実から浮いた観念語の羅列は、「皆嘘《うそ》だ」（二十）と否定される。

俳諧に立脚した文学論は、空転し、「私にやどうしても書きながら実感が起らぬから真剣になれない」（「私は懐疑派だ」）と、「直接の実感」（同前）に立った「心の味」（「作家苦心談」）を言い取ることを放棄し、果ては、「二寸お話中に電話が切れた恰好でござりますが、致方がござりません」（六十一）という最後の書き入れに繋がる他なかった。この書き入れに仄めかされた作品否定は、俳諧に立脚した文学論のこの時点における否定へ、大衆のもつ話し言葉による表現への懐疑へと連動し、「（終）」（六十一）の前の二行に及ぶ「……」は、言葉と表現への不信による失語状態を示している。

その結果、二葉亭は、俳諧に立脚した文学論を生活の中に解体し、行為によっていわば書こうとし、「働くべき場所」をロシアへ求め、「決闘眼《はたしまなこ》になつて、死身になつて一生懸命に没頭して了へさう」（「送別会席上の答辞」）な国際問題に飛び出し、二度と帰ってこなかった。「クニイジニック」――「書物《ほん》の人」（「文壇を警醒す」）を否定した後には、行動の人として生きる他なく、文士二葉亭を消滅させるべくロシアへ旅立っていったのだ。『平凡』の「サタイヤ」の影に、志士のごとき文学者二葉亭の痕跡を見出す時、「サタイヤ」は重く悲しいものとなる。この「サタイヤ」を生み出した、読者とのダイアローグを下敷きにしたモノローグ的文体、そこにはまた内的ダイアローグが含まれているといった二重に相対化された『平凡』の文体は、俳諧という日本の伝統に根ざし、『クロイツェル・ソナタ』を始めとしたロシア文学を媒介にして成立した近代日本文学の大きな収穫の一つであろう。

注

＊1　柳田泉「平凡」解題（改造文庫『平凡』改造社、昭4〈一九二九〉・6）による。

＊2　山本正秀「言文一致体」（『岩波講座日本語』10　岩波書店、昭52〈一九七七〉）の「『文芸倶楽部』『新小説』両誌掲載の小説の言文一致体百分比は、（中略）一九〇六（明39）年度九一％、一九〇七（明40）年度

九八％、一九〇八（明41）年度一〇〇％」による。
＊3　『近代文章の成立に関する基礎的研究』（風間書房、昭51〈一九七六〉・1）
＊4　稲垣達郎「『平凡』について」（『稲垣達郎学芸文集』1　筑摩書房、昭57〈一九八二〉・1）に、「手帳十五」の引用部分に『平凡』発想のきざしを指摘されている。
＊5　この反発については、十川信介「『いやといふ声』――『平凡』について――」（「文学」昭43〈一九六八〉・11）桶谷秀昭『二葉亭四迷と明治日本』（文藝春秋、昭61〈一九八六〉・9）に指摘されている。
＊6　二葉亭は、『平凡』を「平凡な人」のロシア語「アビクノヴェンヌイ・チェラヴィエク」として手帳二〇（明40・10・21）に記している。
＊7　相馬庸郎「『平凡』をどう評価するか」（「解釈と鑑賞」昭38〈一九六三〉・5　のち『日本自然主義論』八木書店、昭45〈一九七〇〉・1収録）に、「『平凡』のもう一つの大きな特徴として、第一人称で書かれている点をあげなければならない。（中略）『平凡』の叙述は、きわめてくだけた座談的語調が基調となっている」とあり、後に「座談的文体」といい直されたのによる。
＊8　清水茂編『二葉亭四迷』（「近代文学鑑賞講座」1　角川書店、昭42〈一九六七〉・6）。
＊9　十川信介「『いやといふ声』」前出・注＊5による。
＊10　本書26頁＊11と同じ。
＊11　（四十）では「?」を十六回使用している。
＊12　地の文と会話文の一人称について、『恋ざめ』の「私《わたくし》」は重複するが、他の二小説は重複しない。
＊13　新聞連載及び初版本は総ルビであり、「わたし」のルビについて、二葉亭の意向が反映していたと考えて差し支えないと思われる。なお、原稿「狂人日記」に添えた書簡には、「假名をふつたのは昨夜十二時ころ」（書簡296　明40・8推定）とある。また、「血笑記原稿断簡一枚」（『早稲田大学図書館蔵　二葉亭四迷資料』）は総ルビ、毛筆で、初版本（易風社、明41）の本文と一致する。なお、『血笑記』のこの一致については、木坂基氏の御教示による。また、『平凡』原稿（早稲田大学図書館蔵）はルビつき。

＊14　米川正夫「二葉亭の翻訳」（「解釈と鑑賞」昭38〈一九六三〉・5）

＊15　米川正夫「今日の我々にはわかりにくい江戸系統の俗語を、次第に取り入れはじめた。（中略）この主人公は小ロシア生まれで、訛りがあるので、訳者はここに着目し、小ロシアは大ロシアの南なので、日本南方の訛り強い薩摩弁を使わせた」（前出）による。

＊16　注＊2参照

＊17　清水茂「後期の二葉亭（三）―『平凡』の分析」（「日本文学」昭33〈一九五八〉・7）

＊18　「彼等俗人の生活には低いながらに霊と肉とが一致した処があるやうです」（『露国の象徴派』明40・9）と「俗人」を二葉亭は評価している。

＊19　桶谷秀昭は、『蒲団』ばかりでなく、小栗風葉・島村抱月等の『蒲団』合評も、二葉亭が読んでいたことは「充分考えられる」（前出）と指摘している。

# 二葉亭四迷の文学論と俳句の間

1

葡萄酒に当り年があるように、文学者にも文学ジャンルにも当り年があるようだ。例えば、明治改元一年前の慶応三年には幸田露伴・尾崎紅葉・正岡子規・夏目漱石が誕生している。明治二十年代文壇の双璧として紅露と称され、紅露時代とさえ言われる一時期を画した前二者と、俳句革新・短歌革新を成し遂げ写生文さらには随筆と死に至るまで一刻も休む時なくその活躍の場を果敢に広げていった子規、その友人で俳人として「ホトトギス」という場から出発し、一方小泉八雲の後を受け東京帝国大学文科大学講師に就任したものの、英文学の泰斗として成熟することを拒否し、小説家として大成していった漱石、彼らの文学の軌跡はそれぞれくっきりと日本近代文学史に刻印されている。

この四者、さらには本邦初のリアリズム小説『浮雲』（明20〜22）の作者二葉亭四迷までが、まるで打ち合わせでもしたかのように明治二十年前後から俳句に親しむのだ。

この時代を大きく括れば、柳田泉『随筆明治文学』（春秋社、昭11）が言うように「所謂文学史上の国粋時代」（「明治文壇に於ける俳諧精神」）ということになる。その表象として、言文一致体小説『浮雲』の中絶、紅葉・露伴の西鶴文体、鷗外の雅文体、落合直文の新国文といった文体における伝統への回帰的風潮とともに、ジャンルとしての俳句・和歌が浮上するのだ。

また、明治二十三年に来日した小泉八雲の『日本瞥見記』（明27）、あるいはポルトガル広東総領事であったモラエスの『極東遊記』（明28）が、それぞれアメリカ・ポルトガルで出版されているのにも目配りするべきだろう。いわば、日本という国の存在感が国内的にも国外的にも充塡されようとしていた。

ここで思い出すのは、モラエスが日本移住を決心し神戸に住み着く以前に三度（明26・明27・明28）も、ポルトガルの植民地マカオ防備のための大砲ならびに銃購入のため来日していることだ。鉄砲は、ポルトガル人が日本に伝えた。にもかかわらず、すでに明治二十年代後半には、アジアにおいてポルトガル人は日本に買い付けに来ざるを得なかったのである。それは、逆に二十数年間のすさまじい日本の近代化を照射していることとなろう。日清戦争（明27〜28）、日露戦争（明37〜38）と勝ち続けたことは、それだけの凄絶な歪みを個々人に課したということなのだ。

このような日本の運命に翻弄され続け、ハルビン、北京、ロシアへと彷徨し、明治四十二年ベンガル湾洋上で客死した二葉亭四迷は、近世から近代の架橋を、行動においても言葉においても精一杯生き抜いた文学者である。

当然のことながら、ここでは言葉について考えていくのだけれども、なぜか二葉亭の場合、言葉は行為であるという無意識の澱のようなものがあって、表出する主体を常に反省的に批評的に眺め、その言葉に躓かせるように思われるのだ。

「小生は苛刻なる批評家に候」（書簡5、明20・8・25、徳富蘇峰宛書簡）という自己紹介は極めて当を得ており、それは終生変わらなかった。

足掛け四年を要した『浮雲』（明20〜22）の中絶にしても、言文一致体の創出の困難さ、風景描写心理描写の不可能さの自覚など言うまでもないが恐らくそのせいばかりではなかっただろう。言葉と行為との間の深い溝を埋めなければならないという根源的で強迫的な二葉亭自身の「痼疾」（書簡4、明20・8・23　徳富蘇峰宛書簡）のためでもあったと思われる。それをよく表しているのは彼の文学論・小説論であって、「摸《ママ》写といへることハ実相を假りて虚相を写し出すといふことなり」（「小説総論」明19・4）という二葉亭のベリンスキー経由の公式見解が、私的な雑録「落葉のはきよせ　二籠め」（明22　以下「二籠め」と略）には、「たゞ心を正うして有の儘に事物の真を写さんとのみつとむべし」（傍点筆者）と、三年間の時間の振り戻しの後に置き換えられる。

「実際の有のまゝを写すを假に写実といふ。又写生ともいふ」（「叙事文」明33・3）と規定した子規の写実と二葉亭の写実をこの傍点部が隔てているのだ。

ところで、子規もまた行動の人で日清戦争の際は病身を押して従軍記者として戦地の旅順・金州を廻り、陸軍の苛酷な扱いで帰路船中で発病しついには危篤となり神戸の病院に運ばれ、一生病床ですごすしかなくなるのだ。

この子規の従軍には、彼のナショナリストの面目躍如たるものが有るのだが、その内実は悲惨なもので明治国家への幻想はちぎられ、命までも削られた。削られた命の末期の眼差しが近代の視線とも言うべき写生という方法を切り拓いていく時、二葉亭のように「心を正うして」という修養論的手続きをそれ程必要とはしなかったようである。

もっとも、子規も「俳句はおのがまことの感情をあらはす者なり。（略）高尚なる句を得んと思はゞ先ず其心を高尚に持つべし」（「俳諧反故籠」明30）と言い、明治に生きた一代目知識人の共通のメンタリティを忍ばせるのだが、子規の表現活動の裏には常に死がぴったりと貼りついており、それが二葉亭の場合の修養論的文学論に収斂されていく儒教的士大夫意識の代替となったのではないかと思われる。

## 2

では、二葉亭の文学論とはどのようなものだったのだろうか。

> 言語ハ人の意思の反映にしてまづ無声の言語有りて然る後有声の言語有るを得へく、まづ無形の文字有りて然る後有形の文字有るを得べし（略）而して意思さへ高尚なれバ言語は自ら之れに伴ふて高尚なるに至るへきなり
>
> （「くち葉集　ひとかごめ」明21・8・7～年末・推定）

この言語論が書かれたのは、『浮雲』第二篇出版（明21・2）後、ツルゲーネフ「あひびき」翻訳

（明21・7・6〜8・3）後で、「日本将来の文章は言文一途たらさる可らすと断言せんと欲す」と漢文訓読体で結論する「日本文章の将来に関する私見」の中にある。この私見は、内容と文体の二葉亭らしい齟齬を露呈しているのだが、力を込めて緊張して書く場合、漢文訓読体がどうしようもなく出てくるという明治の人の文体生理の事情の滑稽さと悲惨さを象徴しているだろう。

この言語論と文学論との通路は恐らくは以下の部分にあるだろう。

美術の基本ハ意思なり。其目的は意思を変じて物となすに在り。其重要なる手段ハ音響、形象および言語なり。（「学術と美術との差別（パーヴロフ）」明21・4　注・美術とは芸術のこと）

これら言語論は、「只の地の文は書きにくしとも思はねど、心の事またははげしき事を書くは大骨なり」（「くち葉集　ひとかごめ」）[*1]と、第三篇の心理描写を書きあぐねていたこの時期の二葉亭の小説言語への関心を窺わせる。

さて、ドイツ観念論の流れを汲むベリンスキーの存在論哲学を基礎にしての芸術論・文学論を日本に移植するにあたって、二葉亭自身が混乱していたのだから、「小説総論」（明19・4）を始めとして「カートコフ氏美術俗解」（明19・5〜6）「学術と美術との差別（パーヴロフ）」「美術の本義（ベリンスキー）」（明18〜19推定）などを何度読んでもすっきりとしない。

こんな時、理想論を一知半解にふりまわしていたであろう、河東秉五郎（碧梧桐）に、「僕哲学を解せず。又貴兄が所謂理想なる語を十分に解せず」（書簡、明25・5・4）と言い送った子規は立派だったと感心するのだ。

さらに、「箇様の問題ハ到底不可知的にして一歩を推せバ則ち懐疑に陥るべし」（同前）という卓見は、二葉亭にぴたりとあてはまる。『浮雲』中絶から『其面影』執筆までの二十年間程の長い沈黙は重い。重い沈黙を切り開く一つの手がかりが、文学論と俳句なのだが、語ることと表出することを拒否し沈黙する意識のありようをこの二つを通して考えていくことも必要だろう。

明治二十四年の夏、二葉亭は「それ念疑を生じ疑物を空くし又遂に似て自ら空くす」（「落葉のはきよせ　三籠め」）という空の意識の中で、同じように空なる「形なき」風を「つくづくと」（「愛風説」同前）見て、「どこへなとわれを吹き行け春嵐」（同前）と居直る。ここから、俳句への熱中が始まった。この空の意識〈風〉が俳句を運んできたのである。


風あれば淋しくもなし秋の夕　（奥野広記宛書簡16、明24・11・6）

この句が書簡中初出の俳句である。以後、二十七年初まで「日夜吟誦致候」（書簡31、明25・9・15）と熱中し、唯一の俳友奥野広記との句作の応酬が続く。この中で、「芭蕉之俳諧ハ禅より出でたるもの丶如くに候」（書簡24、明25・4推定）と芭蕉を評価し「まづ心に深く自然をたのしむあまり之を句に結びてみづからもたのしみ人ともそのたのしみを同うすることそ誠の俳諧のたのしみに有之候（中略）まことの俳諧をたのしみたるもの芭蕉の外ハ古今ニ尠く（以下略）」（書簡36、明25・11・17）と芭蕉への傾倒を語る。また、「自然に契はざる句ハ発句とハ申され間敷候」（書簡38、明25・12・30）と厳しく言い放つ。

これらの書簡から判断すると、この時期の二葉亭の俳句への熱中は、子規のように表現としての俳句への熱中というよりも句作という行為においていかに「自然に契」うかということではなかっただろうか。

この句作態度は、はからずも『浮雲』制作態度と通うところがある。つまり、『浮雲』の場合であれば、作品レベルでは「真理」への到達、執筆レベルでは「正直」の成立であり、俳句の場合では作品レベルでは芭蕉の「氣韻」（「予の愛読書」）「神韻」（書簡23）への到達、句作レベルでは「自然に契」うことが求められるのだ。

ロシア文学経由の「小説総論」を始めとしての文学論の実践としての小説制作と、西洋の受容がもたらした存在への懐疑の後の禅の悟りに似た句作という相違がありながらも、文学する姿勢として共通するのは、言葉と行為の一致なのだ。これは、後述する翻訳する姿勢とも連動してくるのだが、まずは、文学論において二葉亭が懸命に敷いた迷路を辿ってみたい。


凡そ形（フホーム）あれバ茲に意（アイデア）あり。（略）抑〻小説は浮世に形《あら》ハれし種々雑多の現象（形）の中にて其自然の情態（意）を直接に感得するものなれバ、其感得を人に傳へんにも直接ならでハ叶ハず。直接ならんとにハ、摸写ならでハ叶ハず。

（「小説総論」）


この文章の後に、有名な定義「摸写といへることハ実相を假りて虚相を写し出すといふことなり」

が導き出される。この近代的文学理論が、「カートコフ氏美術俗解」「学術と美術との差別」においてはやや変容を被る。

二論とも「美術」とは「芸術」のことで、「小説総論」の「自然の状態（意）」「自然の意」または「虚相」[*2]という考えを発展させての「真理」の追及をその目的としながらも芸術家の心得に筆が及ぶのだ。

美術に責むるにハ、先づ真理を以てすべし。（略）

暫らく真理の発揮といへることに信を措て、美術家に責むるに恰も思想家に於るが如く、二心なく真理に奉公せんことを以てすべし。（略）

美術家に望むに其道徳と智識とを発達せんことを以てせざるを得ず。（「カートコフ氏美術俗解」）

凡そ学術ハ物を変じて意思となし、美術ハ意思を変じて物となす。学術ハ実在の物を変じて虚霊の物となし、美術は虚霊の物を変じて実在の物となす。（「学術と美術との差別」）

以上の翻訳と俗解から、先引した言語論、及び「ただ心を正うして有の儘に事物の真を写さんとのみつとむへし」までの距離はそんなに遠くない。

さらに美徳と知識を磨き、「二心なく真理に奉公」すれば真理を発揮できるというロシア文学経由の文学論は、はからずも明末清初の文人魏叔子[*3]の文学論と一脈通うところがある。

二葉亭四迷の魏叔子への愛着は、早くは「書目十種」（明22・4『国民之友』）にゴンチャロフ『断崖』、ドストエフスキー『罪と罰』、森田思軒『探偵ユーベル』などと共に、『魏叔子文集』をあげ、「予の愛読書」（明39）にもあげ、「文談五則」（明40）にも言及して「私の最も好む漢文は魏叔子である」と述べていることで窺える。柳田泉「魏叔子と二葉亭四迷」（『国文学解釈と鑑賞』昭38・5）によると、二葉亭の最初の漢学の師内村鱸香は魏叔子の文を好んだと言うし、二人目の師高谷龍州の文章に魏叔子に触れたものがあるらしい。また、二葉亭が三回受験（明11・12・13）し三回とも不合格となった陸軍士官学校の漢文入試問題によく魏叔子の文章から出題されたという。

おおよそ、「徳川後期に勢力のあったものは、明朝、清朝の新しい文学であった」（柳田泉・同前）のだから、その傾向は明治まで尾を引いていたのか、夏目漱石にも「魏叔子大鉄椎伝一句　星飛ぶや枯れ野に動く椎の影」（明29）の句があり、「満韓ところぐ〳〵」（明42）にも「魏叔子の大鉄椎の伝にある曠野の景色が眼の前に浮んでくる」（四十二）とある。

さて、「二籠め」には漢文「読魏叔子文」と漢文書き下し文の「文章論」があって、後者は冒頭に「魏叔子曰文章之妙在于積理而練識」を引用し以下のように展開される。

之を解する者の説に曰く　理とハ心の本体なり（略）識とハ心の用を完ふする所以のものなり（略）余曰く近し、文章は人の語言を筆したるもの也　而して人の語言は心の砕けて音にあらハれたるものなり（略）若し語言文章の妙なるを欲せバ先づ其心を妙にせんにハ如かす　故に曰く文章は心の影なり　心は文章の体なり（略）蓋し識なきの理ハ真の理にあらず　その事実に中らされバなり　理なきの識は有りと雖とも亡きに同し　その之を率ゆるものなけれバなり　理有り識有り而して後その用完たし　（「二籠め」）

「心は文章の体」ゆえに、「積理」と「練識」によって「心を磨厲」するというこの魏叔子からの文章論は、「よき文章を作らむとおもへバまづその心を練りてその氣を養はむには如かず」「佳き文章を作らむとおもはゝまづ私心を去らむには如かず（略）小説を作らむにもまたまづ私意を去らむにハしかず」（「二籠め」）などの修養論的文学論の理論的根拠の一つとなっていると思われる。

まず、この文章論の冒頭に引用された「積理而練識」が、どのような文脈で使用されているか『魏叔子文選要』*4を見ると、例えば「為レ文之道。欲三卓然自二立于天下一。在二于積理而練識一。」（「答施愚山侍讀書」）とあり、書くことは「独立独行」（「予が半生の懺悔」）して天下に自立しようとする行為であるという大前提がすでに魏叔子によって踏まれていたと言えよう。

ここにおいて、修養論的文学論は社会との緊張感を深く孕み、この緊張感を二葉亭は、「『正直』の二字」（同前）に盛ったのでもあると思われるのだ。逆に言えば、「心を正うして」「私意を去る」「私心を去る」（「二籠め」）という執筆態度は、文章論にほどかれた「正直」ということになろうか。

十川信介は、「二葉亭四迷における『正直』の成立」（『二葉亭四迷論』筑摩書房、昭46・11）において、二葉亭の正直の漢学的要素と西洋的要素の結合を解明し、漢学的なものにつながるものとして以下のように論じている。

二葉亭が理想とし、明治初期に見られた「正直」は、この「狂」が、あらたな時代的粉飾を凝らしてよみがえったものにほかならない。おそらく二葉亭は、彼が「維新の志士肌」と称した攘夷意識とないまぜに、この心情を松陰から継承したのである。

さらに、注（一七）において「広瀬豊『吉田松陰の研究』島田虔次『中国に於ける近代的思惟の挫折』によれば、『狂』とは陽明学的な考え方であり、とくに松陰は、明末の志士李卓吾からこのような考えの影響を受けたらしい」と説明されているが、魏叔子からも陽明学的な考え方は辿れそうである。

まず、魏叔子の生きた明末清初は李卓吾の例のように陽明学が盛んであったという[*5]し、気質の性を脱して本然の性にかえることを強調した朱子に抗して魏叔子は、「皆不レ能三自克治二其気質一。（略）皆不下敢依二附程朱一。謬為中精微之論上。」（「答施愚山侍讀書」前出）とその気質を治めることはできないと述べ、小島祐馬『中国の社会思想』（前出）によれば、清初の王陽明学者唐甄《とうけん》の著『潜書』を「寧都の魏叔子」、「『是れ周秦の書なり、いま猶ほ此の人有るか』といい、賓客に接し、または人に書を致すごとに必ずその文を称し」（「清初の王学者唐甄」）たという。唐甄の「その私淑するところは孟子と王陽明」（同前）であった。

また、先引した魏叔子の「理とは心の本体」という考えは「心即理」（「伝習録」上）と唱える王陽明に近い。すなわち「宇宙万物の理は心内の理に外ならぬものであるから、朱子のように事々物々について理を窮めることは心と理を分って二となすもので、心は即ち理であることを知らぬものであるとなした」（鈴木由次郎『中国の倫理思想史』学芸書房、昭38）陽明は、知行合一の説を掲げ、致良知の説を提唱する。

「二葉亭の受けた教育は朱子学」（十川信介・前出・注十七）であるにしても、「根が漢学育ちで魏叔子や壮悔堂を毎日繰返し」（内田魯庵「二葉亭の一生」『二葉亭四迷』日本近代文学館、昭50・3）ていたのだから、魏叔子を媒介にしても、実践を希求し言葉と行為との深い溝を存在をかけて埋めようとした二葉亭の生き方あるいは文学姿勢に、「狂」あるいは「知行合一」といった陽明学的な考え方の影を見出しても不思議ではないだろう。

いわば、この時期、二葉亭は漢学的なものを媒介にしても言葉と行為との一致という重い緊張関係を誠実に生き抜こうとしていたと言えるだろう。

では、その魏叔子を含めた漢学的なものをロシア文学経由の「小説総論」に始まる文学論の文脈の中に置いてみるとどうなるのだろうか。粗っぽくいえば以下のようになるだろう。

「実相」という諸現象の中にある「虚相」ひいては「真理」は、「実相」を「摸写」している作者の「心の本体」と実感的に呼応しなければならない。そのため作者は「積理」「練識」し「ただ心を正うして有の儘に事物の真を写」（前出）さねばならないということになる。

魏叔子からの文章論の少し後で、「リアリチー本義／リアリチィとハ現象に形はれたる真理をいふ也」（「二籠め」）と書き込み、ロシア文学経由での近代文学理論に深い理解を示しながらも、文章を書く小説家として自分に引きつけていく場合、「真理」が内在的でもなくてはいけないというアプリオリなパラダイムがあって二葉亭を呪縛しているように思われる。「真理」へのつきつめ方が、即自分の存在へのつきつめ方に転換してしまう内的規制の重い手触りが露出してくるのだ。

つまり、「真理」について、先引した魏叔子からの文章論を踏まえ蘇峰宛書簡等から「二葉亭の場合は精神的充足の問題が強烈に意識されていた」（畑有三「二葉亭四迷―『真理』探求と文学者の成立」「日本文学」昭40・11）ということでもある。

小生の行状は真理には近しとは感じ候へども実に真理に近きものなるや否を理會すること不相叶
（書簡4、明20・8・23　徳富蘇峰宛）

「真理」を自分の心の内に取り込んだあり方として認識していこうとする二葉亭の書くという行為の道行きの難しさは、「二籠め」において露呈し、「『真理』や『文学』を見失って行く彼の苦しい息づかいを伝えて悲痛である」（十川信介『落葉のはきよせ』複刻版　別冊解題）。

この「真理」と書く主体としての存在への息詰まるようなつきつめ方が、『浮雲』という小説世界におけるフィクションを、次第にノンフィクションとしての自己内部の世界の構築に赴かせざるを得ない方向へねじ曲げていく深い原動力となったのではないだろうか。

本田昇、お政、お勢と次々と周りの人間関係を切って孤立し、二階の下宿に閉じ込もり妄想にふける文三のいわゆる近代的自我の確立は、意外にもロシア文学経由の文学論と漢文学経由の文学論の通底によってもたらされたものであったと言えよう。その通底の背後には前近代と近代の重く深い行き交いがあっただろう。それは小説世界からばかりではなく、彼の俳句からも見えてくる。

## 3

『浮雲』中絶（明22・8）後、「思想を追求する恰も餓ゆるが如き二葉亭」（内田魯庵・前出）は、「安心論」で始まる「落葉のはきよせ　三籠め」（明23〜明27・2推定）を書きつつダーウィン、スペンサー、コント、果ては『禅門法語集』『白隠全集』などを精読し、人生の立脚地を捜すための苦しい彷徨を続けた。

その挙句、「生きているが故に生きている也」（「三籠め」）と居直り、俳句に熱中して行く。「三籠め」後半は四百句余に及ぶ句で埋められ、明治二十四年後半からは、俳友奥野広記との書簡での俳句の応酬が始まる。[*6] それらの書簡によって、二葉亭が奥野の句に対して非常に手厳しく批評していることが分かる。[*7] 左記のものなどは、やや度が過ぎてはいないかという感すらある。

此餘の御句ハいつれもおもしろからす候　調のと、〔の〕はぬもあり細工に過ぎたるもあり川柳に類するもあり大抵は句柄卑しげに候　（書簡33、明25・9（?《ママ》））

この手厳しい二葉亭の批評眼が自己の句に向かわなかったはずはない。もともと、二葉亭は「自虐的な自己批判」（長谷川智子「祖父とわたしたち」『文学』明29・10）癖の持主ではなかったか。

「直覚にも推理にも秀で他人の長短にも明かなれば自身の長短にも明かに、周細鋭利の批判眼は内外に対《むか》つて間断なく働」（坪内逍遙「長谷川君の性格」『二葉亭四迷』前出）くことは、俳句の世界においても例外ではなかったのだ。

　そのような二葉亭であったから、奥野の句を厳しく批評するかわりに、彼なりの完成句を奥野宛に送ろうとしていたと推察できる。

　その完成句をどのように練り上げていったかは「三籠め」を参照すると以下のようになる。

　有明の卯の花垣にまぎらはし
　有明の卯の花垣はまぎれ
　有明や卯の花垣のまぎらはし
　有明に卯の花垣のまぎらはし
　有明に《は》卯の花垣のしろさかな
○卯の花に星ちりかゝ《月影こぼ》る夜明かな
○有明は卯の花垣のしろかりし《き》

（五句目までは連続）

最後の○印の句が、「有明は卯の花垣のしろかりき」として書簡四三（明26・7・5）の冒頭句となっている。同書簡二句目「夏山や雲吹おとす風の筋」にかかわる句は六句程、三句目の「柚の花に星はら〳〵とこぼれけり」にかかわる句は十二句程、推敲句が「三籠め」に残っている。

　この試行錯誤の跡を辿ると、彼の句作過程がぼんやりと浮かんでくる。その句作過程とは、「趣向」

を立て、その「趣向」にふさわしい言葉を積み重ね、助詞や語尾の一字一字を考え尽くし、「吟誦」（書簡36）し、その結果二葉亭なりに納得できた秀句を完成句として奥野広記に送ったとみていいのではないだろうか。

様々な試行錯誤を繰り返した「三籠め」の句群を、書簡中の決定句の裏に敷いて読み進めることによって、助詞や語尾等の一字一字に執拗に拘泥する二葉亭の繊細な感性が、微妙に揺らいでいるのが見えてくる。

そして、その揺らぎはどうやら視覚的なものではなく聴覚的なものであって、耳からの句のように感じ取れる。それが、しきりに二葉亭の言う「神韻」「氣韻」を求め「自然に契」うための句作りなのだ。

ここで、二葉亭がなぜ前近代的とも思われる「氣韻」「神韻」を求め、その表現を支える心的状態として「自然に契」うことを願ったのか考えてみたい。

まず、「自然に契」うという特徴に注目して、既に「かねがね疑問とされて来た彼のひたすらな俳諧修業の意味は、その『達人』修業と重ならざるを得ない」（十川信介「二葉亭の沈黙」『二葉亭四迷論』前出）という見方がある。

ところで、このような彼の句作姿勢には、やはり言葉と行為の一致という文学姿勢が基本的には流れているだろうが、「『達人』修業」と括られるようにともすれば、次第に行為の方に重点がかかっていく。

句をむすふときもたのしみ句を結ばぬときもたのしみたのしみ〳〵て老の將に至らむとするをも
ほと〳〵打忘れ候事に有之候　おもへハをかしき事に有之候
（書簡36、明25・11・17）

いわば、時間を超越した無我の境地を楽しむことが「誠の俳諧のたのしみ」（同前）の究極にあり、「をかし」という風流の中に自我を融解させてしまうのだ。ここに、梅、桜、卯の花、柚の花、月、ほととぎすなどの前近代的な句材が詠まれ、二葉亭の俳句の「月並臭」（村山古郷「落葉をはきよせた籠―二葉亭四迷の俳句」『俳句もわが文学』永田書房、昭50・11）があるだろう。

もっとも、芭蕉を範とする自己の俳道と異なる子規の俳句の世界を認めなかったわけではない。

また同じ新聞の社員獺祭書屋主人といふか句に
秋の雲瀧をはなれて山の上
樵夫二人だまツて霧を現ハるゝ
これらハ僕かたのしむ趣にハ無之候へとも一節あるへき句どもに可有之候
（書簡36、明25・11・17）

明治二十五年と言えば、まだ子規の俳名は高くないし、写生句の唱道にも至ってはいない。にもかかわらず、写生句の芽ばえの見えるこれらの句を評価できる眼の高さに、近代文学者二葉亭四迷の資質が窺えるのだが、自分の作句の際には、写生句につながるものもありながら、やはり、「神韻」「氣韻」を追い「自然に契」うことが基準とされるのだ。

「神韻」がどういう文脈で表出するかと言えば、「僕か今迄の句作にハイヤミのぬけざる処あり　近来は此辺に注意致候へとも句にイヤミを嫌へハ神韻には乏しく相成候やうにて（略）」（書簡23、明25・3推定）とあり、「神韻」に「イヤミ」という近世的なものの絡まりを意識しながらも、句感というべき「神韻」の手触りを手離そうとしていない。

その「神韻」あるいは「芭蕉（彼の氣韻が好きだ）」（「予の愛読書」明39・1）における「氣韻」には、二葉亭の少年の時の回想「酒餘茶間」（明41・5）に流れる浄瑠璃や小唄という江戸文化が色濃く継承されているだろう。

しかし、さらに翻訳の際、彼がこだわった「原文の音調」（「余が翻譯の標準」明39・1）も微妙に関連していると思われるのだ。次に『あひびき』（明21・7・6〜8・3）『めぐりあひ』（明21・10〜22・1）について考えてみたい。

> この時期二葉亭が一連のロシア文学の翻訳を通して獲得しようとしていたのは、昇とお勢の「媾曳（あひゝき）」を文三に目撃させる場面を描く方法、なかんずくそれを捉える地の文の文体と表現位置であったことはまちがいない。
>
> （小森陽一「構成論の時代—四迷・忍月・思軒・鷗外—」『文学』昭59・8）

『浮雲』第三篇を書きあぐねていた二葉亭にとって、右のような作品の構成上からの方法意識は十分にあったではあろうが、それではみ出てしまう熱塊のごとき翻訳姿勢が散見される。

その時はツルゲーネフに非常な尊敬をもつてた時だから、あゝいふ大家の苦心の作を、私共の手にかけて滅茶々々にして了ふのは相済まん譯だ、だから、とても精神は伝へる事が出来んとしても、せめて形なと、原形のまゝ日本へ移したら、露語を読めぬ人も幾分は原文の妙を想像する事が出来やせんか、と斯う思つて、コンマも、ピリオドも、果ては字数までも原文の通りにしようといふ苦心までした。

（「予が半生の懺悔」）

「地の文の文体」に生かすという翻訳の目的であれば、「今考へると馬鹿げた話さ」と総括される「コンマも、ピリオドも、果ては字数までも原文通りにしようという苦心」は恐らく必要ではないだろう。「極く小心な『正直』」（同前）を発揮させたのは「ツルゲーネフに非常な尊敬」を持ち、その精神を深く感じ取り、「原文の妙」を伝えようとしたためではなかったか。また、次のようにも述べている。

文体は其の人の詩想と密着の関係を有し、文調は各自に異つてゐる。（略）ツルゲーネフはツルゲーネフ、ゴルキーはゴルキーと、各別にその詩想を会得して、厳しく云へば、行住座臥、心身を原作者の儘にして、忠実に其の詩想を移す位でなければならぬ。是れ実に翻訳における根本的必要条件である。

（「余が翻譯の標準」明39・1）

このような厳しさを自己に課す翻訳の姿勢から透けて見えるのは、「文調」という文体の身体感覚、さらにはその背後の「詩想」への執拗な拘泥である。そして、恐らくは「詩想」には、作家の人柄が反映されているのではないだろうか。「讀ム二魏叔子ノ文ヲ一」（「二籠め」）において「千載之下　令三ム讀レム之ヲ者ヲシテ想二見セ其ノ為リヲ一レ人ト」（訓点は筆者）とあるように、「文調」へのこだわりは最終的には作家の人格への尊敬に行き着くのではなかろうか。

もともと、二葉亭が文学に開眼したのは、東京外国語学校露語学科入学後、「朗読が頗る名人」（大田黒重五郎「三十年来の交友」『二葉亭四迷』前出）であったニコライ・グレーのもとでであり、グレーの朗読によって露文学の文体における身体感覚は深く肉体化されていたと思われる。

つまり、『浮雲』第三篇を書き悩む中での文学への信頼の揺らぎ、「正直」の崩壊の予感の中で、自己の文学の胚胎した原点の一つに帰るために一連のロシア文学を翻訳したのでもあったと言えよう。

ここで、俳句に話を戻せば、「神韻」「氣韻」には「人生問題に就て大苦悶」（「予が半生の懺悔」）を潜っても生き続けている二葉亭の文学の感性が揺曳しており、「文調」的感覚が清冽に十七字詩の世界に甦ったと言えよう。

どこへなとわれを吹き行け春嵐

「愛風説」（「三籠め」）の最後に置かれたこの句は、「風あれば淋しくもなし秋の夕」（前出）と共に、思想的に苦しい彷徨を続け、混沌とした懐疑が去った後の清々しさのようなものが、風に託して形象化されているだろう。

次の二句は、明治二十五年の句としては斬新で、写生句に一脈つながる気配がある。

夕風にひばりの狂ふ田中かな
夜の道川一筋をあかりかな
（書簡24、明25・4推定）

前の句の狂ったように飛ぶひばりは、近代西洋の毒によって沸騰し、混濁した魂の幻想作用であったかと思われる。後の句は、暗やみの中に銀色の一条の川筋だけが浮かびあがる。淋しいが美しい句である。この二句以下の次のような文面は、今ここに存在することを常に否定し続けた二葉亭の旅情の一面を物語っている。

此頃旅思頻に動き往来織る如き町筋を行く時にも田舎蕭条之景眼に遮り胸に塞り候もをかしく候
（書簡24、前出）

哲学にそれなりに見極めをつけることのできた子規とは違って、存在をつき崩してまで芸術と人生の意味を問うた二葉亭の攻撃する知性の傷ましさを、風景が、さらには十七字詩の俳句の世界が慰めているのである。

蟬なくや窓からそつと稚児の顔
たまさかに梟も啼く夜寒かな
一本の薄ハ《ママ》風に吹れけり
さむそらやかちけし指の爪の色
土橋のくづれにつもる落葉かな
からからとたゞかれはてし小菊かな
秋の野は藁屋一ツにくれにけり
冬の野や一吹風のとほる音
菊畑や霜降りそめて土もろき
けふの日も足元さむうくれにけり
昼中や蜻蛉の影水を渡る
（「三籠め」）

右の句は、いずれも詩的実感に溢れ、写生的方向を既に見せている句もあり、やはり『浮雲』の作者二葉亭は見事であった。

しかし、これらの句は傍流であって、「文調」に通底する「神韻」「氣韻」を求め、伝統的花鳥風月の風流の世界に入り込み、月並的叙事、叙情を追っての句作りが実際は圧倒的なのだ。[*8] 特に、書簡中の句にその傾向が強く、右に抽出した秀句は秀句としてあまり意識されなかった気配がある。

月なしとこよひも啼くか浜千鳥
深川や木場の夜深をほと、ぎす
夜桜や勾欄の下の人は誰ぞ
散る花の内ハしつかな念佛かな　（書簡32、明25・9・25）

月、浜千鳥、ほととぎす、夜桜、勾欄などの句材が使われ、既に秋なのに春の句を送句している。そんな例は他にも多く、以下各句の季語と書簡の季節とのズレを検証したい。

夢となれとばかり蝶を春の風　（書簡36、明25・11・17）
花売も花うりをしむ春のくれ　（書簡37、明25・12・13）
梅が香やうすうす匂ふ人の影　（書簡38、明25・12・30）
笠の緒にかげろふもゆる春野かな　（書簡42、明26・6・4）

冬、夏という季節でも春の句を送句しており、その句材もまた、花、蝶、梅、かげろふなど観念的である。斬新な写生的傾向を持つ句を作りながらも、逆行し、子規を評価できる俳眼を閉じ、ともすれば現実から離れた幻想の花鳥風月を愛し、十七字の言葉の音触りに酔おうとしたと言うべきだろう。その音触りには陰微に「文調」への親愛の情が流れており、月並的な俳句の裏側には、傷ましい西洋近代の受容が潜んでいたのである。

明治二十七年、奥野広記の死後俳句をぷっつりと辞め、八年程休俳した後「俳諧手録」（明35〜39）を書き始め、「手帳」十九（明39・40）二十三（明39・41）「いつまでやら草」（明39・10〜11）（以上『二葉亭四迷全集』第六巻　筑摩書房、平1）などに句作を残している。

蟲の音の中に覚めたる獨かな
瘦枯れし手を羽蟻這ふ生きながら
（「いつまでやら草」）

右のような佳吟を残しながらも、月並的発想によっての多くの句が書き留められた「俳諧手録」には、連句独吟、「猿蓑」「続猿蓑」の注釈などがふくまれ、連句への関心が深まっているのが窺える。それは、談話「法帖を習ひ連句を読む」（明40・8）によっても確かめられるだろう。

つまり、二葉亭の俳句体験は子規が切り捨てた連句への開眼と、「真理」追究から「実感」への依拠という文学論への橋渡しとなったということになるのではないだろうか。

芭蕉が深川にゐた時分に、心の味を云ひ取らんとて三日煩悶苦悩したと云ふことを、何かで見ました。
（「作家苦心談」明30）

その結果得た句として「櫓の聲浪をうつて腸こほる夜や涙」をその場では思い浮かべ、後で記者宛書簡で「から鮭も空やの痩も寒の中」（『俳諧一葉集』）と訂正するのだが、そのあと以下のように述べている。

芭蕉が心の味を言ひ取らうとしたと云ふのは、詰り感ずる側《がは》からでなく、感じさせる側《がは》からいひ換へれば、即ち人生の味ひを言ひ取らうとしたと同じことになりませう。自分は斯ういふ方面に向ツて、やツて行きたいと思ツてゐるのです。

この俳諧的文学論は、「神韻」「氣韻」を求め「自然に契」うという句作りの生活化と言えなくはない。「危急存亡の期」に、「我れと人生とはピツタリ面と面を衝き合はせるやうな一種の感じ」「人生の妙味《あぢわひ》」がし、「此妙味《あぢわひ》を言ひ取るのが、詩人小説家の本分ではないか」（同前）と語る二葉亭は、十年後『平凡』（明40）においてその本分を達成しようとした。[*9] 周辺のおびただしい草稿群を巡る紆余曲折した過程を経ての「座談的文体」（相馬庸郎「『平凡』をどう評価するか」『国文学解釈と鑑賞』昭38・5）には、「神韻」「氣韻」と背中合わせの関係でつながる、生活者の肉声を形象した文体の身体感覚が生き、「実感」に依拠し人生に「契」う文学として構想されたと言っていいだろう。

『平凡』脱稿直後の「文壇を警醒す」（明41・2）の以下の部分は、二葉亭の文学論の一つの到達点を示している。

それモーパツサンだツルゲネフ《ママ》だイブセンだと真似をしたつて到底だめな事は前に言ふ通りだ。

流行や書物《ほん》で事を決めてるやうな事なら仕方がない。真に実感に訴へて、国民性に立戻つて其処から行かなけりやならぬ。世界が何うだつて大陸諸国が何うだつて、それを出来ない模擬をするよりも日本は日本の長所でやつたらいゝぢやないか。

それは、大きく見れば、開国、文明開化、日清戦争、日露戦争と足早に皮相な近代化を推し進めていく明治の日本にあって、「維新の志士肌」を持ち、言葉と行為との一致を希求し、近世と近代の重い行き交いを真摯に生きた二葉亭なりの一つの結論であったと言ってよいだろう。

しかし、ここから再度二葉亭は、「決闘眼《はたしまなこ》になつて、死身になつて、一生懸命に没頭して了へさう」(「送別会席上の答辞」明41・7)な国際問題という行為の世界へと足を踏み出し、もう二度と帰っては来なかったのだが……。

**注**

＊1 これについては、拙稿「『浮雲』における青年の意識の成立」(本書第1章)で、私見を提出している。

＊2 十川信介「『実相』と『虚相』――『小説総論』について――」(『二葉亭四迷論』筑摩書房、昭46〈一九七一〉・11)において、「『物』の本体は『意』であり、個々の現象は、その『意』が状況に応じて特殊な『形』で現われたにすぎないとする彼の考えからすれば、ここで『虚相』とは『自然の意』、『実相』は『諸現象』であ」るによる。

＊3 「一六二四～一六八〇 明末清初の文学者。名は禧。字は叔子または冰叔。号裕斎。兄の際瑞、弟の礼とともに文章をもって知られる。明末、諸生を棄てて翠微峯に廬を結び、兄弟ら九人と易堂で古文を講じ、易

堂九子と称された。（略）わが国では江戸中期から紹介され、明治時代にもかなり流行した」（十川信介解題「『近代文学研究資料叢書7　落葉のはきよせ』複刻版　別冊」日本近代文学館、昭51〈一九七六〉・3）。

＊4　長沢規矩也編　和刻本漢籍文集第16輯　桑原忱編『魏叔子文選要』（文久3年印の複製、汲古書院、昭53〈一九七八〉・11）

＊5　「明の中葉、王陽明が浙東の余姚《よよう》に起こって良知の学を提唱してより、明代後半期を通じてその学東南地方に栄え、ひいて四方におよび、清初に至ってその勢なお衰えなかった」（小島祐馬「清初の王学者唐甄」『中国の社会思想』筑摩書房、昭42〈一九六七〉・11）による。

＊6　「『三籠め』の俳句は奥野宛書簡中の句と一致するものが多いが、両者の年代はかならずしも一致していない。おそらく句作のためのノートが別に存在し、『三籠め』や書簡の句はそこから書き写されたのであろう」（十川信介「別冊解題」＊3に同じ）。

＊7　「かなり本気で俳諧に打ちこんだらしく、奥野の句作など作者が病人であることを全く顧慮しないのではないかと思はれるほど、手ひどく批評しています」（中村光夫『二葉亭四迷傳』講談社、昭33〈一九五八〉・12）による。

＊8　拙稿「二葉亭四迷と俳諧—その前近代と近代」（本書第1章）参照。

＊9　拙稿「『平凡』—その文体の成立と位置」（本書第1章）参照。

# 夏目漱石をめぐって

# 漱石とオカルト――初期翻訳「催眠術」(Ernest Hart, M. D.)をめぐって――

## はじめに

若き英文学徒・弱冠二十五歳の夏目金之助は、無署名で『哲学会雑誌』（明25・5）に、アーネスト・ハート「催眠術」の翻訳を未完のまま発表し、踵を接するように「老子の哲学」（明25・6）を東洋哲学の論文として執筆した。

次に改称した『哲学雑誌』の編集委員になった漱石は、「文壇に於ける平等主義の代表者『ウォルト、ホイットマン』Walt Whitman の詩について」（明25・10）を「雑録」欄に無署名のまま発表した。英文学科の学生として、この論文はいかにもと納得させられるし、漢文育ちをしのばせる「老子の哲学」も漱石らしい。

だが、オカルトと近接する「催眠術」の翻訳は、奇妙な違和感を与える。完成している二論文に対して、未完成のままで発表という形態において、その違和感を漱石は表現したといえようか。

さりながら、坪内逍遙に激賞されたという「ホイットマンの詩について」の延長線上に、大学院に入学し英文学者になる道が敷かれていたとしたら、「催眠術」翻訳は、小説家漱石を誕生させる密かな源泉の一つとなったのではないかと思われる。

## 1

なぜ、漱石はオカルトに近い「催眠術」を翻訳したのだろうか。その疑問を解くために、まず当時における「催眠術」の位置について考えてみたい。明治日本は、現在と匹敵する脳の時代であって、脳の休息である睡眠や、睡眠している際の夢にも視点があてられ「催眠」にも関心が拡大していったようだ。「明治二十年前後には、催眠術はかなりポピュラーな流行現象になりつつあった」[*1]という。権威ある東京帝国大学文科大学の研究発表誌『哲学会雑誌』が、催眠術関係の翻訳を堂々と掲載しているのは、今の私たちに不思議な感じを与える。けれども、「科学とオカルトの明治日本」(長山靖生『千里眼事件』平凡社新書、二〇〇五・十二)においては、西洋から移入されたばかりのこの二分野の境界が明確ではなかったらしい。

それは、日本ばかりではなく欧米においても同じであって、催眠術研究によって「脳髄生理を合理の法で解明す」(金之助訳)というハートの言からも、感じとれる。「脳髄生理」という翻訳語自体、催眠術への関心が大脳生理、ひいては脳と精神への科学的アプローチであることを語っている。

怒濤の如く西洋から移入される様々なもののうち、散歩などの身体技法とともに、精神が現在を引き裂く不思議なものとして登場してきたのである。それを間接的に、川村邦光は狐憑きの分析を通して次のように述べている。

もはや心や霊魂ではなく、精神の分析、それも神経や脳に極限された分析が進行していくことになる。

(『幻視する近代空間―迷信・病気・座敷牢、あるいは歴史の記憶』青弓社、平2・3)

儒教道徳で薫育される「心」や死後も生き続ける「霊魂」ではなく、現在を認識し表現する精神や神経がヒステリーや狂気とともに移入されつつあったと推測される。「神経」や「脳」の時代がやってきたのである。

圓朝の怪談噺「真景累ヶ淵」(速記刊行　伝・明21)の「真景」は「文明開化がうたわれていた当時の新感覚語であった『神経』にひっかけた」[*2]ものであった。圓朝は、「幽霊と云ふものは無い、全くの神経病だと云ふことになりました」という幽霊談義を長々と枕に振ってから、本題の怪談噺に入っている。その否定された幽霊が、噺の中で次々と出現してくる有り様は、ヴィクトリア朝最大の小説家・ディケンズの作品にもあり、あのイプセンのにもあるという「十九世紀に隆盛した幽霊小説」[*3]を想起させる。

一方欧米では、「催眠術」や「スピリチュアリズム」が医学者を中心に構築されていく。それは、ダーウィンの進化論が、世間を席巻し、科学的合理的思考の歯車のなかに人々が巻き込まれて行く風潮のなかで、不可解で不合理なもの(幽霊や狂気など)が、逆照射されることになったのだろう。[*4]その反映を、翻訳文中に見出すことができる。

例えば、催眠術の「提起法（Suggestion）」によって、「狂者を正気に復せり」と施療の例が紹介され、さらに、催眠術の「研鑽探求」は「半ば哲理に関す」（金之助訳）と意義づけられる。

つまり、現在私たちにとって、オカルトに近い催眠術が、明治日本では『哲学会雑誌』掲載で自明のように精神医学と脳科学と哲学とに近い位置にあって、「一種不可思議のもの」・「狂気」への対処療法となろうとしていた。そこに漱石の関心の核があったのではないだろうか。注解は、「敢えて憶測を試みるなら、理性や意識を超える心理に対する漱石の関心と探求の一端を示すものとでもいえようか[*5]」と述べている。

私としては、後に「人生」（明29・10）で明瞭にされる「吾人の心中には底なき三角形あり、二辺並行せる三角形あるを奈何《いかん》せん」という「一種不可思議のもの[*6]」の自覚に連動していたのではないかと推測したい。

では、「一種不可思議のもの」とは何なのだろうか。金之助は、欧米文学のゴシック小説の「出来事」や物語詩の妖怪やマクベスの幽霊やホーソンやポーの怪奇を否定し、「因果の大法を蔑にし、自己の意思を離れ、卒然として起り、驀地《ばくち》に来るものを謂ふ、世俗之を名づけて狂気と呼ぶ」（「人生」）と説明している。

さて、オカルトと科学ばかりでなく哲学までが、混沌としていたこの時期に、催眠術は科学でもなく、哲学でもなく、「狂気」への解明にもなり得ず、「感応」という主観的思い込みに過ぎないという一応の結論を得て、中途でこの翻訳に見切りをつけた金之助は、大学生にして見識があったというべきだろう。

彼が「催眠術」の翻訳を未完のままにして「老子の哲学」を執筆したのは、「一種不可思議のもの」である「狂気」へ哲学によって接近しようと意図したからではないだろうか。

その頃の対話の相手が親友・米山保三郎である。彼は金之助と共に、「批判的実在論の立場をとる」[*7]ドイツの哲学者ブッセ（Ludwig Busse）に学び、大学院で「空間論」を研究中に、明治三十年に亡くなった。後に『吾輩は猫である』（明38・1〜39・8　以後『猫』と省略）において「空間に生れ、空間を究め、空間に死す。空たり間たり天然居士噫《ああ》」（三）と悼まれる曾呂崎のモデルとなっている。

明治二十五年九月上旬または中旬、米山保三郎と金之助はヘーゲルや東洋の哲学に関して議論を重ねている。その成果として米山は、「老子の哲学」において金之助が「老子とヘーゲルの差異を論じた点を批判修正」[*8]し、「ヘーゲルノ弁証法ト東洋哲学」（明25・11）を、『哲学雑誌』に発表した。二人の哲学談義がいかに創造的なものであったかを彷彿とさせる。

哲学青年・米山保三郎と青春を生き、建築家志望であった金之助は、彼に勧められ文学の方向へ舵を切り、子規と親交を深め俳句を作る文学青年に転身する。この転身の分岐点にそっと置かれたのが、「催眠術」の翻訳であり「老子の哲学」であろう。

大学院修了後、松山中学校教員を経て、第五高等学校講師となった金之助は、大量の俳句を作句して子規に添削を乞いつつ、世間で流行し始めた催眠術に背を向け、「人間が人間の主宰たるを得」（「人生」）ることはできないと哲学に対しても疑問を持ち、彼の存在の不安ばかりが響いて来る次のような一文を発表している。

夢は必ずしも夜中臥床の上にのみ見舞に来るものにあらず、青天にも白日にも来り、大道の真中にても来り、衣冠束帯の折だに容赦なく闥《たつ》を排して闖入し来る、機微の際忽然として吾人を愧死《きし》せしめて、其来る所固より知り得べからず、其去る所亦尋ね難し、而も人生の真相は半ば此夢中にあつて隠約たるものなり

（「人生」）

この頃、存在論的不安を美的幻化のなかに結晶させて、代表句とされる句を詠んでいる。[*9]

人に死し鶴に生れて冴返る　（明30）
或夜夢に雛娶りけり白い酒　（〃）
菫程な小さき人に生れたし　（〃）
仏性は白き桔梗にこそあらめ　（〃）

西洋と東洋、英文学と俳句という漱石内部の相反するベクトルは、晩年の『明暗』（大5）執筆時の午前中は小説、午後は漢詩の制作にまで持ち越されることになる。では、次に具体的に翻訳「催眠術」をみていきたい。

## 2

漱石が翻訳した「催眠術」は、Ernest Hart “Hypnotism, Mesmerism & Witchcraft” の中に収録されている。初版が一八九三年で、私が参照したのは、カナダで覆刻された第二版で一八九六年発行の二百十二頁のペーパーバックである。[*10] 表紙と裏表紙とも正装した男に催眠術を掛けられようとして、青い玉を見せられ目をむいている美女の派手な装丁で、いかがわしい感じすらする。が、内容は催眠術、テレパシー、動物磁気（電気）などを科学的に探求し霊媒現象については批判的な立場をとる研究書だ。[*11]

漱石の「催眠術」（「トインビー院」演説筆記）翻訳（一八九二）は初版が出版される一年前なのだから、恐らくはハートが一八八六年から一八九八年まで編集長をした『イギリス医学雑誌』に掲載された、講演速記録からの翻訳であろう。英国から遠く離れた東洋の小さな国の極めて敏速な反応に驚かざるを得ない。

漱石が翻訳したのは、ハートがトインビーホールで“HYPNOTISM AND HUMBUG”（催眠術とペテン）という題で講演した巻頭の第一章で、その途中で、ぶつりと切れていて未完で、題の「ペテン」は省略されている。なぜ、省略したかといえば、先述したように催眠術がオカルトよりも脳科学や哲学に近いという距離の取り方での漱石の翻訳であったからだろうか。「想像力のある哲学者」が興味を持つ「今、大変知的で注目される現代の探求の主題」（拙訳）である「催眠術」の金之助訳は、漢文訓読体で格調高く次のように始まる。

幽玄は人の常に喜ぶ所なり。幽玄の門戸を開いて玄奥の堂を示す者あれば衆翕然《きゆうぜん》として起つて之に応ず。智者も此弊を免かれず昧者は勿論なり。

冒頭の「幽玄」は「THE unknown」の訳で、次のように続く。

今の世に之を催眠術、「メスメリズム」、動物鑷気術《じようき》、読心術、伝心術抔と称す。其古へ人智未だ開けず合理の法を以て自然の現象を解析するに拙なりしに方つては「メヂアン」の幻術、狐憑の怪、禁呪の験抔と云ふ大抵似た者なるべし。

「マジシャンの技」（拙訳）を「『メヂアン』の幻術」としており、注解では「ギリシャ神話の王女『メーデイア』の魔術」（山内久明・前出）となっている。しかし、「幻術」とは、「催眠術が移入される以前に、日本固有の『術』として伝えられ」、「妖術、魔法をあらわす語」（一柳廣孝・前出）である。後に『琴のそら音』（明38・6）の有耶無耶《うやむや》道人著『浮世心理講義録』に、「日本固有の奇術」として登場する。

ここで注意したいことは、「悪魔や悪霊にとりつかれての滑稽な動作」（拙訳）を「狐憑の怪」と意訳していることだ。「狐憑き」という現象そのものが日本にしかない（川村邦光・前出）のだから、当然原文には「狐憑の怪」という語はない。漱石が、キリスト教における「悪魔や悪霊」を、民話に出てくる「狐」と置き換えたのである。

また、原文にある「悪魔払い、悪霊の駆除、手の殴打による悪霊からの救い、魔女による幻覚症状への裁判」（拙訳）などを「禁呪の験抔」と一語にまとめている。「悪魔や悪霊」「魔女」によるものを「呪われる」という日本古来からの人間の行為に転換しているわけで、文化の衝突である翻訳を、日本の文化に沿って解消しようとしたといえよう。

次に、ハートがなぜ、催眠術に興味を持ったかを述べる。それは、骨相学協会を創立したエリオットソン（一七九一〜一八六八）による。エリオットソンが、ハートの親戚の慢性関節病を催眠術で治したからである。しかし、エリオットソンは、この催眠術施療によって、ロンドン大学臨床医学教授辞任を余儀なくされる。注解によれば、以後、催眠術病院を設立し（一八四九）、催眠術雑誌を発刊する。

また、メスメリズムと呼ばれることになる催眠術の創始者・オーストリアの医師・メスマー（一七三三〜一八〇五）の紹介もある。彼も、パリ大学医学部に糾弾され追放される。アメリカでは、グライムス（一八〇七〜一九〇三）が、「電気心理の名」で合衆国議会下院で演説し、その書『電気心理論』が英国に輸入され、それを学んだハートが、催眠術に手を出し、医事委員に呼び出され審問を受け、科学的に説明したが理解されず二度と施療しないことを条件に許される。

欧米での催眠術の人気の高さが窺えるのだが、科学ではないと催眠術を非難する者も多く、フランスの啓蒙主義思想家ヴォルテールは、次のように非難している。

吾れ能く鬼を役し吾れ能く魔を使ふ抔と大言を放つ者己れの無智なるより現象に関係なき一種の名目を捏造して仕たり顔なり　（金之助訳）

「理解できない現象に意味のない名前をつけて他人に結論を押しつけ、自らの無智を飾りたてる」（拙訳）神秘主義者とペテン師の傾向を、「鬼」や「魔」を登場させての意訳は、日本人の想像力に訴えかけて金之助の翻訳姿勢の面目躍如というところだ。

ハートは、このヴォルテールの言葉を謙虚にうけとめ、なぜ人が催眠術に掛かるのかを、「合理の法」で解こうとして、「電気的なものか磁気的なものか確かめ」ようと「支配実験」を行い、ケントの少女に催眠術を掛けた例を分析して、「感応ありと信じたる少女」（金之助訳）には十分通じると次のように結論する。

去れば俗に所謂鑷気睡眠、生物電気、奉信入定抔と小六《こむ》づ箇敷《かしい》御大層なる名を付するものも一たび其源頭に逢着すれば単に主観的の情況に過ぎざるなり。（中略）若し幾多の方便を以て被術者の想像を感ぜしめ又其体性を動かすを得ば施験者なくとも実際同様の結果を生ずべし。（未完）

ここで金之助の翻訳は切れている。「不可思議のもの」を解明できなかったにしても、催眠術が、想像を含めての「主観的の情況」による「感応」であるという結論を得たことは、以後の英文学研究に生かされ、さらに小説創作の源泉の一つとなったのではないだろうか。また、欧米の小説に扱われている、「感応」を超えた、超能力、メスメリズム、動物磁気（マグネティズム）、電気心理などの超自然現象・オカルトの位置を把握できたのは、大きな収穫であっただろう。

当時の英国で、超能力というオカルトを採り入れてベストセラーになっていたのが、小説『エイルヰン』であった。早速に、漱石は「小説『エイルヰン』の批評」（「ホトトギス」明32・8）を発表する。この批評から粗筋をたどってみると、「『ジプシー』専売の幽冥術」という超能力によって生き別れとなっていた恋人たちが出会うことができたという神秘的なラブストーリーだ。「幽冥術」とは、「『クルス』と云ふ胡弓の様な、『ジプシー』特有の楽器を弾ずると、山神の威霊で、尋ぬる人の生霊が現はるゝ」（「小説『エイルヰン』の批評」）という術で、岩の上で、「紅なる衣」を着た女が、「知らぬ世の楽器を弾くともなしに弾いて居る」という『幻影の盾』（明38・4）を彷彿とさせる。[*12]

現在では二流と位置づけられる『エイルヰン』が、当時の英国では「沙翁の『オフェリヤ』以後、『ヰニー』（巻中の少女）の如き悽絶なるものなし」（「小説『エイルヰン』の批評」）とさえ評価されていた。それを受けて漱石も、『文学論』（明40・5）において『ハムレット』の幽霊や『マクベス』の妖婆と並べ「或は近時有名なる小説 Aylwin 中の不可思議分子」（第一編第三章）と併記している。[*13]

十九世紀欧米では、『エイルヰン』のようにオカルトを扱った小説や幽霊小説が浮上し、動物磁気やメスメリズムを小道具に使ったり、世界観として使った小説が流行していたらしい。そんな小説の一冊・ホフマン『牡猫ムルの人生観』（一八二〇〜二二）を、ドイツ文学者・藤代素人が、『新小説』（明39・5）誌上冒頭で紹介している。

題は「猫文士氣焔録」、筆者は「カーテル、ムル口述　素人筆記」で、ムルの幽霊が現れ、着想を

「『猫ばゞ』にする」と怪気炎を上げ、「夏目の猫」に著作権を持ち出し嫌味を言い、「『人間ばゞ』と改正するが良い」と漱石を批難している。漱石は、最終章で「先達てカーテル、ムルと云ふ見ず知らずの同族が突然大気焔を揚げた」（十一）と話題に挙げているだけで、その着想を否定している。

この否定の背後には、漱石自身の苦い留学体験が潜んでいるだろう。若き金之助は、英文学研究のとば口で英文学とは関係のなさそうな「催眠術」を翻訳し、催眠術とは「感応」という主観的なものらしいという感触を得ていた。

留学前の「小説『エイルヰン』の批評」の根底には、なぜ「感応」を超える超自然現象を扱う文学が欧米で二十版を越すベストセラーになるのかという疑問がある。この疑問を抱いたまま留学した漱石は、心霊学や催眠術が流行する英国[*14]に幻滅し、漢学によって培われた文学と西洋の文学との懸隔に絶望し（『文学論』序　明39・11）、文学のかたちを追求せんとし、『文学論』（明40・5）の構想を企て、果ては神経衰弱を患うのだ。

いわば、身体をかけて、異文化をつなげようとした漱石には、『牡猫ムルの人生観』というたった一冊の本からの着想ではないという自負があり、ムルの幽霊を出現させる素人の発想に西洋の匂いをかぎつけ、嫌悪すら感じたかもしれない。

英国留学から帰国後、「感応」や催眠術、心霊学、テレパシー、超能力などのオカルトが、自家薬籠中のものとして、生き生きと展開されるのは、『猫』と『漾虚集』（明39・5）である。

『猫』の大きな枠組み[*15]は、あの世の子規と「始終無線電信で肝胆相照らして居」（十一）るテレパシーということになるし、『漾虚集』は、オカルトの流行する英文学を許容できる空間と時間に宙づりにして再構成した作品集ということになるだろう。

3

『猫』から分析していきたい。『猫』は、小説の構造として、迷亭・寒月・苦沙弥などが繰り出す「挿話の連鎖」（竹盛天雄・前出）であって、（二）において迷亭は「首懸の松」の不思議さを語り、寒月は「吾妻橋」での体験を語り、最後に苦沙弥が神経を起こし、「摂津大掾」の義太夫節を聞きに行けず妻の願いをかなえてやれなかった話をする。苦沙弥は二人の話に水を掛け、反「感応」の話で迷亭や寒月のエピソードを相対化しているのだ。

迷亭と寒月の挿話に通底するのは、「人間の感応」（二）「霊の交換」（六）で、迷亭は次のように締めくくる。

（前略）ゼームス抔に云はせると副意識下の幽冥界と僕が存在して居る現実界が一種の因果法によつて互に感応したんだらう。実に不思議な事があるものぢやないか（二）

「ゼームス」ことウィリアム・ジェームス（哲学者・心理学者一八四二〜一九一〇）を、漱石は高く評価しており、『思ひ出す事など』三（明43・11）では、彼の死を深く悼んでいる。「副意識」は潜在意識で、「幽冥界」は無意識ということで、まだ訳語も定まっていない、心理学のかたちが不明瞭な時期であったことをよく表している。また、迷亭や寒月の心理学的オカルト的話題の間に挟まれているのが、苦沙弥の翻訳「巨人引力」という万有引力の話題である。オカルトと科学とは一線を画すべきなのに同列に扱われているのは、両者の混交した世相の反映であるし、漱石に両者を並列する批判的視点があったことを物語る。

つまり、私生活の鬱屈を下敷きにして、文明化せんとしてオカルトと科学の移入に奔走する知識人批判と戦争までも真似て近代化を急ぐ国家体制への痛烈な批判が、『猫』の特異な作品構造である「作者—猫、猫—作中人物」の「二重に固い間隔[*16]」をしっかりと支えたのであろう。

執筆一年前に「無人島の天子とならば涼しかろ」（明37）と詠んだ漱石は、『猫』において鬱屈と批判を爆発させているのだから、苦沙弥は当然のこととして甘木先生の催眠術に掛からない。心理学的なものもオカルト的なものも科学も日露戦争さえもが、痛快にサタイアされている。

これに相反して、「狐憑の怪」（「催眠術」）と結んでロマンスとして小説化したものが、『琴のそら音』（明38・6）である。

漱石は、『文学論』の第二編第三章「ｆに伴ふ幻惑」の中で次のように述べる。

（三）超自然的Ｆ。⑴宗教的Ｆ、其Ｆは時と国とにより異なること勿論なれど、これに伴ふｆは概して同様なりとす。（中略）⑵宗教的ならざる超自然的Ｆ、例へば妖怪変化、妖精、妖婆其他同様類似のＦにつきては其ｆも各々特色を有するものなれども、こゝには詳述の余白なし。由来此方面は所謂浪漫派文学と関係深きものなれば、一応の注目を値すべし。

この文学理論を援用すれば、『琴のそら音』は「宗教的ならざる超自然的F」の場合で奔放な想像力を駆使する「浪漫派文学」として構想されていることになる。漱石がサタイアもロマンスも書いたということを高く評価する見方がある。[*17] けれども、「何となく英文学に欺かれたるが如き不安」（『文学論』序）を解消し、文学というかたちを構築するためには、相反する形式をとって書いていくしかなかったのではないだろうか。当時の漱石の鬱屈を晴らすには、どちらの形式も必要であったのだ。次に、ロマンスとして書かれた『琴のそら音』について具体的に考えていきたい。

『琴のそら音』の主人公・「余」は、法学士で、幽霊など信じない合理的精神の持ち主である。しかし、心理学の得意な友人である文学士の津田君から、彼の愛読する「幽霊の本」に掲載されている、死んだ妻の幽霊がロシア戦線にいる夫に会いに行ったという話を聞いて驚く。一方で、手伝いの迷信深い婆さんの「犬の遠吠え」から何か「変」があるに違いないという占いにひきずられて、結婚前の「余」にとっての「変」とは「婚約者が死ぬかもしれない」ということしかないという強迫観念に取り込まれる。結末は、はぐらかされるように、婚約者には何の異常もなく、逆に彼女が朝早く見舞いに来た「余」を心配し、愛を深めるという話になっている。

この時期、大塚英志によれば、「『怪談の時代』とでも言うべきような思潮があった」（『「伝統」とは何か』ちくま新書、平16・10）らしい。

しかし、漱石は明確にその思潮と一線を画しているだろう。それは、『琴のそら音』一編にも現れており、「浪漫派文学」の約束の一つとして「超自然的F」が実在するように展開していってもいいはずなのに、作品の時間が現在で、場所が日本という設定なので、「超自然的F」めかしながら、最終的には、それを突き放し、強迫観念という心理に凝縮していっていることで自明であろう。つまり、「浪漫派文学」の構成要素の一つである偶然、宿命的な誤解の方に切り替えているのだ。

「琴のそら音」という題にしても、『エイルヰン』のなかの「幽冥術」の「例の胡弓」の音から連想されたもので、そらみみ、つまり幻聴・幻覚のことなのだから、[*18]怪談の流行に冷や水をかけていることになる。

「余」の友人は、大学で研究にいそしんでいる知識人である。その津田君が真剣に幽霊を信じているということ自体、『猫』の知識人批判に通じる。この批判を凝縮したのが、知識人を狸と擬人化し、そういう作者もまた狸であるという、有耶無耶道人著『浮世心理講義録』の紹介である。

すべて狸一派のやり口は今日開業医の用ひて居りやす催眠術でげして、昔し《ママ》から此手で大分大方の諸君子を胡魔化したものでげす。西洋の狸から直伝に輸入致した術を催眠法とか唱へ、之を応用する連中を先生抔と崇めるのは全く西洋心酔の結果で拙抔はひそかに慨嘆の至に堪へん位のものでげす。何も日本固有の奇術が現に伝つて居るのに、一も西洋二も西洋と騒がんでもの事でげせう。

(『琴のそら音』)

「げす」調の文体は、江戸語では「ございます」だが、周知の通り滑稽本の会話に多用される話し言葉である。「浪漫派文学」という形式を破って、漱石の本音であるようにサタイアが文体として尻尾を出しているのだ。

しかし、この本音には、初期翻訳「催眠術」を始めとしてのかなりの裏打ちがある。ロンドン留学時代の明治三十四年から、帰国後の明治四十三年くらいまでの十年ほどの間にアンドリュ・ラング『夢と幽霊』、フランマリオン『霊妙なる心力』、オリヴー・ロッヂ『死後の生』といった、オカルトやスピリチュアリズム関係のものを漱石は読んでいる（『思ひ出す事など』十七）。さらに、『人格とその死後の存続』の著者マイエルや心霊研究家ポドモアへの言及もある（同前）。

しかし、狸の一人称で自在に語られる『浮世心理講義録』からは、オカルトに引っ張られた気配は感じられないだろう。その上「余」は、「昨夜は全く狸に致された訳かな」と自分に「愛想をつかし」ている。また、『猫』においては、そんな読書傾向の漱石が、催眠術の本を熱心に読み興味を示す苦沙弥として戯画化されている。

その一方で、「霊の感応」は、『幻影の盾』（明38・4）『薤露行』（明38・11）『趣味の遺伝』（明39・1）でも展開され、『琴のそら音』[*19]を含めて『漾虚集』（明39・5）（他に『倫敦塔』『カーライル博物館』『一夜』）にロマンスとしてまとめられた。

さらに、ウィリアム・ジェームスの『多元的宇宙』の未読部分の約半分を修善寺の大患（明43・8）の直後なのに、三日間で読了している（『思ひ出す事など』三）。ウィリアム・ジェームスは、科学のみではなく、霊的な世界にも言及しスピリチュアリズムを含めての宇宙を考えていこうという姿勢を示して、『多元的宇宙』を書き残した。漱石の言葉でいえば「反理知派」である。

胃潰瘍の当時の治療として温めた蒟蒻を胃部に載せ、仰向けになった不自然な姿勢での読書にもかかわらず、死んだかもしれない自分を担保として熱い思いの中で『多元的宇宙』に熱中したのであろう。巷では、日本史上最大のオカルト「千里眼事件」(明43・9)で沸きブームとさえなっていた。しかし、漱石は、結局「反理知派」の方にはいかなかった。それを言外に語っているのは、『変な音』(明44・7)であろう。

自分の病室の隣から妙な音がする。この妙な音は、いかにもミステリアスに描かれている。後で、直腸癌で入院した男が、看護婦にキュウリをすらせていた音であることがわかるのだが、その亡くなった隣室の男も隣から聞こえてくる変な音を気にしていた。実は、それは毎朝自分が髭を剃るため、剃刀を自働革砥へ掛け磨ぐ音だったのである。生死の狭間にいる二人の男が聞く不思議な音を、「超自然的F」にせず、種明かしをし、運命のアイロニーに転位している。『琴のそら音』の「そら音」は、六年後「妙な音」から「変な音」になったのである。

## 終わりに

初期翻訳「催眠術」は、オカルトと科学、スピリチュアリズムと精神医学、心霊学と心理学などの渦巻くるつぼの中に漱石がいたということを如実に示してくれる。この翻訳から、引き出されて来た超自然現象・オカルトが、『猫』と雁行して創作された『漾虚集』に通底している。『文学論』でいうところの「超自然的F」をたたきのめした『猫』のサタイアとロマンスとして生かした『漾虚集』とは、表裏一体として把持するべきであって、表は漢文、裏は滑稽本という江戸時代の文学の在り方と拮抗していると言えよう。
ゆえに、西洋に飲み込まれないで、西洋の文化の総体と取り組み、文学のかたちを理論と実践のなかで追求することが出来たのである。その追求の突破口となったものの一つが、若き日の初期翻訳「催眠術」であった。

注

＊1　一柳廣孝『〈こっくりさん〉と〈千里眼〉—日本近代と心霊学』（講談社選書メチエ、平6〈一九九四〉・8）による。

＊2　矢野誠一『三遊亭圓朝の明治』（文春新書、平3〈一九九一〉・7）による。度会好一『明治の精神異説—神経病・神経衰弱・神がかり』（岩波書店、平15〈二〇〇三〉・3）にも同様の記述がある。

＊3・＊4　富山太佳夫『ダーウィンの世紀末』（青土社、平7〈一九九五〉・1）による。

＊5　山内久明注解『漱石全集　第十三巻』（岩波書店、平7〈一九九五〉・2）による。

＊6　「人生は心理的解剖を以て終結するものにあらず、又直覚を以て観破し了すべきにあらず、われは人生に於て是等以外に一種不可思議のものあるべきを信ず」（「人生」）による。

＊7・＊8　荒正人著『増補改訂漱石研究年表』第二版（集英社、昭59〈一九八四〉・6）による。

＊9　拙稿「漱石の俳句世界—作家漱石に至るまで」（『散歩する漱石—詩と小説の間』翰林書房、平10〈一九九八〉・9）に詳しく論じた。

＊10・＊11　Ernest Hart, "Hypnotism, Mesmerism & Witchcraft"（Toronto; Coles Publishing Company, 1980)、オリジナルタイトルは、"Hypnotism, Mesmerism and the New Witchcraft"（London; Smith, Elder & CO., 1896)、第二版の覆刻である。初版（1893）との違いは、最終章と付録を付けたことで、初版

については佐々木英昭「『暗示《あんし》』実験としての漱石短篇―「一夜」「京に着ける夕」『永日小品』の深層―」（『日本近代文学第七六集」平19〈二〇〇七〉・5）が既に注において紹介されている。覆刻本は、舞鶴高等工業専門学校教員吉永進一氏からお借りした。また拙稿について丁寧な御助言を戴いた。著書に『催眠術の黎明・近代日本臨床心理の誕生・1〜7』（クレス出版、平18〈二〇〇六〉・1）などがある。

＊12・＊13　竹盛天雄「『琴のそら音』……二段構成の語り」（『漱石　文学の端緒』筑摩書房、平3〈一九九一〉・6）に、既に指摘されている。

＊14　「漱石が留学したヴィクトリア朝からエドワード朝にかけての英国では、心霊学や催眠術は、空前のブームを呈していた」（長山靖生『鷗外のオカルト、漱石の科学』新潮社、平11〈一九九九〉・9）による。

＊15　拙稿「子規と『吾輩は猫である』」（前出）に詳しく論じた。

＊16　相馬庸郎「漱石と写生文」（『子規・虚子・碧梧桐―写生文派文学論』洋々社、昭61〈一九八六〉・7）による。

＊17　絓秀実『日本近代文学の〈誕生〉―言文一致運動とナショナリズム』（太田出版、平7〈一九九五〉・4）第八章「『国民作家』の誕生―夏目漱石」が、詩と小説という相反するジャンルに注目している。

＊18　注＊12と同じ。

＊19　柄谷行人『定本柄谷行人集―日本近代文学の起源』（岩波書店、平16〈二〇〇四〉・9）の「『漾虚集』はロマンスなのである」（第七章）による。

# 反・学校小説『坊っちゃん』

## はじめに

『坊っちゃん』論は、啖呵のいい江戸っ子の語りとその構造[*1]や、清を中心に扱われること[*2]が多いようであるが、学校という場に戻して考えていくことが、大切ではないかと思われる。なんといっても、『坊っちゃん』は学校小説[*3]なのだから。というより、反・学校小説、「反・教育小説」[*4]だから名作なのだ。というのは、結局のところ、漱石は明治の社会が紡ぎ出した学校をめぐるパラダイムの幻想を、たたき潰したかったのではなかっただろうか。その潰し方は、『坊っちゃん』の末尾において明らかにされるが、いかにも稚拙でほほえましいくらいである。ということは、蟷螂の斧に過ぎなかったということなのだ。

それは、反・学校小説『坊っちゃん』を書いている明治三十九年三月の夏目漱石にも跳ね返ってくることであっただろう。すでに、竹盛天雄「坊っちゃんの受難」(『文学』昭46・12)が指摘しているように、同年二月、漱石は東京帝国大学教授会に反抗し、英語学試験委員を辞退した。それが、『坊っちゃん』執筆の大きな動機の一つといわれてきたが、私としては、同年二月二十五日、清国南京三江師範学堂を辞職した菅虎雄のこともあげたい。菅虎雄は、「学生時代から漱石の親しい友人であり、五高・一高でも同僚であった」（岩波版『漱石全集』22、紅野敏郎注　平8・3）。

ところで、親友・正岡子規亡き後、彼に代わる者はいなかったわけだが、強いていえば、狩野亨吉と菅虎雄ということになるだろう。菅虎雄が「愛媛県尋常中学校英語教諭の口を周旋」（江藤淳『漱石とその時代第一部』新潮選書）したのだし、菅虎雄・狩野亨吉・夏目金之助の三人は、熊本の第五高等学校には、就任の後先はあるものの同僚として勤務し、第一高等学校には校長になった狩野亨吉について異動した。次に、明治三十九年七月、京都帝国大学文科大学長に内定していた狩野亨吉が、菅虎雄を第三高等学校に招き、ついで漱石を京大に招聘しようとしたが、漱石は結局朝日新聞社に入社した（明40・3）。その意味でいえば、友人たちとのユートピアを捨てて東京に残った漱石は、学生時代、教師時代を濃密に過ごした友人たちと別れ、学校という場で生きていくことをやめたのである。『坊っちゃん』は、反・学校小説という形をとることによって、漱石が学校という場から降りる契機としての一里塚的役割を果たしたといえるのではないだろうか。

明治三十六年四月東京帝国大学英文科講師になって以来、漱石は、内面の鬱屈を晴らすように、菅虎雄に一貫して大学をやめたいという希望を手紙で漏らしている。

大学の方は此学期に試験をして見て其模様次第にて考案を立て考案次第にては小生は辞任を申出

る覚悟に候　（明36・5・21）
高等学校ハスキダ大学ハや《ママ》メル積ダ　（明36・6・14）
僕大学ヲヤメル積デ学長ノ所ヘ行ツテ一応卑見ヲ開陳シタガ学長大気焔ヲ以テ僕ヲ萎縮セシメタ
ソコデ僕唯々諾々トシテ退クマコトニ器量ノワルイ話シヂヤナイカ　（明36・7・2）
僕大学をやめて江湖の処士になりたい。大学は学者中の貴族だね。何だか気に喰はん。（明39・1・14）

これらの書簡の延長線上に英語学試験委員問題がおこり、漱石は頑固に辞退という主張を貫いた。しかし、次のように漱石が励ましたにもかかわらず、菅虎雄は辞任した。*5

元来喧嘩をして相手が居るのに自分の方が引くのは間違つて居る。是非共相手をやめさせなければならん。もし相手がやめれば自分は辞職する必要はないものと思ふ。
（清国南京三江師範学堂　菅虎雄宛　明39・1・31）

明治三十九年二月、漱石と菅虎雄に立て続いて、学校側と抵触する軋轢が生じ、漱石はともかく菅虎雄は辞任し帰国し浪人生活を送ることとなる。この二人が学校という制度に翻弄され、苦渋をなめた体験を踏まえ、明治二十八年の松山中学校を下敷きにして、明治三十九年の東京帝国大学・清国南京三江師範学堂を射程にいれて学校というパラダイムを批判し、いわば敗北した菅虎雄に代わっての代理戦争のような気合で『坊っちゃん』は、執筆されたと考えてもいいのではないだろうか。
しかし、坊っちゃんの正義は、結局のところ生卵を投げ付けることでしか実現されない。会津っぽ・山嵐は辞表を叩きつけ、枡屋という旅館に籠り、赤シャツを鉄拳制裁するほかに術はないのだ。「天誅党」（十二）たる二人は、ぽっと別れ二度と会わない。二人による共同体は、成敗すべき赤シャツという存在のおかげで、つかのまの夢のように結ばれる。『坊っちゃん』の読後に忍び寄るはかなさは、「だから清の墓は小日向《こびなた》の養源寺にある」（十二）という結末の一文ばかりのせいではあるまい。学校という場に対抗する、坊っちゃんと山嵐の友情の誕生と訣別に立ち合ったためでもあろう。それに、その対抗手段の稚拙さ・弱々しさが、学校をめぐるパラダイムの幻想の強固さを際だたせる。現代においては、さらにその幻想は、拡大し跳梁しているだろう。彼ら二人が、いかにはなばなしく「天誅」をふるったとしても、つぶすことはできず、逆に排除されるほかないという挫折は、友情をせつなく彩る。その友情が結実するのは、「遊廓で鳴らす太鼓が手に取る様に聞える」（十一）一夜のみなのだ。その「太鼓」とは、坊っちゃんと山嵐が性的なものから疎外されていることを暗示している[6]。それも、この作品の読後に醸し出されるはかなさを強めているだろう。

1

『坊っちゃん』という作品を、貫いているのは、善悪のさわやかな二分法である。これを「『勧善懲悪の伝統』の復活」（江藤淳[7]）ととることもできるし、代理戦争の具体化ととることもできる。なにしろ、戦争には敵・味方と分けることが不可欠なのだから。

『坊っちゃん』(明39・4)執筆の五か月後の『文学談』(明39・9)において、漱石は自己の作品の解説として以下のように述べている。

文学は矢張り一種の勧善懲悪であります。(中略)自分の良心にはづかしからぬ様に勧善懲悪をやりたい。

当然、善の核は、語り手・坊っちゃんであり、悪の核は赤シャツである。読者は、語り手の善の意識の中に包まれ、のびやかに物語空間を生き始めることができる。

では、善の核・坊っちゃんはどのようにして形成されたのだろうか。

有名な冒頭「親譲りの無鉄砲で小供の時から損ばかりして居る」(一)という「無鉄砲」さが坊っちゃん特有の「あなたは真っ直でよい御気性だ」(一)という清のほめ言葉を引き出すことになる。さらに、それは成長しながらより助長されていくことが、たたみかける調子で描かれる。二階からの飛び降り、親指を切ろうとしたあとの傷痕、質屋の勘太郎との喧嘩、茂作の人参畑荒らし、古川の井戸埋め、兄との喧嘩、「乱暴者の悪太郎と爪弾き」(一)されるばかりにさえなっている。このような「乱暴者」という坊っちゃんの設定は、後に登場するいたずらをしても罰をうけようとしない「腐った了見」(四)の中学生と対峙されることとなる。

ところで、「教育のない婆さん」(一)である清が、「乱暴者」坊っちゃんをすべて肯定しさらに

「あなたは真っ直でよい御気性だ」と評価してくれる。そこに坊っちゃんの善の核が作られていく。善の核とはなにかといえば、いくら教育しようとしてもできない人間の資質というようなものだろう。文明というイデオロギーのもとに怒濤のごとく輸入された学校という幻想への異議申し立てを、「親譲りの無鉄砲」という言葉と「坊っちゃん」というあだなが示している。その「坊っちゃん」という価値について漱石は次のように述べている。

然し人が利口になりたがつて、複雑な方ばかりをよい人と考へる今日に、普通の人のよいと思ふ人物と正反対の人を写して、こゝにも注意して見よ、諸君が現実世界に在つて鼻の先であしらつて居る様な坊つちやんにも中々尊むべき美質があるではないか、君等の着眼点はあまりに偏頗ではないか、と注意して読者が成程と同意する様にかきこなしてあるならば、作者は現今普通人の有してゐる人生観を少しでも影響し得たものである。（『文学談』明39・9）

坊っちゃんの「美質」という善なるものとは、単純性ひいて言えば「利口」でないこと、つまり「馬鹿」であることだ。その価値を漱石は言おうとしているのである。この「馬鹿」であることについては、すでに佐藤泰正「『坊つちやん』――〈うた〉という発想をめぐって――」（『夏目漱石論』筑摩書房　昭61・11）が、以下の書簡を挙げている。

『御前が馬鹿なら、わたしも馬鹿だ。馬鹿と馬鹿なら喧嘩だよ』今朝かう云ふうたを作りました。

此人生観を布衍していつか小説にかきたい。（中略）先づ当分は此うた丈うたつてゐます。
（高浜虚子宛　明39・8・11）

また、秋山公男「『坊つちやん』の思想」（『文学』平2・7）は次のようにとりあげている。

『坊つちやん』にその基本的なイデーを供給し、執筆に導いた「イワンの馬鹿」との遭遇は、この作品成立の最大の契機として逸することができない。

以下、「イワンの馬鹿」の寄贈を受け、感謝の意を示す内田魯庵宛書簡（明39・1・6）が引用してある。さらに、漱石の松山・熊本時代に遡行し、「漱石固有の『守拙持頑』の理念」へ言及し、「正月の男といはれ拙に処す」（明31・1）や「菫程な小さき人に生れたし」（明30・2）や「木瓜咲くや漱石拙を守るべく」（同前）などの俳句や漢詩も引用されている。

以上二論文は、『坊っちゃん』執筆前後に漱石が「馬鹿」の持つ価値に目覚めたことを語っている。後者の場合は、ほぼ十年前に遡行して松山・熊本時代も振り返っている。私としては、漱石の俳号・愚陀仏も取り上げられるべきだし、松山行きをした直後の次のような書簡も加えるべきだと考える。

東京にてあまり御利口連にツヽ突かれたる為め生来の馬鹿が一層馬鹿に相成候様子に御座候然し馬鹿は馬鹿で押し通す［よ］り別の分別無之只当地にても裏面より故意に癇癪を起さする様な御

利口連あらば一挺の短銃を懐ろにして帰京する決心に御座候天道自ら悠々一死狂名を博するも亦一興に御座候
（狩野亨吉宛　明28・5・10）

かなり激烈な物言いで、「御利口連」への腹立ちは「一死狂名を博する」ことさえ辞さないふうである。「御利口連」の「裏面」にこだわっているわけであって、「竹で割つた様な気性」（七）の坊っちゃんの原型をすでに見出すことができる。

つまり、「馬鹿」であることへの執着は、明治二十八年の松山行きの際にも見出されるし、十一年後の明治三十九年『坊っちゃん』執筆前後にも顕著である。また、執筆三年前の「愚かければ独りすゞしくおはします」（明36）の句を加えてもいいだろう。この句については次のような評がある。

句に言う「愚」は、世間通俗に言うそれではなく、以前に「木瓜咲くや漱石拙を守るべく」（明30）と詠んだ「拙」に通う語である。あるいは、学生時代の詩に言う「狂愚亦嘉誉を買ふに懶《ものう》し」（『木屑録』明22）という意識の連続する生きざまがここに流れている。
（小室善弘『漱石俳句評釈』明治書院、昭58・1）

ゆえに、「馬鹿」という言葉には、「頑夫漱石」と『木屑録』に署名した青年期以来の漱石の生き続ける姿勢がうかがえる。それは、「拙」や「狂」という言葉と通底しているだろう。「増給がいやだの辞表をだしたいのつて、ありやどうしても神経に異状があるに相違ない」（十一）という野だの坊っちゃん評は、「馬鹿」が実は破壊力を秘めた「剣呑なる」(『人生』明29)「狂気」と隣り合わせであることを暗示しているだろう。

東京帝国大学教授会に抵抗する明治三十九年の漱石は、十一年前の松山行きを痛切に思い出しながら、二十世紀の「御利口連」と対決しようとしたのである。その意味では、確かに「『坊つちやん』の世界に対してほとんど地続きのように思われる」(竹盛天雄・前出)。

では、作品世界のなかで「御利口連」とは誰かといえば、教育があり、利口で複雑で「表と裏とは違つた男」(八)である教頭の赤シャツと校長の狸と画学の教師野だいこなどの赤シャツ党と「陰でこせ〳〵生意気な悪いたづら」をする、赤シャツ予備軍の中学生ということになる。

ゆえに、『坊っちゃん』という小説は、関係の枠組みをきっちりと組み立てた勧善懲悪小説といえる。善と悪というさわやかな二分法ゆえに『坊っちゃん』は魅力的なのではないだろうか。

では、悪の特徴とは何なのだろうか。それは、赤シャツの特徴である裏表があるということである。と同時に、学校というものは本来的に裏表を持っているし、その中に生きている教師集団や生徒集団もまた、それにあわせるべく裏表を持っている。その学校のもつ不透明感を赤シャツは、「学校と云ふものは中々情実のあるもので、さう書生流に淡泊には行かないですからね」(五)と言うのである。

では、「学校と云ふもの」はどのように表現され、暴かれようとしているのだろうか。それは、「裏表のある奴」の「裏表のある言葉」による「裏表のある事件」が、起こる場として描かれて行くことにある。

では、まず「裏表のある奴」からみていきたい。「教育が生きてフロックコートを着ればおれになるんだと云はぬばかりの」（七）校長・狸は、教育という大義をふりかざして「表の言葉」を吐き続ける。その「教育の生霊」（六）狸を操る赤シャツこそ、「不浄の地」（十一）を「不浄の地」たらしめている張本人なのだ。「不浄の地」とは、「裏表のある奴」しか生きられない場―学校という場なのである。

## 2

こんな土地に一年も居ると、潔白なおれも、この真似をしなければならなく、なるかも知れない。向でうまく言ひ抜けられる様な手段で、おれの顔を汚すのを抛つて置く、樗蒲一《ちょぼいち》はない。（中略）どうしても早く東京へ帰つて清と一所になるに限る。こんな田舎に居るのは堕落しに来て居る様なものだ。新聞配達をしたつて、こゝ迄堕落するよりはましだ。（十）

坊っちゃんにとって、清との世界がユートピアであるとしたら、赤シャツが磁場をつくる世界は反ユートピアである「不浄の地」なのだ。その磁場とは何かといえば、学校であり教育であり健康であり作為であり論理である。先走っていえば、教育がなく、風邪を引きやすく健康ではなく、自然な存在で非論理的な清と赤シャツとは、対概念の形象化といえる。対概念を二項対立に組み替えてみると、教育と無教育・健康（衛生）と病気・論理と非論理・欲望と無欲ということになる。

　清は、「教育のない婆さん」（二）であるが、赤シャツは「四国辺にある」という僻地にある中学校の唯一の学士で、「是は文学士ださうだ。文学士と云へば大学の卒業生だからえらい人なんだらう。」（二）と紹介されている。

　それは、あたかも漱石の松山中学校での位置に似ているだろう。明治二十八年、校長が六十円で漱石が八十円という破格の月給と、「横地（教頭）と漱石だけが宿泊（宿直）免除」[*8]という待遇の特異性がよく示している。漱石自身、大正三年の「私の個人主義」において、「当時其中学に文学士と云つたら私一人なのですから、もし『坊ちやん《ママ》』の中の人物を一々実在のものと認めるならば、赤シャツは即ちかういふ私の事にならなければならんので」と述べている。この文学士の価値がいかにありがたかったかが、よく分かる文章がある。


　坪内氏が相当に尊敬せられていたのは文学士であったからで、紅葉や露伴は如何に人気があっても矢張り芸人以上の待遇は得られなかったのである。

（内田魯庵「二十五年間の文人の社会的地位の進歩」『太陽』明45・6・13）


「文学士」赤シャツが、「文学書を読むとか、又は新体詩や俳句を作るとか、何でも高尚な精神的娯楽を求めなくつてはいけない……」（六）と、坊っちゃんの「蕎麦と団子」という「物質的の快楽」のかわりに勧める趣味は、漱石が熱中したものだ。特に、松山中学校と第五高等学校時代において、俳句への熱中は周知の通りで、生涯の作句数の約七割が、松山・熊本時代のものである（小室善弘・前出）。

赤シャツが親しむ「帝国文学とか云ふ真赤な雑誌」（五）も漱石との縁は深い。清の対極にある教育のある奴の典型として描かれる赤シャツに、漱石の影は十分さしている。というより、いくら坊っちゃん的に行動したとしても、現実には漱石は赤シャツ的位相にいるほかない。その確認とそれからの離脱のための『坊っちゃん』であったと言えよう。

漱石は、松山中学校に赴任して次のような書簡と句稿を送っている。

結婚、放蕩、読書三の者其一を択むにあらざれば大抵の人は田舎に辛抱は出来ぬ事と存候

（子規宛　明28・5・26）

月給は十五日位にてなくなり申候　近頃女房が貰ひ度相成候故田舎ものを一匹生擒る積りに御座候

（斎藤阿具宛　明28・7・25）

放蕩病に臥して見舞を呉れといふ一句

酒に女御意に召さずば花に月

（正岡子規へ送りたる句稿　その五　明28）

赤シャツは、マドンナと結婚しようとし、芸者小鈴相手に放蕩し、帝国文学を読む。いわば、漱石が考えた「田舎に辛抱」するための「三の者」をすべて実行しようとしている「裏表のある」文学士なのだ。

もともと、この中学校の底流にうごめいている陰険な策謀は、赤シャツのマドンナ獲得の欲望にある。障壁となる山嵐の排除にてこずって、坊っちゃんまでも巻き添えにしてしまったというのが真相に近いだろう。有光隆司がいうように「坊っちゃんはこの事態を必ずしも理解していない、つまりこれは古賀と山嵐にとっての悲劇であった」（「『坊っちゃん』の構造—悲劇の方法について」『国語と国文学』昭57・8）。

しかし、（六）の職員会議の席上、「蕎麦と団子」という食欲の「物質的の快楽」のかわりに、読書とか「新体詩や俳句」を勧めて長たらしい説教をする赤シャツに、「マドンナに逢ふのも精神的娯楽ですか」と聞く坊っちゃんは、「理解していない」ゆえに問題の所在を、的確に指摘できたのである。坊っちゃんは山嵐にさらにいいつのる。

> あの野郎の考ぢや芸者買は精神的娯楽で、天麩羅や、団子は物質的娯楽なんだらう。精神的娯楽なら、もつと大べらにやるがいゝ。何だあの様《ざま》は。馴染の芸者が這入つてくると、入れ代りに席をはづして、逃げるなんて（中略）全く御殿女中の生れ変りか何かだぜ。ことによると、彼奴《あいつ》のおやぢは湯島のかげまかも知れない。（十）（、は本文のママ）

「元は旗本」で「清和源氏で、多田の満仲の後裔」（四）という武家的な坊っちゃんにとって、赤シャツがいかに異質であるかを強調するために動員されたイメージが、「御殿女中の生れ変り」か「おやぢは湯島のかげま」なのだ。権謀術数に長けた「御殿女中の生れ変り」あるいは、「湯島天神前の茶屋に侍る男娼[*9]」の息子ということになる。それは、暗に権力と性をたとえている。それも、ひねくれた権力と陰湿な性だ。「裏表のある奴」の持つ権力と性という欲望がうずまく場が「不浄の地」の「不浄」たるところなのだ。欲望が裏表を生むことになる。

### 3

次に、「裏表のある奴」の操る「裏表のある言葉」について考えていきたい。

さて、裏表のない山嵐や坊っちゃんが性的なものを剝奪されているとしたら、「裏表のある」赤シャツは、性的なものを顕在化させる。一連の事件の底部に暗流するものは、赤シャツの性愛なのだ。ゆえに、山嵐と坊っちゃんは、それを暴露するべく赤シャツが「芸者と会見する」（十）という「角屋」の前の「枡屋」という宿屋に籠ることになる。

赤シャツの性愛は分裂している。その対象は芸者とマドンナである。芸者は「小鈴」といい、うらなりの送別会に入ってきた芸者のなかで「一番若くて一番奇麗な奴」で、「おゝしんど」とか「知りまへん」とか「おきなはれや」（「およしなさいよ」）とかの関西弁をしゃべっている。「明治の文学で、『坊っちゃん』ほど方言の効果に意識的だった小説も珍しく、江戸のべらんめえと松山のなもし言葉の対照もあざやか[*10]」という指摘があるが、それに芸者の関西弁を加えてもいいだろう。

マドンナは、芸者の使う関西弁ではなく、伊予弁、あるいは共通語を使うのだろうが、その言葉は出て来ない。うらなりから赤シャツになびきそうな節操のない女として登場してくる。送別会の席上、山嵐は「かの不貞無節なる御転婆」（九）と言い、また坊っちゃんは、「余つ程気の知れないおきやんだ」（七）と言う。その意味では、マドンナも赤シャツ同様清の対極にある「裏表のある奴」ということになる。聖母マドンナというあだなとは、逆の実態をしていることは、下宿の御婆さんと坊っちゃんとの会話から推察される。婆さんが、坊っちゃんの待ち焦がれている手紙の書き手の清を、奥さんと勘違いしての会話だが、マドンナのアンチマドンナ性は遺憾無く表現されている。清とマドンナを截然と対置せしめるものは、その言葉が「慥《たし》か」か「不慥《ふたし》か」かである。一言でいえば信頼するに足るか、信頼するに足りない「裏表のある言葉」を操る「裏表のある奴」かということになる。西洋から輸入されたばかりの理想の女性を意味するマドンナが、歌舞伎の「新版越白波《こしのしらなみ》」の女賊「鬼神の御松」や「善悪両面児手柏《ぜんあくりようめんこのてがしわ》」の「妲妃の御百」[*11]という毒婦と並べて語られ、「渾名の付いてる女にや昔から碌なものは居ませんからね」（七）と侮蔑される。結論として婆さんは、マドンナの「裏表のある言葉」を想定して以下のように言う。

「一反《いったん》古賀さんへ嫁に行くてゝ承知をしときながら、今更学士さんが御出だけれ、其方に替へよてゝ、それぢや今日様へ済むまいがなもし、あなた」　（七）

最終的な去就の判断基準として「今日様」（「その日その日を守る神様。お天道様というのと同じ」[*12]）という素朴な信仰をもちだし、人としての倫理を説く。

このような「裏表のある奴」であるマドンナに追い打ちをかけるのが、やっと着いた清の手紙にある次のような文面（七）である。

今時の御嬢さんの様に読み書きが達者でないものだから、こんなまづい字でも、かくのに余っ程骨が折れる。甥に代筆を頼まうと思つたが、折角あげるのに自分でかゝなくつちや、坊っちゃんに済まないと思つて、わざ〳〵下《〔し〕》たがきを一返して、それから清書をした。清書をするには二日で済んだが、下たがきをするには四日かゝつた。読みにくいかも知れないが、是でも一生懸命にかいたのだから、どうぞ仕舞迄読んでくれ。

という冒頭は、坊っちゃんに出す手紙に悪戦苦闘している清がよく分かる。ひたすら誠実で言葉通り坊っちゃん思いは疑うべくもない、裏表のない清と対照的に、うらなりから赤シャツに乗り換えようとしているマドンナは、「御転婆」で「おきやん」で「読み書きが達者」な教育のある「今時の御嬢さん」である。さらに言えば、赤シャツそのものが女性的なのである。「妙に女の様な優しい声を出す人」（二）で、「どこ迄女らしいんだか奥行きがわからない」（六）のだから。赤シャツについて、坊っちゃんは以下のように言う。

尤も驚ろいたのは此暑いのにフランネルの襯衣《しやつ》を着て居る。いくら薄い地には相違なくつても暑いには極つてる。文学士丈に御苦労千万な服装《〔なり〕》をしたもんだ。しかも夫が赤シヤツだから人を馬鹿にしてゐる。あとから聞いたら此男は年が年中赤シヤツを着るんださうだ。妙な病気があつた

ものだ。当人の説明では赤は身体に薬になるから、衛生の為めにわざ〳〵誂らへるんださうだが、入らざる心配だ。　（二）

赤シャツの赤シャツたる所以は、女性的であることと文明の病とも言うべき健康イデオロギーの信奉者ということにある。「健康を病からまもるという『衛生』の思想[*13]」に侵されているのだ。暑いのに赤いフランネルのシャツを着ている赤シャツは、身体を自然のままに受け取らないで、健康を過度に「心配」する「妙な病気」にかかっているといえる。それに反して清は病気をそのまま引き受ける自然な存在だ。そのことをよく表すために清には、坊っちゃんが「四国辺にある中学校」への赴任が決まって、立つ三日前から病気というコードが織り込まれ始める。

愈約束が極まつて、もう立つと云ふ三日前に清を尋ねたら、北向の三畳に風邪を引いて寝て居た。　（一）

病気のコードを少しずつすりこまれていく清は、結局は死に至るのだ。赤シャツが病気になる前から、赤シャツを着て病気に備える当時の「衛生」の思想を持っているとしたら、持っていない清は病気を受け入れ、死んでしまう。

赤シャツやマドンナが「裏表のある言葉」を操る「裏表のある奴」として、そういう清の対極にあるとしたら、もう一つの対極は坊っちゃんの教え子の中学生である。彼らが「裏表のある事件」をひきおこすのである。

## 4

明治二十九年、子規は松山に帰る漱石に以下のような漢詩（五言律詩）を送っている。

| | |
|---|---|
| 送夏目漱石之伊予 | 夏目漱石の伊予に之《ゆ》くを送る |
| 去矣三千里 | 去《ゆ》け　三千里 |
| 送君生暮寒 | 君を送れば　暮寒生ず |
| 空中懸大岳 | 空中　大岳《たいがく》懸《か》かり |
| 海末起長瀾 | 海末　長瀾《ちょうらん》起こる |
| 僻地交遊少 | 僻地《へきち》　交遊少く |
| 狡児教化難 | 狡児《こうじ》　教化難《かた》からん |
| 清明期再会 | 清明　再会を期す |
| 莫後晩花残 | 後《おく》るる莫《な》かれ　晩花の残《くず》るるに |

（一海知義訳注）

子規がここで使っている「狡児」という言葉は、注目に値する。当時の文学において子供及び少年は、「狡児」ではなく純粋無垢な存在というイメージができつつあったのではないだろうか。この

「狡児」というイメージを使うために、漱石は勧善懲悪という小説手法をとったとも考えられる。

着任早々の坊っちゃんをつぎつぎに襲う一連の事件―天麩羅事件、団子事件、バッタ事件、咄喊事件―は「狡児」の「狡児」らしさを遺憾無く発揮するものである。

では、天麩羅事件からみていこう。

一時間あるく《ママ》と見物する町もない様な狭い都に住んで、外に何にも芸がないから、天麩羅事件を日露戦争の様に触れちらかすんだらう。憐れな奴等だ。小供の時から、こんなに教育されるから、いやにひねつこびた、植木鉢の楓見た様な小人が出来るんだ。無邪気なら一所に笑つてもいゝが、こりやなんだ。小供の癖に乙に毒気を持つてる。　（三）

ここには、田舎という閉塞性が、「狡児」をより「狡児」たらしむという視点があるが、バッタ事件や咄喊事件（四）ではそのような猶予はなくなってくる。

おれなんぞは、いくら、いたづらをしたつて潔白なものだ。嘘を吐《〔つ〕》いて罰を逃げる位なら、始めからいたづらなんかやるもんか。いたづらと罰はつきもんだ。罰があるからいたづらも心持ちよく出来る。いたづら丈で罰は御免蒙るなんて下劣な根性がどこの国に流行《〔はや〕》ると思つてるんだ。金は借りるが、返す事は御免だと云ふ連中はみんな、こんな奴等が卒業してやる仕事に相違ない。全体中学校へ何しに這入つてるんだ。学校へ這入つて、嘘を吐《〔つ〕》いて、故魔化して、蔭でこせ〳〵

生意気な悪いたづらをして、さうして大きな面で卒業すれば教育を受けたもんだと癇違をして居やがる。話せない雑兵だ。（四）

ここで、『坊っちゃん』冒頭の単純明快ないたずらが生きてくることになる。坊っちゃんのいたずらと対置する時、「狡児」たる中学生のいたずらの質の複雑さとたちの悪さが、浮上する。ということは、暴れん坊・坊っちゃんというキャラクターは、「狡児」たる中学生の登場のために用意されていたとさえ考えてもいいだろう。いたずらはするけれど、潔く罰を受ける坊っちゃんと、あくまで白を切ろうとする中学生との違いもよく分かる。咄嗟事件の際には、廊下に張り込んだ坊っちゃんが中学生の裏表を突き詰めたと思ったにもかかわらず、彼らはそれさえも認めようとはしない。

おれが宿直部屋へ連れて来た奴を詰問し始めると、豚は、打《ぶ》つても擲《たた》いても豚だから、只知らんがなで、どこ迄も通す了見と見えて、決して白状しない。（四）

ついに、坊っちゃんは中学生を「豚」とさえ言い始める。そのような生徒観について、川嶋至は以下のように言っている。

気になるのは、坊っちゃんが徹底して生徒を愛していないことである。しかも、特定の生徒を愛さないのではない。生徒全体に親しまないだけでなく、むしろ憎悪さえしているようなのだ。

（「学校小説としての『坊っちゃん』」・前出）

「豚」とすら嘲罵される中学生の坊っちゃんに対する「裏表のある事件」の延長として、師範学校と中学校の乱闘事件を位置づけるなら、この作品には二つの力学が働いていることになる。一つの中心には文学士赤シャツがおり、学校という場の裏でマドンナ獲得工作がひそかに進行している。もう一つの中心には赤シャツ予備軍の「狡児」たる中学生がいて、学校をより強く意識させる表の場で乱闘事件が起こる。その結果、山嵐と坊っちゃんは、狸と赤シャツの行使する権力によって辞職に追い込まれる。もっとも、坊っちゃんの場合は、自分からということになるのだが。

山嵐と坊っちゃんを追放して「赤シャツ党」の天下となった「不浄の地」は「不浄の地」として無傷のまま残される。「何ひとつ向こうの構造には触れられない」[*14]ことが、読後のはかなさを醸成するのだ。

## 終わりに

『坊っちゃん』発表後、漱石は次のような手紙を書いている。

拙文御推賞にあづかり感謝の至に不堪候山嵐の如きは中学のみならず高等学校にも大学にも居らぬ事と存候然しノダの如きは累々然としてコロがり居候。小生も中学にて此類型を二三目撃致候。サスが高等学校には是程劇《はげ》しき奴は無之（尤も同類は沢山有之）候。要するに高等学校は校長抔に無暗にとり入る必要なき故と存候。山嵐や坊ちや《ママ》んの如きものが居らぬのは、人間として存在せざるにあらず、居れば免職になるから居らぬ訳に候。貴意如何。
僕は教育者として適任と見做《みな》さるゝ狸や赤シヤ《ママ》ツよりも不適任なる山嵐や坊つちやんを愛し候。
（大谷繞石宛　明39・4・4）

この作品執筆一カ月前に英語学試験委員辞退という漱石のとった行動は、この書簡で言うところの「山嵐や坊っちゃん」的行動といえるかもしれない。彼らは学校という場を去るほかはない。坊っちゃんが「街鉄の技手」になったように、明治四十年三月、漱石は、当時世間から特別の尊敬を受けていた大学の先生というポストを捨てて、今とは違ってぐんと社会的地位の低かった「新聞屋」[*15]になる。以後、新聞小説家として、漱石は坊っちゃんが疎外されていた恋愛という関係の真っ只中に切り込んでいくこととなる。『吾輩は猫である』では苦沙弥サロンという場を描き、『坊っちゃん』では学校という場を描いた漱石は、場から関係のなかに降りていったことになる。それは裏表ではかたづかない、ぬかるみのどこまでも続く混沌とした世界であったといえよう。

**注**

＊1　小森陽一「裏表のある言葉――『坊っちゃん』の〈語り〉の構造――」（『日本文学』昭58〈一九八三〉・3〜4）、後に『構造としての語り』（新曜社、昭63〈一九八八〉・4）所収。

＊2　平岡敏夫『「坊っちゃん」の世界』（塙新書、平4〈一九九二〉・1）や佐藤泰正『夏目漱石論』（筑摩書房、昭61〈一九八六〉・11）など。

＊3　川嶋至「学校小説としての『坊っちゃん』」（『講座夏目漱石　第二巻』有斐閣、昭56〈一九八一〉・8）所収。

＊4　小谷野敦『夏目漱石を江戸から読む―新しい女と古い男』（中公新書、平7〈一九九五〉・3）による。

＊5　菅虎雄の喧嘩の相手は菊地謙二郎で慶応三年一月、「茨城県水戸の生れ」の会津っぽ。予備門及び帝大で一緒であった正岡子規の『筆まかせ』の友人評によれば「厳友」。明治二十七年、山口高等中学校教授兼舎監となり、翌年には漱石を招聘しようとしたが、漱石はそれを断り「松山に赴くために準備支度金として五十円の借金を申し込む」（『増補改訂　漱石研究年表』）。菊地は明治三十四年に東亜同文書院監督兼教頭、その後清国師範学校日本総教習兼両江学務所参議となり、明治三十九年辞任し帰郷。二高校長。藤田東湖の全集の編纂で知られる。（唐沢富太郎『図説教育人物事典』ぎょうせい　昭59〈一九八四〉・4）参照。

＊6　相原和邦「『坊っちゃん』論」（『日本文学』昭48〈一九七三〉・2）には、「にじみ出す寂寥感」とある。

＊7　江藤淳「『坊っちゃん』について」（『坊っちゃん』解説　新潮文庫、昭55〈一九八〇〉・5）

＊8　平岡敏夫「松山中学時代」（『国文学』学燈社、平1〈一九八九〉・4）

＊9　内田道雄注『夏目漱石集II』「日本近代文学大系　25」（角川書店、昭44〈一九六九〉・10）

＊10　三好行雄「坊っちゃん」（『鑑賞日本現代文学　五　夏目漱石』角川書店、昭59〈一九八四〉）

＊11・＊12　注＊9と同じ。

＊13　小田亮『性』（三省堂、平8〈一九九六〉・1）

＊14　柄谷行人・小森陽一の対談「夏目漱石の戦争」（『海燕』平5〈一九九三〉・3）

＊15　「小生は今度大学も高等学校もやめに致して新聞屋に相成候」（狩野亨吉宛　明40・3・22）による。

# 実験的小説としての『門』論

## はじめに

漱石は、前期三部作の掉尾に位置する『門』（明43・3〜6）において、『三四郎』『それから』で追尋して来た愛しあう男女の生きてゆくあり方を、究極的に追い詰めている。『それから』（明42・6〜10）で追求された代助と三千代の関係には、愛の告白の後も性愛は与えられない。彼等にそれを与えようとする実験的試み[*1]が、『門』として結実したといえよう。愛しあうために、宗助は、友人安井を裏切り、御米は、内縁の夫を裏切った。『門』とは、姦通罪の成立[*2]していた、当時の明治の社会で、道義的な罪を犯した夫婦の関係にむきあった、実験的な小説であった。

注意しておきたいことは、性愛を軸とした家族の成立という夫婦のあり方ばかりが実験的なのではない。明治政府が西欧に倣って強引に一夫一婦制を導入し、家父長制を完成しようとしたその家族制度、あるいは「暗い六日間の精神活動」に耐える資本主義的労働観においても実験的であった。『門』

の下級官吏・野中宗助は、「暗い精神作用」（三の二）の六日間を日曜の一日で癒せず、「目の廻る程こき使はれるから」「神経衰弱になり」、「余裕がない」（『それから』六の七）。この家族・労働という問題は、本来的に性愛がひきずっている事象だろう。また、性愛から宗教に至るプロセスにおいても、当然のことながら実験的である。わたしとしてはここに『門』の真骨頂があると考え、どのような性愛からどのように宗教へとつながり、その結果宗助に残されたものは何かを論じていきたい。

1

『門』が性愛から宗教というプロセスにおいて、実験的であると考えるわたしにとって、いままでの『門』論は、正宗白鳥の「宗教は付け足しにすぎない」という批評に影響されすぎてきたと思える。正宗白鳥は、「貧しい冴えない腰弁生活の心境に同感して」「後で作者のからくりが分ると、激しい嫌悪を覚え」「鎌倉の禅寺へ行くなんか少し巫山戯《ふざけ》てゐる」（「夏目漱石論」『中央公論』昭3・6）と述べている。それは以降、作品の前半と後半の分裂説、あるいは構想変更説[*3]として幅をきかせてきたが、わたしとしては、次の構想一貫説[*4]を採りたい。

病んだ部分を秘めてなお平穏な幸福な日に恵まれているのも、われわれの生の実体なのではないか。『門』の日常性は、まさにかかる奥行をもった漱石の目に支えられて、ほとんど象徴性にまで達している。

（越智治雄「『門』」『共立女子大学短期大学部紀要』昭40・12）

さらに、内部構造の精緻な分析の結果としての酒井英行「『門』の構造」をあげ、以下の理由を付け加え、構想一貫説を補いたい。

一つは、冒頭の「胎児」(三好行雄)のようなといわれる宗助の寝方が、「右脇臥」という禅の寝方と似通っていることである。というのは、漱石が、「虚子著『鶏頭』序」(明41・1)において引用した『風流懺法』(明40・4)に出て来る「和尚さんは布団から丸い頭だけ出して海老のやうになつて寝て居られる」という禅の寝方を思いださせるからだ。[*5]

また、この「『鶏頭』序」において、漱石は若き日の参禅体験を回顧し、鎌倉の円覚寺の釈宗演和尚から出された公案「父母未生以前本来の面目」に言及している。この体験が、宗助の参禅に反映し、その際の公案として使われていることは周知のことだろう。

もう一つは、「宗助」という名が、前作『それから』の代助を踏まえつつ、宗教の「宗」をとってなづけられているのではないかと推測されることだ。宗とは、宗助の参禅の面倒をみる釈宜道のモデルとされる釈宗活居士や、円覚寺の釈宗演和尚の宗を響かせている。そうであれば、既に性愛から宗教へとつながっていく道筋が、漱石には透視されていたことになるだろう。

その上、『それから』の結末に触れて漱石は、弟子(林原耕三)に「あの結果は本当は宗教に持って行くべきだろうが、今の俺がそれをするとうそになる。ああするより外なかった」と語っている。[*6]となると、『それから』において既に宗教が遠望されていたのだから、『門』という三部作の掉尾において性愛から宗教へという展開は、当然の成り行きということになる。

しかし、その結果は、宗教を動員しても埋められない人間の心の闇の深さをあぶり出すことになった。この無意識とも考えられる心の闇の深さは、性愛とリンクしていると考えざるを得ないし、宗教の向こうの超越的なものをひきずりだしてこざるを得なかった。

性愛と宗教をめぐる実験的小説『門』について、まず、宗助と御米の性愛が、どのように位置しているかというところから考えてみたい。

2

第一章の宗助の位置は、『門』全体の世界の縮小された見取り図だろう。宗助は狭く細長い「縁側」から、空をみている。

肱枕をして軒から上を見上ると、奇麗な空が一面に蒼く澄んでゐる。其空が自分の寝てゐる縁側の窮屈な寸法に較べて見ると、非常に広大である。（一の一）

「『窮屈な』『縁側』」と「『広大』な『奇麗な空』」の対比は、宗助と自然との対比でもあろう。空間的なこの位置の懸隔の析出は、社会的役割である腰弁の「六日間の暗い精神作用」（三の一）のあとの「たまの日曜」という時間の質ゆえに可能であった。空間軸と時間軸を立てて、焦点として宗助夫婦が描かれてゆく。ということは、自然と社会の中でのちっぽけな位置を超越的な視点から実験的に結び、それを確認してゆくということになる。

さて、宗助が反転して障子の中をみると、「細君が裁縫《しごと》をしてゐる」。「裁縫」に「しごと」とルビが振ってあるように、その細君にとって、宗助がいる以外はなんのかわりもない日常の時間が流れている。その細君からは、「縁側」で寝転んで「たまの日曜」という異質な時間を味わい、安らいでいるはずの宗助が以下のように見える。


夫はどう云ふ了見か両膝を曲げて海老の様に窮屈になつてゐる。さうして両手を組み合はして、その中へ黒い頭を突つ込んでゐるから、肱に挟まれて顔がちつとも見えない。（一の一）

頭の位置は違うけれども、「右脇臥」と呼ばれる禅宗の寝る姿勢に似通っているこの寝転がり方は、宗助にとって安らぎであっても、御米にとっては「風邪引いてよ」ということになる。二人は同じ時間と空間のなかにいても、その味わい方が違う。

それをよく示すのは、「近来の近の字はどう書いたつけね」という宗助の質問である。この字は後で叔母への手紙に使われていることが分かるのだ。御米は、「近江のおほの字ぢやなくつて」と時間的なものから空間的なものにすばやく転換する。この転換が、御米のさわやかな精神のありようを示しているのと引き換え、質問する宗助の「神経衰弱」をあぶり出す。それは、「右脇臥」という禅の寝方に似通いながら、違っている「黒い頭」*7の位置に由来する。肱に囲まれた頭は、宗助の頭に何らかの問題があるといういらだちを顕在化する。それは当然のことながら、「神経衰弱」と関係する。

「近来」の「近」に続いて、「此間も今日《こんにち》の今《こん》の字で大変迷つた」と言う宗助は、「近」とか「今」という非常に易しい現在を示す言葉につまずく。ということは、時間軸に揺らぎがあることを暗示しているだろう。それが郵便を出したあとの東京散策という身体行動につながってゆく。東京という町への好奇心とそれに基づく身体行動は、結婚して六年目になる夫婦に忍びよるかすかな倦怠を表現している。さらに言えば、御米の性の牽引力の外に出ようとしている無意識の身体行動と捉えてもいいだろう。『それから』の代助が書生・門野に言われるように、きっかけは、御米のくせになっているらしい「ちつと散歩でも為《し》て入らつしやい」（一の一）という言葉に促されてであるにしても。宗助は散歩から逸脱して、毎日「素通りをする」「賑やかな町」東京に足を踏み入れるのだ。

　第二章のこの東京散策が、第十七章の安井の出現を恐れての帰宅拒否行動につながり最終的には第十八章の鎌倉への参禅を引き起こす。それは、宗助と御米との距離を示してゆくのでもあるし、「有機体」になった夫婦のひび割れ方を現前とさせてゆく。

　確かに、静謐な時間の流れる愛の生活が幾度となく描かれる。

> 外に向つて生長する余地を見出し得なかつた二人は、内に向つて深く延び始めたのである。彼等の生活は広さを失なふと同時に、深さを増して来た。彼等は六年の間世間に散漫な交渉を求めなかつた代りに、同じ六年の歳月を挙げて、互の胸を掘り出した。彼等の命は、いつの間にか互の底に迄喰ひ入つた。二人は世間から見れば依然として二人であつた。けれども互から云へば、道義上切り離す事の出来ない一つの有機体になつた。二人の精神を組み立てる神経系は、最後の繊

維に至る迄、互に抱き合つて出来上つてゐた。（中略）
彼等は此抱合の中に、尋常の夫婦の見出し難い親和と飽満と、それに伴なう倦怠とを兼ね具へてゐた。さうして其倦怠の慵《ものう》い気分に支配されながら、自己を幸福と評価する事丈は忘れなかつた。倦怠は彼等の意識に眠の様な幕を掛けて、二人の愛をうつとり霞ます事はあつた。けれども、簓《ささら》で神経を洗はれる不安は決して起し得なかつた。要するに彼等は世間に疎い丈それ丈仲の好い夫婦であつたのである。（十四の一）

『門』の夫婦の基層を提示している箇所で、多大な障害を克服し愛を貫いて結婚した六年間を経過して、たどり着いた地点を総括している。「親和」と「飽満」と「倦怠」に包まれ、「一つの有機体」としての「幸福」な「愛」の生活が営まれている。

さりながら、その「有機体」の、ひそかにしかし確実にひび割れる音が『門』の読後に響いてきはしないだろうか。『門』を読むとは、愛しあっている夫婦の至福と絶望を読み取ることであり、「有機体」が解体の危機に瀕しひび割れようとする音を聞きつけることではないだろうか。それは、「有機体」をなりたたせている宗助が「簓《ささら》で神経を洗はれる不安」に襲われ、自己解体の危機にあることをゆっくりとなぞっていくことにつながる。さらに、子供を持てそうにない御米の悲しみを追っていくことになる。「幸福」な「愛」の生活は、ひび割れる音をより哀切に響かせる。

その音のかすかな始まりは、宗助の「肱に挟まれ」た「黒い頭」の中の違和である神経衰弱であり、その対処法としての御米の散歩への誘いであり、それに応える形の小六の件を巡る叔母への手紙を投函することから始った東京散策なのだ。

東京散策において宗助は、孤独な都市生活者の相貌を見せる。日曜日に電車に乗り、乗り合わせた人達に「別世界」という感じを持ち、「身体と頭に楽《らく》がな」く、いつもは読めない車内の吊り広告をしっかりと読み、その「余裕にすら誇り」を感ずる。それから、東京の町中で、さまざまなもの—洋書、金時計、蝙蝠傘、襟飾り、半襟など—に出会う。それらは、それぞれに「一昔し《ママ》前の生活」を思い出させるものたちであった。

洋書や金時計は学生時代を、蝙蝠傘は御米との出会いを、襟飾りは学生の時に夢見た立身出世を、半襟は妻になった御米を意識させる。ものたちは、いわば宗助のいままでの生を表現する。最後の半襟については、しばし逡巡するのだが、「買つて行つて遣らうかといふ気が一寸起るや否や、そりや五六年前の事だ」(二の二)と二人の関係が時の流れのなかで変化していることを想起し止めるのだ。

結局、宗助は「黒い山高帽を被《かぶ》つた男」から達磨のおもちゃの風船を買って帰る。宗助の購買欲にピタリと当てはまったその土産は、彼の無意識を象徴しているといえるだろう。達磨は禅を、おもちゃは子供を暗示し、達磨の風船のおもちゃによって露出された子供の不在が夫婦にかすかな亀裂を生じさせる。

その亀裂は、そのおもちゃが小六を入れた三人の食卓の上から座敷の畳の上に落ち、下女の清の笑いを誘い、その笑いをとがめる御米を通じて以下のように描かれる。

「貴方があんな玩具《おもちや》を買つて来て、面白さうに指の先へ乗せて入らつしやるからよ。子供もない癖に」
宗助は意にも留めない様に、軽く「さうか」と云つたが、後から緩《ゆっ》くり、「是でも元は子供が有つたんだがね」と、さも自分で自分の言葉を味はつてゐる風に付け足して、生温《なまぬる》い眼を挙げて細君を見た。御米はぴたりと黙つて仕舞つた。（三の三）

一般的に夫婦にとって、子供という存在は心を癒し、緊張した関係を和らげ、離れそうな危機的な関係を結び直す力を秘めているだろう。宗助にとって、子供は「眼に見えない愛の精に、一種の確証となるべき形を与へた事実」（十三の五）と「解釈」される。実際のところ、子供の誕生は彼らの性愛を社会的に安定させるはずであった。

しかし、宗助夫婦は、出産の不幸な例をわざわざ取り集めたような悲惨な体験をしていた。最初は、五カ月目で流産。二度目は未熟児で死亡。そして、三度目は死産。ゆえに、「子供が有つた」と言う宗助の「生温《なまぬる》い眼」に「愛の精」の幻影がゆらめき、沈黙する御米には後で告白される易者の「門」を潜った記憶がよみがえる。おもちゃによって、夫婦の間にかすかな亀裂が走るのだ。ここで宗助の思い出す子供は、未熟児で死亡した二度目であろう。それは、以下のように描かれている。

御米は幼児の亡骸《なきがら》を抱いて、
「何《ど》うしませう」と啜り泣いた。宗助は再度の打撃を男らしく受けた。冷たい肉が灰になつて、其灰が又黒い土に和する迄、一口も愚痴らしい言葉は出さなかつた。其内何時となく、二人の間

に挟まつてゐた影の様なものが、次第に遠退《とほの》いて程なく消えて仕舞つた。（十三の五）

三度目は、やっと帰って来た東京での妊娠であった。その死産の模様は以下のように描かれている。

胎児は出る間際迄健康であつたのである。けれども臍帯纏絡《さいたいてんらく》と云つて、俗に云ふ胞《えな》を頸《くび》へ捲き付けてゐた。（中略）然し胎児の頸を絡んでゐた臍帯は、時たまある如く一重ではなかつた。二重に細い咽喉を巻いてゐる胞《えな》を、あの細い所を通す時に外し損《そく》なつたので、小児《こども》はぐつと気管を絞められて窒息して仕舞つたのである。（十三の六）

二重の臍《へそ》の緒のからまりと「あの細い所」の不気味な殺傷性は、祝福されない彼らの性愛に対する処罰ともみえる。子供という生命を生み出す「有機体」は、逆に抹殺するものにもなる。暖房がない、水道が引けないという父宗助の経済力のなさと、生む母胎としての御米の不運は、子供にとっての親の罪をあぶり出す。それは、『夢十夜』（明41・7〜8）の第三夜を彷彿とさせる。

三度目の死産の後、御米は「易者の門を潜つた」（十三の八）。易者は「『貴方は人に対して済まない事をした覚がある。その罪が祟つてゐるから、子供は決して育たない』と云ひ切つた」（同前）。それを聞いた時、赤ん坊の亡骸は影として御米に添うことになっただろう。たんすの奥にしまわれている二つの位牌は影として生き返ったのだ。

いわば日の射さない崖下の家には、宗助夫婦ばかりではなく、彼等の亡くした赤ん坊の二つの影もひそやかにすんでいる。小さい影たちが、親の罪を告発する。
つまり、宗助と御米との性愛の現在は、親としての罪と通底している。では、その過去はどうなのだろうか。次に二人の過去を振り返ってみたい。展開としては、現在の中で、ミステリーのように過去がめくられ、過去に脅かされながら生きている二人の生の在り方が如実に表現されていくのだ。

3

御米は安井にしのびやかに添う影の女として、宗助の前に登場して来た。宗助は安井を訪ねて玄関の格子のうちに「粗い縞の浴衣を着た女の影をちらりと認めた」（十四の六）。

広い家でないから、つい隣の部屋位にゐたのだらうけれども、居ないのと丸で違はなかつた。この影の様に静かな女が御米であつた。（同前）

休み明けには同道して京都に帰ろうという宗助との約束を反故にした安井は、そのことに不審を抱いている宗助に妹として御米を紹介する。妹という意味に宗助はすぐ気づくのだが、そのように世間をはばかっているという、安井と御米の閉じた関係の中にエロスの雰囲気は立ち込める。その関係と雰囲気を、正式に結婚しても宗助と御米が踏襲していくのだが、まず、二人は影法師として出会う。

宗助は二人で門の前に佇んでゐる時、彼等の影が折れ曲つて、半分許土塀に映つたのを記憶してゐた。御米の影が蝙蝠傘で遮ぎられて、頭の代りに不規則な傘の形が壁に落ちたのを記憶してゐた。少し傾むきかけた初秋の日が、じり〳〵二人を照り付けたのを記憶してゐた。（十四の八）

安井を「門の前」で待つ二人に注がれる初秋のきつい日差しが、二人を影法師にした。『門』の冒頭は晩秋だが、二人の物語の始まりは初秋であり、「門」ときつい日差しを背景にしている。この場面も、冒頭に似通っていてどこかに超越的なものを潜ませている。それを、佐藤泰正が「運命の門」（前出）となづけたと考えていいだろう。どうしようもない運命で結びつけられ、社会を捨てる、あるいは社会に捨てられるという「運命の門」である。宗助にとって世界の暗転のとば口となり、影として二人で生きるという陰画の世界に入るための「門」である。

『門』とは、既に指摘されているように、この二人の佇む「運命の門」と結婚後それぞれ一人で潜る御米の「易者の門」と宗助の参禅する「寺の門」という三つの「門」を重ねることができる。さらにわたしとしては、胎児が潜る「あの細い所」（十三の六）を付け加えたい。運命、易、宗教、生命の誕生という四つの「門」をつなぐのは、人間の力ではどうしようもない超越的なものである。

宗助が最初に潜る「運命の門」とは、以下の江藤淳の指摘に近いだろうか。

宗助と御米が、「二人で門の前に佇ん」（十四の八）だときの「門」は、二人の死、つまり「化石」した時間に通じる「門」であった。

（『漱石とその時代　第四部』新潮選書、平8・10）

この「化石」という言葉を漱石は、新婚まだ浅い頃の熊本で俳句において使っている。「春此頃化石せんとの願あり」（明32）と詠んだ漱石は、「世間との交渉を絶って沈黙せんと願っている」[*8]。「化石」という言葉に込められた逸脱願望が、処女作『吾輩は猫である』（明38）において苦沙弥先生を始めとする出世間的知識人グループを描かせたとしたら、『門』においては、タナトスに通じるエロス的空間における「化石」として結実したといえよう。ゆえに、御米という影の女によって、エロス的空間に引き込まれた宗助も影たらざるを得ない。

しかし、それまでの宗助は「学問は社会に出るための方便」と心得ている世俗的人間で、「此暑い休暇中にも卒業後の自分に対する謀《はかりごと》を忽《ゆる》かせにはしなかつた」（十四の四）と紹介されている。「華奢《きゃしゃ》な世間向き」（十四の二）の頭を持つ宗助は、卒業の年でもない夏休み中（当時は学年休み）に就職活動をするほど、自分の将来を大切に考えている青年であった。そんな青年が、自分の夢みた未来を捨て女との生活を選んだということは、人生における裏道の影の迷路に入り込んだことになるだろう。その迷路に誘ったのは、「影の様に静かな女」御米である。宗助はその影の女によって、前途洋々の光の射す明るい世界から影の世界に引き込まれ、六年間世間的には影としてひそやかに生きてきたのである。

まず、家族と学歴をどのようにして失ったのかと言えば、「旧民法では、男子満三十歳までは婚姻のため父母の同意を必要とした」（『それから』中山和子注解『漱石全集　第六巻』）という箇所に抵触したからだろう。御米との結婚を宗助の父が認めず、学費や仕送りが止められて大学を辞めざるを得なくなったと推定される。となると、勘当されたも同然で、親戚を含む家族体系のなかでの市民権を無くしたわけで、父の死後の財産の相続権にも微妙な影響を与えることになる。佐伯の叔父が「宗助はあんな事をして廃嫡に迄されかゝつた奴だから、一文だつて取る権利はない」(四の九)と言うのもあながち的はずれではないだろう。

御米を選ぶことによって宗助の失ったものは大きい。京都帝国大学法科大学出身[*9]という学歴とそれに伴う将来の栄達、相当な資産、それに伴う文明的な豊かな生活、親友を含む友人たち、実弟・小六のいる家族、佐伯という叔父・叔母を含む親戚という経済的・社会的なもの一切である。失ったばかりではない。友人・安井の出現を恐れざるを得ないし、実弟・小六は御米を恨んでいる。

宗助は、すべての関係を切って、御米とだけ結ばれて生きるということを選んだのである。それは、自分の生まれて来た場所を放棄し、自分の刻んで来た来歴を捨て、違う場所で違う人間として、つまり影のように生きてゆくことを選んだことになる。

では、宗助が御米とともに影になるために、陰画の世界への「門」の潜り方を最終的に決定したのは、いったい何なのだろうか。それは、京都と須磨というトポスであった。

京都とは、性急に近代化されようとしている明治にあって、日本の影のようなものではなかったか。脱ぎ捨てられ、忘れられようとしている過去の日本の象徴たる京都というトポスにおいてこそ、宗助と御米は影に転換しうるのだ。それに、大学生である宗助にとって京都は、あの「三四郎」にとっての東京とは反対に興味をかきたてない場所になっていた。

強く烈しい命に生きたと云ふ証券を飽迄握りたかつた彼には、活きた現在と、是から生れやうとする未来が、当面の問題であつたけれども、消えかゝる過去は、夢同様に価の乏しい幻影に過ぎなかつた。彼は多くの剝げかゝつた社と、寂果《さびはて》た寺を見尽して、色の褪《さ》めた歴史の上に、黒い頭を振り向ける勇気を失ひかけた。寝耄《ねぼ》けた昔に低徊する程、彼の気分は枯れてゐなかつたのである。（十四の三）

この「幻影」が、生き返ってくるのは安井と御米と一緒に紅葉狩りに行って「『京都は好い所ね』」という御米の声に促されてである。「一所に眺めた宗助にも、京都は全く好い所の様に思はれた」（十四の九）のである。御米は、「消えかゝる過去」「色の褪めた歴史」を体現する京都の、「影の様な女」といえようか。生まれは横浜であっても。

次の須磨[*10]の体験の仕方は、『夢十夜』の「第一夜」を思わせる[*11]。

次の日三人は表へ出て遠くへ濃い色を流す海を眺めた。松の幹から脂《やに》の出る空気を吸つた。冬の日は短い空を赤裸々に横切つて大人しく西へ落ちた。落ちる時、低い雲を黄に赤に竈《かまど》の火の色に染めて行つた。風は夜に入つても起らなかつた。たゞ時〻松を鳴らして過ぎた。暖かい好い日が宗助の泊つてゐる三日の間続いた。

宗助はもつと遊んで行きたいと云つた。御米はもつと遊んで行きませうと云つた。（十四の十）

安井・御米と宗助の「三人」を、安井一人と宗助・御米二人に組み替える要因の一つとして、三日間の朝出て夕方に沈む、「冬の日」の繰り返し・百年とも感じられる時間が考えられる。なぜ、須磨が重要なトポスとして浮上してきたかといえば、漱石の子規との思い出にあるだろう。子規は、日清戦争から危篤状態で神戸にたどり着き、須磨の地で九死に一生を得た。漱石にとって、須磨とは死と生の交錯する磁場として刻印されていたのではないだろうか。その磁場においてこそ、二人は陰画の世界への門を潜ることができる。その後は、「大風は突然不用意の二人を吹き倒した」(十四の十)とあるばかりなのだ。

　ところで、漱石がなぜ二人の世界を暗転させねばならなかったかといえば、性と愛が背離している明治の性愛の現実にあるだろう。宗助と御米がその性愛を守ろうとするなら、影に転位するほかなかったのである。ゆえに、愛する者たちに性愛を与えようという実験そのものが、陰画の世界に置き換えられざるを得なかった。それをよく示すエピソードは結末近くの、「愛に生きるもの」ゆえ「石で頭を破《わ》られる」(二十二の三)蛙の夫婦の話である。

　この話を宗助にした坂井は、子沢山のにぎやかな家庭を営みつつ、待合(料理屋)にも出入りし、「歓楽の飽満に疲労」(十六の三)している男である。『それから』の代助にしても、「三千代が上京してから、少なくとも三度待合に行き女を抱いている」(石原千秋・前出)。つまり、明治の身体において、性と愛の背離はいかんともしがたかった。『それから』において「僕の存在には貴方が必要だ」と「普通の愛人の用ひる様な甘い文彩《あや》を含んでゐ」ない、「寧ろ厳粛の域に逼《せま》つて」(十四の十)いる告白をする代助にしてそうなのである。愛の告白をした後も、彼等に「愛人」同士の性愛はない。その彼等に性愛を与えようとする実験的試みが、『門』として結実したとしても、性と愛が背離している現実において、蛙の夫婦に象徴されるように性愛を守ることができない宗助と御米は、小説空間においても影として陰画の世界でしか生きられない。宗助と御米の性愛の過去とは、道義的罪を犯したことによって、陰画の世界で影として生きるということだった。彼らの性愛は常に罪にまつわる過去と現在に挟撃されている。ゆえに、二人が影として生きる陰画の世界は、黒という色彩を基調として描かれざるを得ない。では、どのように描かれているか次に見ていきたい。

## 4

陰画として丹念に描かれているため、『門』は影たちの揺らめき動く小説とも言うことができる。それをよく示すのは以下のような部分である。

夫婦は毎朝露の光る頃起きて、美しい日を廂の上に見た。夜は煤竹の台を着けた洋燈《らんぷ》の両側に、長い影を描いて坐つてゐた。（四の十四）

夫婦は例の通り洋燈《らんぷ》の下に寄つた。広い世の中で、自分達の坐つてゐる所丈が明るく思はれた。さうして此明るい灯影に、宗助は御米丈を、御米は又宗助丈を意識して、洋燈《らんぷ》の力の届かない暗い社会を忘れてゐた。彼等は毎晩かう暮らして行く裡《うち》に、自分達の生命を見出してゐたのである。（五の四）

彼らが影であることをよく表しているのは、「夫婦は夜中燈火《あかり》を点《つ》けて置く習慣が付いてゐる」（七の二）ということであろう。

作品の構造として、宗助と御米が影であることを強調しているのは、崖上の坂井家である。[*12] 家主で裕福で子沢山という坂井家は、日の光をたっぷりうけているばかりではない。ランプの野中家に対して、坂井家は電気灯で明るい。晩秋から冬の寒い時期、火鉢と炬燵の野中家に対して、坂井家はガス暖炉で暖かい。調理も、井戸と七輪の野中家より、水道と瓦斯七輪で速やかだ。宗助が、自分たちを「一世紀遅れた人間」と評しているように、文明の光と影という意味もこめられているだろう。電話もピアノもブランコもある坂井家と外套や靴さえなかなか買えない野中家が、生活の細部までことごとく対照的なのは、光と影をくっきりと印象づけようとした作者の意図によるものだろう。

しかし、坂井について「自分がもし順当に発展して来たら、斯《こ》んな人物になりはしなかつたらうか」（十六の二）と考える宗助を、文明の光から影に追いやったものは、皮肉にも彼の近代的な性愛観念なのだ。坂井をして文明的な生活を送らせているのは、彼が受け継ぐことのできた遺産による。それと対照的に、宗助がなかなか外套も靴も買えない小役人になったのは、当然受け継ぐはずの遺産を御米との結婚によって受け継げなかったからなのだ。二人を光と影に分けたものは、意外にもセクシュアリティなのである。坂井は、江戸時代につながる古いセクシュアリティの持ち主である。それが、明治人の一般的な性愛であった。それを共有しているからこそ、坂井は社会から逸脱せず文明を享受できる。それにひきかえ、時代に先駆ける近代的なセクシュアリティの持ち主であるからこそ、宗助は社会から逸脱し遺産を受け継げず文明から遠ざけられた。

受け継ぐはずであった相当な遺産への宗助のこだわりは執拗に描かれる。それに反して御米が、「仕方がないわ」と括淡としているのは、その原因が、自分との結婚であったことを痛みのなかで知っているためであろう。

その結果としての貧しい腰弁の生活は以下のように描かれている。


夫婦は毎夜同じ火鉢の両側に向き合つて、食後一時間位話をした。（中略）彼等は夫程の年輩でもないのに、もう其所を通り抜けて、日毎に地味になつて行く人の様にも見えた。又は最初から、色彩の薄い極めて通俗の人間が、習慣的に夫婦の関係を結ぶために寄り合つた様にも見えた。

（四の二）

愛しあって、道義的な罪を犯してまでも寄り添った夫婦であるにしても、二人が展開する生活は、「食後一時間位」の話に過ぎないということになろうか。確かに圧倒的に宗助にかかってきている現実は、「六日間の暗い精神作用」であり通勤電車の広告すら見る「余裕のない」腰弁の生活である。[*13]
しかし、わたしとしては二人を「有機体」に組織した深い性愛をあげないわけにはいかない。『門』は「夫婦の就寝のシーンが非常に多い小説」で「はっきり書かれているシーンだけで七回ある」[*14]。
御米は茶器を引いて台所へ出た。夫婦はそれぎり話を切り上げて、又床を延べて寝た。夢の上に高い銀河《あまのがは》が涼しく懸つた。

「さうでせう」と御米が答へるのを聞き流して、彼は珍らしく書斎に這入つた。一時間程して、御米がそつと襖を開けて覗いて見ると、机に向つて、何か読んでゐた。

「勉強？　もう御休みなさらなくつて」と誘われた時、彼は振り返つて、

「うん、もう寝よう」と答へながら立ち上つた。

(四の十三)

(五の四)

第四章の「銀河《あまのがは》」は彼らの性愛の輝きを暗示しているだろうし、第五章は明らかに御米が、宗助を誘っている。その結果、調子のよくない御米を宗助は「御米、御前子供が出来たんじやないか」(六の一)と、問いかけるのである。陰画の世界を支配しているのは、二人の性愛なのだ。その陰画の世界の性愛は、彼らの子供の流・死産が証明するように祝福されない。しかし、性愛の支配する陰画の世界で影である時だけ、彼らは生きている。

影たちの寄り添う空間は、光の届かない崖下の家で、作品の時間は、「長い冬を挟んだおよそ四カ月あまり[*15]」。色で言えば、玄冬の玄、黒で、『それから』の作品時間の夏、朱夏の朱、赤と対照となっている。

では、次に漱石が意識して『門』を陰画の世界として展開し黒で塗り込めようとした痕跡を探り、その意図を明らかにしたい。

5

『それから』の赤は冒頭の落椿に始まる。落椿の「赤ん坊の頭程もある大きな花の色」という比喩は血塗られた赤ん坊の頭を連想させ、出産の場面をちらつかせる。それは、「血を盛る袋」である心臓、三千代が縫った「赤いフランネルの」「赤ん坊の着物」（六の四）や「血のように毒々しく照」る日（十四の五）につながっていく。[*16] 人が生きる上で、気づかずに、常にその「不安」にまみれているように、『それから』においては、基調色調として血の色を連想させる「『不安』な赤」[*17] が流れている。『門』にまがまがしい黒が流れているように。

『それから』に対応して『門』の黒は、まず作品時間として姿を表す。玄が陰暦九月の異称であることをうけて、物語は晩秋で始まり、玄冬に極まり、春で終わる。次に御米という人物として形象される。玄が、「静か」で「深く隠れ」「通じ」「北向き」（『大漢和辞典』）なのをうけて、御米は、「静かな女」（十四の六）で「声も立てず、音もさせな」（同前）いで「深く隠れ」、後に宗助と「通じ」る。さらに小六の同居によって北向きの座敷に追いやられ、病気になる。また、二人の住む崖下の家は、「電車の終点から歩くと二十分近くもかかる山の手の奥」（三の三）なので、「静か」で、「南が玄関で塞がれてゐる」（一の二）ので日の当たらない「北向き」の家である。

作品内のものとしての黒の始まりは、宗助の神経衰弱の巣くった「黒い頭」で『それから』の落椿に対応する。その黒は、宗助を訪ねて来た小六の「黒羅紗のマント」と、「達磨の風船の玩具」を売っている男の被っている「黒い山高帽」につながる。小六は過去の宗助を、「黒い山高帽の男」は、社会から逸脱している現在の宗助を連想させるのだ。

そんな宗助と社会との接点になろうとしている崖上の家主・坂井から、皮肉にも安井出現のうわさを聞いて、黒はその色を濃くし、不気味さを増す。宗助が御米を誘って出掛けた正月の寄席の客の群れの「ぎつしり詰つた人の頭」は、「累々たる黒いもの」（十七の三）であり、ついには玄の字義の「黒い糸」が見えなくなるように、彼は「黒い夜の中」に以下のように入り込み、頭の中まで黒に浸透される。

夜は戸毎の瓦斯と電燈を閑却して、依然として暗く大きく見えた。宗助は此世界と調和する程な黒味の勝つた外套に包まれて歩いた。

（十七の五）

頭の中は「魔の支配する」「黒い世の中」になる。そこで、「不安で不定で、度胸がなさすぎ」る心を変え、「安心とか立命とかいふ境地に、座禅の力で達」しようと決意し、黒の世界から脱却しようとするのだが、そこで会うのも黒の世界である。「崖の下に掘つた横穴」に入って座禅しても、「黒い頭」の中は変わらない。宗助は、山を降りる。

又十日前に潜つた山門を出た。甍を圧する杉の色が、冬を封じて黒く彼の後に聳《そび》えた。

（二十一の二）

参禅しても、「黒い夜の中」から玄冬になっただけで、宗助を最終的に包むものは黒の世界なのだ。錯乱して赤の世界に飲み込まれる『それから』の代助のように。

陰画の世界で影としてしか生きられない宗助が、その存在の原点にある玄冬に包まれるほかないことは、当然のことかも知れない。冬とは、死に至るという意味ですべての存在の原点なのだから。つまり、移り行く季節とともに訪れる、死に収斂されて行く自然の方が、人間にとってより根源的なものであるという謂であろう。

常に死と直面していた子規について、苦痛に呻吟しつつ最終的には「仏」でも「耶蘇」でもなく「あえていえば、かれの病床をとりまく自然に出逢ったのではないだろうか」[*18]という見事な指摘がある。同じような意識に、宗助を通じて漱石も辿り着いたといえるのではないだろうか。

結果として危機は回避されたけれども、最終章において「『本当に難有いわね。漸くの事春になつて』と云つて、晴れ〴〵しい眉を張つた」御米に対して、「『うん、然し又ぢき冬になるよ』」と「下を向いたまゝ」答える宗助の言葉通り、季節は、巡って来る。超越的なものから俯瞰されているような眼差しによって描かれる冒頭と末尾の夫婦の位置と姿勢は、既に指摘があるように似通っている。二人の関係に亀裂が入ったにもかかわらず、同じような位置と姿勢しかとれないことに、世間に背をむけた二人のゆきどころのなさがしみじみと味わわれるのだ。その亀裂に宗助は自覚的であり、御米は無自覚であるという相違も悲しい。その悲しさと罪の意識と子供の不在という寂しさをかかえ、安井の出現におびえながら、宗助と御米は、季節の循環の中で老いてゆき、静かに死に向かって生きてゆくほかはない。

## 6

『門』は、なぜ陰画として展開され、影や影法師が重い意味をもつことになっていったのだろうか。この影とは何かという問いは、『門』のなかで以下のように展開される。

漸く自分の番が来て、彼は冷たい鏡のうちに、自分の影を見出した時、不図此影は本来何物だらうと眺めた。首から下は真白な布に包まれて、自分の着てゐる着物の色も縞も全く見えなかつた。

（十三の一）

『夢十夜』の第八夜を思わせる描写であるが、宗助は存在の根幹への疑問に囚われざるを得なかったのである。影として生きてゆくということのなかに、リストラを気にする小役人の日常や、御米との静謐な日常も入るだろう。

では、影とは何かといえば、社会に顔を持っている他のもう一人の自分、光を受けていないところの無意識に近い自分ということができるだろうか。このことを明確にするために漱石の影法師に関する俳句二句を参照したい。

名月や故郷遠き影法師　（明28・11）

松山で詠まれたこの句には、自分がもう本来の自分を取り返せなくて影法師としてしか生き得ないのではないだろうかということを諦めとともに吐露している。影として生きるということは、運命を受け入れ、諦めのなかにいるということになるだろう。

もう一句は、明治三十五年九月十九日に亡くなった子規の訃報を、ロンドンで十一月下旬に受けて詠んだ句である。

霧黄なる市に動くや影法師　（明35・12）

この「影法師」については、「市街の人影と子規の幻影とをダブらせたもの」（山本健吉）や「異郷にあって子規の訃に接した漱石自身の、茫然自失の心境を市街のさまようような人影に重ねて自画像として描いたもの」（小室善弘・前出）という説がある。

二つの影法師に共通のことは、自分の知らないうちに作っている影が寂蓼感に溢れており、その影は制御できないもう一人の自分であるということだ。制御できない自分とは、自分の中の性愛も入るし、いかんともしがたい運命に翻弄される自分もさすだろう。また、「子規の幻影」ということなら、死霊も含む。この死霊を媒介させて読解した方がいいと思われる箇所がある。

宗助と御米の一生を暗く彩どつた関係は、二人の影を薄くして、幽霊の様な思を何所に抱かしめた。彼等は自分の心のある部分に、人に見えない結核性の恐ろしいものが潜んでゐるのを、仄かに自覚しながら、わざと知らぬ顔に互と向き合つて年を過した。（十七の一）

「幽霊」的存在としての自覚とは、影として生きているということにつながるだろう。「結核性の恐ろしいもの」とは、結核であった子規の幻影を下敷きにしてみれば、死すべき存在としての実存感覚の吐露といえようか。それは『門』を書いている作者漱石につながる実存感覚ではなかっただろうか。その痕跡を以下のような宗助夫婦と、「詩人や文人」とを比較するところに見つけることができる。

必竟ずるに、彼等の信仰は神を得なかつたため、仏に逢わなかつたため、互を目標《めじるし》として働らいた。互に抱き合つて、丸い円を描き始めた。彼等の生活は、淋しいなりに落ち付いて来た。其淋しい落ち付きのうちに、一種の甘い悲哀を味はつた。文芸にも哲学にも縁のない彼等は、此味を舐《な》め尽しながら、自分で自分の状態を得意がつて自覚する程の知識を有たなかつたから、同じ境遇にある詩人や文人などよりも、一層純粋であつた。（十七の一）

「詩人や文人」の中に、『門』を書く小説家漱石を入れることはあながち見当はずれではないだろう。とすると、御米との生活の甘美さを書くという自分だけの世界に籠る作者の生活に重ねられはしないだろうか。一歩進めて言えば、御米とは書くという行為に浸るエロスさえ象徴しているのではないだろうか。と同時に、御米という無粋な名前は、書くことが、食べていくこと、生活していくことにつながることを暗示しているかも知れない。実際に、保留をつけながらだが、「何故に小説を書くか」という問いに漱石は、以下のように答えているのだ。

小説を書く為めに新聞社から月給を貰つて、それで生活して居る。つまり一口に云つて了へば、食ふ為めに小説を書いて居るとも言はれるのだ。

（談話「偉い事を言へば幾らもある――何故に小説を書くか」明41・10・1）

宗助と御米は、二人ですごす珠玉の時を一滴一滴ためるように生活している。それは、一字一字書き続けることで世界を創造していく作者に通じる実存感覚ではなかっただろうか。『三四郎』『それから』『門』と書き続けて来た漱石は、美禰子、三千代、御米という女性を作りあげ恋愛というかたちを描き続け、恋愛から結婚という至福の関係までたどり着いたけれども、ここに来てひび割れる音を聞きつけざるを得なかった。それは、自分の書くという世界のひび割れる音でもなかっただろうか。なぜかといえば、明治の一代目の知識人として、国家という表舞台から降りたという意識からなかなか自由になれなかったからである。『平凡』（明40）を書いてロシアに旅だって行った二葉亭四迷と同じような明治人の背骨を漱石もまた持ち続けていはしなかっただろうか。

宗助が「社会への視野と生活」を「失った平凡な人物」（西垣勤・前出）として描かれているのは、漱石自身のある意味での反映ではなかっただろうか。というのは、「社会への視野」は当然広いとしても、社会的役割を果たすという面ではどうだろう。まして『門』執筆は、満韓旅行（明42・9・2〜10・17）の後である。

満韓旅行の後の談話において漱石は、「満韓を遊歴して見ると成程日本人は頼母しい国民だと云ふ気が起ります」（「満韓の文明」明42・10・18）と、植民地での日本人の働きを称賛している。その称賛は、密室状況の中で執筆している自分と裏腹である。

書くという行為は社会的には身を隠したことに近い。そういう自分にかすかな慚愧の念を覚えなかったとはいえないだろう。とすると、『門』が、なぜ社会から隔絶されているかといえば、満韓旅行の逆説的影響だといえる。漱石の満韓旅行の体験が、『門』における宗助と御米の二人だけの世界の凝縮度をより高めたのである。

ちなみに満韓旅行は、友人の満鉄総裁中村是公の勧めによる。彼と接触することは、彼の社会的役割について敏感にならざるを得ない。そして、是公のように社会的役割を存分に発揮する友人たち――一高・東京帝国大学の同窓生に漱石は囲まれていた。彼らが、日本のあらゆる分野で首脳部を占め、日本の進路を決定し始めていたといっても過言ではない。

そのような友人たちと比較すると、小説を書き続けている自分とは、御米と生活している宗助のあり方に近いものがあったのではないだろうか。そのとき、宗助の宗は漱石の漱を響かせて来るのではなかっただろうか。

## 終わりに

いままでのすべてを捨てて、影に転位し陰画の世界の中を宗助は、御米とともに六年間生きてきた。それは、明治三十八年『吾輩は猫である』を書き出し、明治四十三年『門』を執筆している漱石の作家生活とほぼ同じ期間なのだ。

宗助を襲った自己解体の危機は、執筆生活を続けている漱石を襲った危機の遠い反映ではなかっただろうか。そして、それこそが宗教の問題を引きずり出して来ざるを得なかったのである。その実験の結果は、宗助と御米との世界がひびわれたように、漱石の書くという世界もひびわれ始めたのではなかったか。残されたものは、死を暗示する玄冬であり、それを包む自然であり、それを含み込む「天」という超越的なものであったのかもしれない。*19

注

*1 西垣勤『門』(『漱石と白樺派』有精堂、平2〈一九九〇〉・6)に「実験的意図によるものである」という言及がある。

*2 石原千秋『漱石の記号学』(講談社、平11〈一九九九〉・4)の「駆け落ちに近い形で京都に逃れて来て、内縁関係に留まっている可能性が高い」による。

*3 構想変更論の代表的なものとして以下のものがある。
谷崎潤一郎「『門』を評す」(『新思潮』明43〈一九一〇〉・9)、江藤淳「『門』—罪からの遁走」(『決定版

夏目漱石』新潮社、昭49〈一九七四〉・11）
＊4　構想一貫論として代表的なものとして以下のものがある。佐藤泰正「『門』〈自然の河〉から〈存在の河〉へ」（『夏目漱石論』筑摩書房、昭61〈一九八六〉・11）、酒井英行「『門』の構造」（『漱石　その陰鬱』有精堂、平2〈一九九〇〉・4）
＊5　藤井淑禎発言「鼎談」（『漱石作品論集成　第七巻　門』桜楓社、平3〈一九九一〉・10）による。
＊6　林原耕三（『漱石山房回顧・その他』桜楓社、昭49〈一九七四〉・2）による。
＊7　畑有三「門」（『国文学』14巻5号、昭44〈一九六九〉・4）に「一般的にもこの作品では『頭』が否定的なもしくは不吉なものとして扱われているらしいことは、『黒い頭』という形容の仕方が作品全体に無数に使われていることから察せられる」という指摘がある。
＊8　小室善弘『漱石俳句評釈』（明治書院、昭58〈一九八三〉・1）による。
＊9　玉井敬之注解「二人が通っていたのは、この小説の時間からみて明治三十七、八年頃の京都帝国大学法科大学と思われる」（『漱石全集　第六巻』岩波書店、平6〈一九九四〉・5）による。
＊10　「須磨、明石あたり」（注＊9と同じ）により、「須磨」と推定。
＊11　桶谷秀昭『夏目漱石論』（河出書房新社、昭47〈一九七二〉・4）に既に指摘されている。
＊12　前田愛「山の手の奥」（『前田愛著作集第五巻　都市空間のなかの文学』筑摩書房、平1〈一九八九〉・7）に既に「崖上の家と崖下の家の対照」は、「陽画と陰画、ないしは鏡と実体の関係としてうけとめるべきなのである」という指摘がある。
＊13　佐伯順子『「色」と「愛」の比較文化史』（岩波書店、平10〈一九九八〉・1）の『門』評による。
＊14　浅野洋発言「鼎談」（注＊5と同じ）による。
＊15　尹相仁「住まいの風景―『門』における空間の象徴的描法―」（『世紀末と漱石』岩波書店、平6〈一九九四〉・2）による。
＊16　拙稿「女のまなざしの中の『それから』論」（『散歩する漱石』翰林書房、平10〈一九九八〉・9）に詳し

い。

＊17　猪野謙二「『それから』の思想と方法」（『明治の作家』岩波書店、昭41〈一九六六〉・11）による。

＊18　山折哲雄『近代日本人の宗教意識』（岩波書店、平8〈一九九六〉・5）による。

＊19　漱石と自然及び「天」という超越的なものについては、今後の私の課題としたい。

# 寂しい近代――「満韓ところ〴〵」論――

## はじめに

漱石の紀行文「満韓ところ〴〵」（明42・10・21～12・30）を、論じるのは難しい。漱石の主要作品の中でこの作品のみが文庫化されていないということを取ってみても、ある疑義が潜んでいる。どういう疑義かといえば、汚れたテキストではないかということだ。その発端に相馬庸郎は、次のように触れている。

かつて、中野重治が「漱石以来」（一九五八・三）という短い文章で、漱石が中国人を『チヤン』と書いてはばからなかったことに『ごく自然に帝国主義、植民主義にしみていた』例証をみた。

（「漱石の紀行――『満韓ところ〴〵』論――」『国文学』昭43・2）

以降、この紀行文は漱石擁護派[*1]、批判派[*2]のせめぎあいの中にあるが、近年どちらかというと、批判派が声高だ。中野重治、竹内実を経由して漱石の「一種の帝国主義的優越感[*3]」という指摘や「最も汚れたテキスト[*4]」という断罪すらある。

一方で「満韓をめぐっての戦争—日露戦争や『文明』を批判しないのも、そこに『日本』の『真価』＝〈主体〉の発現をみたからだ」とし、漱石を「まきこんだ歴史的な構造の力[*5]」を見る立場もある。擁護、批判、またその背後の制度性の分析など錯綜しているけれども、錯綜という現況の中に隠蔽されているものがあるだろう。その隠蔽されているものをこの作品の持つ二重の文体の分析を通じてあきらかにしたい。それが、私の論ずる位置である。

## 1

「満韓ところ〴〵」は、私に二葉亭四迷の一連の「ロシア問題」（明37—38）と「入露記」（明41・7・8〜14）を想起させる。明治三十七年三月「大阪朝日」に入社した二葉亭四迷の「ロシア問題」は、「新聞社に持って来るよりも参謀本部か外務省へ持って往けと言いたくなる様な」と池辺三山が言う[*6]詳細を極めたレポートであった。ゆえに、二葉亭が心血を注いだにもかかわらず、新聞の読物としては不評で、没にされることが多かったし、ひいては解職問題まで引き起した。この進退問題解決に尽力した三山の強い勧めで、二葉亭は小説『其面影』（明39）『平凡』（明40）を苦しみながら書くのである。

この二本の小説の執筆の後に書かれたせいか、ロシア特派員となりいやでいやでたまらなかった小説の執筆をやめられるという解放感からか、それとも「ロシア問題」でこりていたせいか、「入露記」は非常に読みやすく、大衆受けするくだけた文体で綴られた、魅力のある紀行文である。初代満鉄総裁後藤新平が登場する場面などは、不機嫌な二葉亭の底にわだかまっていた国士気質が華やいで、弾んでいる心が透けて見え微笑ましい。不器用な二葉亭が、やっと新聞というメディアと大衆という新聞読者に応えられるようになったといえよう。

それにひきかえ、漱石は、『虞美人草』（明40）『三四郎』（明41）『それから』（明42）を好評のうちに書き終えた人気のある新聞連載小説家に成長していた。ちなみに『虞美人草』の後の新聞連載小説が『平凡』なのだ。その連載予定などを書簡に残している漱石は、二葉亭の「ロシア問題」の記事の何回もの没の事情やそれが進退問題までひきおこしたことなどを三山を介して恐らく知っていただろう。[*7]

それに、政論紙たる大新聞でもなく、巷の噂を集めたような小新聞でもなく、その中間をいこうとして、明治政府の学制で教育を受けた都市大衆に販路を拡大しようとしている朝日新聞という新興の新聞社の位置も意識のどこかに織り込み済みであったと考えられる。

その朝日新聞に掲載する「満韓ところぐ〵」という連載紀行文の範は、二葉亭の「入露記」をおいてなかったのではないか。もともと、漱石は二葉亭の小説を高く評価していたし、満韓に旅立つ前の六月には、ベンガル湾上で没した二葉亭（明42・5・10逝去）の葬儀に参列し、「長谷川君と余」を執筆し追悼文集（明42・8）に収めている。

また、「入露記」に描かれる二葉亭の大連到着のわずか一年数カ月後、漱石は同じ地を踏み、営口では「かつて二葉亭と一所に北の方を旅行して、露西亜人に苛い目に逢つた」(三十九)という清林館主人の言葉を書き留めている。

では、漱石がどのように範としているかを「満韓ところぐ〵」と「入露記」における文体、時間の流れ方、配置された登場人物など具体的に見ていきたい。

2

二葉亭の「入露記」の文体は、まなざす主体である作者を括弧にいれ、語りが語りそのもので生きしている。時間がゆっくりと流れ、まず新橋から米原まで汽車で同乗した「観光の一露人」で「狙撃連隊の中尉」チョールヌイ君の行動をおもしろおかしく描く。例えば、二葉亭が注文した鮨をチョールヌイ君も注文しようとする。二葉亭が「鮨といふ物は酢漬けの魚を負《おぶ》つた米の飯ですよ」と注意すると、彼が出した手を引っ込め、「一車室皆哄然《どっ》と噴出」したように、二葉亭は読者の笑いを取り、読者の受けをねらっている。チョールヌイ君の「鼾声《かんせい》グウ〵」や「口から涎を垂らす」や二人のもたれ合いを「日露のもたれ合」という比喩などもそうだろう。

では、「満韓ところぐ〵」の場合はどうだろう。チョールヌイ君の役割を担うのは、まず、英国副領事で「美くしい《ママ》二十一二の青年」の抱いているブルドッグの犬である。漱石はこの犬と到着した大連の大和ホテルの食堂でもまた会う。犬の「頗る妙な顔」の醜と副領事の青年の美のアンバランスがおかしみを誘っている。

次にチョールヌイ君につながる役割を担うのは、「鳴動連」である「支那のクーリー」である。

船が飯田河岸の様な石垣へ横にぴたりと着くんだから海とは思へない。河岸の上には人が沢山並んでゐる。けれども其大部分は支那のクーリーで、一人見ても汚ならしいが、二人寄ると猶見苦しい。斯う沢山塊ると更に不体裁である。余は甲板の上に立つて、遠くから此群集を見下しながら、腹の中で、へえー、此奴は妙な所へ着いたねと思つた。（中略）クーリー団は、怒つた蜂の巣の様に、急に鳴動し始めた。（四）

まるで『坊っちゃん』（明39）である。坊っちゃんが埠頭についた以下のようなところを連想させるのだ。[*8]

ぶうと云つて汽船がとまると、艀《はしけ》が岸を離れて、漕ぎ寄せて来た。船頭は真っ裸に赤ふんどしをしめてゐる。野蛮な所だ。尤も此熱《ママ》さでは着物はきられまい。（二）

丸谷才一は、『坊っちゃん』は「東京者が田舎と田舎者を軽蔑する」「差別小説」[*9]だと看破した。田舎を差別する「坊っちゃん」のような語り手が「満韓ところぐ〵」の語り手としても設定されていて、その語り手は読者の笑いを取ろうとし、「真っ裸で赤ふんどしをしめてゐる」「船頭」の代りに、「汚ならしい」「見苦しい」「不体裁」な「クーリー団」を登場させたのである。ちなみに日記では、クーリーは登場せず、「五時頃大連着。大きな煙突が見える。検疫が見える。混雑」（明42・9・6）のみだ。

　この作品を読み進めていくと、このような登場のさせ方を帳消しにする、「クーリーは大人な《ママ》しくて、丈夫で、力があつて、よく働いて、たゞ見物するのでさへ心持が好い」（十七）という描写にぶつかる。ここに「帝国主義の言葉を模倣してしまう漱石を見ることが出来るだろう」（朴裕河・前出）という批判もあるが。

　ところで、この作品の写生文的な語りについて米田利昭が既に指摘しているように、大杉重男も、「『満韓ところ〴〵』は『吾輩は猫である』の後継者あるいは後日談」（前出）とし、「猫」という語り手につながりを想定している。が、私としては「猫」から笑われる苦沙弥先生の後継者が語り手であると共に、『坊っちやん』の語り手とのつながりを挙げたい。

　いずれにしても、まなざす主体という作者と語り手との間に距離があり、語りが語りとして生き生きとし、その語りが読者の笑いを誘い、ひいては語り手そのものも笑われる存在に転化する。川崎造船所の「三千噸《トン》位迄」入るドックを見学して、「夏の盛りに、此大きな石で畳んだ風呂へ這入つて泳ぎ回つたら嘸《さぞ》結構だらうと思つた」（十五）とのんびりした想像を広げる語り手は、軍艦を必死で建造している軍需産業を視察している報告者ではない。やはり「湯の中を泳ぐのは中々愉快だ」（三）という「坊っちやん」を連想してしまう。語り手の能天気な「坊っちやん」意識が、「少々是公に無心をした。もとより返す気があつての無心ではないから、今以て使ひ放しである」（三十一）ということもわざわざ書き込ませたのではないだろうか。

しかし、作者─「坊っちゃん」、「坊っちゃん」─登場人物の二重のしっかりした距離に較べてこの作品の場合、作者─語り手の距離が伸び縮みし、重なってしまうこともある。特に日露戦後の自然主義文学台頭の中で、田山花袋『蒲団』（明40）の例のように小説の主人公さえ作者であるという読み方を訓練しつつあった読者にとって、紀行文ブームともあいまって、語り手である作者漱石の牽引力は大きかったであろう。

漱石の側から言えば、読者の笑いを取ろうとする「坊っちゃん」的語り手による写生文であったこの作品は、読者から言えば漱石の満韓における行状記的色彩を帯びることとなる。ゆえに、この作品の中でしきりに繰り返される胃の具合の悪さや、満鉄総裁中村是公も作家漱石も東北大学教授橋本左五郎も旅順警視総長佐藤友熊も、大学予備門時代の友人で四人とも、現在からは想像できないような劣等生であったという青春回顧は、チョールヌイ君的役割を担うとともに、ともすれば作者─語り手の距離を縮め重ねる。その場合どのように文体が変化するか。その変化によって、何がもたらされるのか次に考えていきたい。それが「入露記」との相違点で、文体の二重性ということでもある。

### 3

漱石は、満韓旅行から帰国して次のような書簡を寺田寅彦に出している。

僕は九月一日から十月半過迄満州と朝鮮を巡遊して十月十七日に漸く帰つて来た。急性の胃カタールでね。立つ間際にひどく参つたのを我慢して立つたものだから道中非常に難義《ママ》をした。その代り至る所に知人があつたので道中は甚だ好都合にアリストクラチツクに威張つて通つて来た。

（明42・11・28）

身体的には胃カタールで不快であっても、「至る所」で知人や旧友に会い、輝いていた青春の学生時代を思い出し、精神的には快適ではしゃいでもいる。そのはしゃぎ方は、胃痛に常に悩まされている『吾輩は猫である』の苦沙弥先生の後継者の背後から、ちらりちらりと見えてくる。その時「入露記」に範をとって読者の笑いを取ろうとする「坊つちやん」的語りは、写生文体から逸脱し青春をしみじみと懐かしむ回想的文体に変化する。この文体の変化について、既に次のような指摘がある。

この作品が闊達な諧謔の文体を基調にしていることに注意されなければならない。それはある場合は江戸児的であり、ある場合は書生流であり、またある場合は俳諧的である。

（相馬庸郎・前出）

これに従えば、この作品の文体は「坊っちやん」的語りを基調にしながらも、ある場合は満州を差別する「江戸児的文体」であり、ある場合は「書生流・俳諧的文体」という二重性を帯びていることになる。

では、青春を回顧する後者の回想的文体によって、いったい何がもたらされるのだろうか。それは、満州が日露戦争の血なまぐさい戦闘にあけくれた非日常の地から、青春の思い出にきらめく旧友の交歓する平和な日常の地へという転換をもたらす。内地より格段に豊かな生活をしている旧友たちとの再会は、戦死者の魂のまだ浮遊しているが如き満州の非日常性を浄化し、青春を回顧し友情を復活させ、楽しげに集うなごやかな平和な日常性を回復するのである。

しかし、その再会する場所は大連や旅順や奉天という日露戦争の激戦地である。日露戦争中の前線のおびただしい報道によってその地名は、戦死者へのレクイエムとともに国民の頭に焼き付けられていただろう。決死隊による旅順港口閉塞、二百三高地攻撃、旅順開城、遼陽会戦、奉天会戦など、血塗られた満州のイメージは、続々と出た戦史によってより増幅されていたとさえ推定される。

独立評論社編『日露戦争実記　第一号』（明37・2・初版〜二十六版、二十五万部、育英社）、神戸務著『日露戦争史』（明39・4・初版、8・四版　尚文社）、桜井忠温著『肉弾』（明39・4・初版、大2・6・百八版　丁未出版）、帝国軍人教育会編輯局編『日露大戦史』（明39・12・初版、明43・7・八版　帝国軍人教育会）、河野正義編『忠烈美譚』（明42・1・初版、明43・5・五版）など[*10]ちょっと挙げただけでも、当時の出版界の異常な戦史ブームが想像される。

ところで、空前の売れ行きの戦史の中にこの「満韓ところぐ〵」を置いてみると、全国民の目を釘付けにした満州の地名は共通していても、そこで写生文体の特徴とも言える現在形を駆使した「坊っちゃん」的語りは、胃痛という漱石の身体症状も含めて平和な日常の生活感情につながり、旧友交歓とそれに伴う回想的文体による青春回顧は、戦史に熱狂している読者の頭を冷し、異次元のさわやかな風を送り込む。

朝日新聞社の日露戦後の販売戦略として招聘されたという新聞小説家漱石の「満韓ところ〴〵」は、戦地ではない、戦後の現に生きられている土地ともう一つの満州を描いたといえよう。『吾輩は猫である』を想起させる多々良三平のモデル俣野義郎の登場や戦後の満州の権力者となった中村是公をはじめ、生き生きと仕事をし内地より遥かに豊かな生活をしている旧友たちとの青春の物語を満州の地で回想することによって、さらに日露「戦後の戦争」を展開して、やっと目鼻のついた満鉄の事業を紹介することによって血塗られた満州は浄化され、激戦に明け暮れた非日常の地は、平和な日常の地へ転換される。

　時期としても表忠塔建設中（明40・起工、明42・11竣功式）で、国家が戦死者を鎮魂し英霊として位置づけようとしている時であった。というのは、明治三十八年九月、日露講和反対の国民の熱気はすさまじく、日比谷焼き打ち事件（明38・9・5）を起こし、以降各地で講和反対大会が開かれ、「東京市および府下五郡に戒厳令」（明38・9・6〜11・29）[*11]まで敷かれた。暴走気味の国民の熱狂を醒まし、締めくくろうとする時が熟していたようだ。東郷大将は、漱石の旅順到着の十三日後に旅順に来て二十八日の表忠塔除幕式には乃木大将とともに参列している。このことは「此二十三日に東郷大将来る」と「日記」（明42・9・10）には書かれているが、「満韓ところ〴〵」には言及されていない。表忠塔に対しても漱石の眼差しは冷やかである。旅順港口閉塞決死隊については「日本人が好んで自分で沈めに来た船」（二十八）と紹介し、二百三高地の頂上では「此処で遣《や》られたものは、多く味方の砲《た》丸《ま》自身のため」という解説者の言葉を引用して、「味方の砲弾《たま》で遣《や》られなければ、勝負の付かない様な烈しい戦は苛《つら》過ぎる」（二十七）という感想を挿入している。ここには、リアルな戦争認識があるだろう。
さらに満韓情勢は風雲急を告げており、漱石が出発する一日前の九月一日、「日本軍、湖南義兵に対する南韓大討伐開始」（市川正明編『朝鮮半島近現代史年表』一九九六・五 原書房）、九月四日満州五案件に関する日清協約調印、それに反発する日貨ボイコットなどがあり、連載中は、伊藤博文暗殺（明42・10・26）、満州未了案件交渉（明42・11・18）、韓国首相李完用（親日派）刺客に襲撃（明42・12・22）などが、勃発しているにもかかわらず触れられていない。激動する政治・社会情勢をわざと滅却した姿勢である。まるで『草枕』（明39）の非人情の旅をする画工のように。それを紀行文の枠組みによって「政治的なるものを迂回している」[*12]と考えていく立場もあるだろう。が、私としては、激戦地満州に対して国家の締めくくり方とは違う締めくくり方として、旧友交歓による友情という温かさを登場させたと考える。そこには、若書きの論文「ホイットマンの詩について」（明25）の以下の文章が心底に響いていたのではないだろうか。

彼れ何を以て此個々独立の人を連合し各自不羈の民を連結して衝突の憂を絶たんとするぞと問はゞ己れ「ホイットマン」に代つて答へん別に手数のかゝる道具を用ふるに及ばず只“manly love of comrades”[*13]あれば足れりと。

まるで、戦死者の冷たさを温めるように「友愛」が置かれ、満韓情勢の切迫した時間の代りに、旧友との友情を回復するのんびりとした時間を対置した「満韓ところぐ〳〵」には、友情の物語でもある

『坊っちゃん』の語り手による写生文的要素が詰まっている。
「何となるゆとりがある」「逼つて居らん」「屈託気が少ない」（「写生文」明40・1）などという写生文の特徴が、戦史の息詰まる切迫した文体を相対化する。さらに、美文の流れを汲む紀行文の文体に対しても違和を持ち込む。

もともと、「満韓ところ〴〵」は当時「漱石ところ〴〵」であると評されたほど、「満韓の自然そのものより、満韓にゐる人間――もつと厳密に言ふと、満州で会つた自分の旧友の噂で持ち切つた紀行文」[*14]なのだから、当時の紀行文の文脈を逸脱している。

では、次に漱石がどのような友人・知人に会い、その二重の文体によってどのように満州が非日常の地から日常の地に転換されたのか考えていきたい。

## 4

漱石がなぜ満韓に行くことになったかと言えば、予備門時代以来の友人で満鉄総裁である中村是公の勧めによる。

　南満鉄道会社つて一体何をするんだいと真面目に聞いたら、満鉄の総裁も少し呆れた顔をして、御前も余つ程馬鹿だなあと云つた。是公から馬鹿と云われたつて怖くも何ともないから黙つてゐた。すると是公が笑ひながら、何《どう》だ今度一所に連れてつて遣らうかと云ひ出した。是公の連れてって遣らうかは久い《ママ》もので、二十四五年前、神田の小川亭の前にあつた怪しげな天麩羅へ連れて行つて呉れた以来時々連れてつて遣らうかを余に向つて繰返す癖がある。（一）

南満州鉄道会社・通称満鉄とは、国運をかけ多大の犠牲を払って日露戦争で勝利した日本がやっとの思いで獲得したものであった。日清戦後の三国干渉でもぎ取られた南満州の権益の一部を取り返したのである。具体的には、ロシアが敷設した東清鉄道の大連・寛城子間を中心とする線路を引き継ぎその鉄道付属地や、撫順・煙台などの炭鉱の経営権を持ったのである。しかし、戦勝気分に乗った日本の朝野は、「あたかも南満州を新たな植民地として獲得したかのような雰囲気がみなぎっていた」（伊藤武雄『満鉄に生きて』勁草書房、昭39・9）らしい。[*15]

日本の耳目が集中している南満州鉄道会社について「一体何をするんだい」ととぼけて聞き、「御前も余つ程馬鹿だなあ」と返される会話の呼吸と二十四五年前の「今度一所に連れてつて遣らうか」と誘われて食べた天麩羅の思い出から、作者漱石を揶揄する語りに青春の時間をからめて、のんびりとこの紀行文は立ち上がって来たといえよう。

中村是公が漱石を引っ張り出したのは、鏡子の『漱石の思ひ出』によれば「当時は人がよく知らない満鉄の事業や何かの紹介をやらせようといふことで」あって、満鉄の事業を内外に宣伝してもらうためであったことは明白だ。これに続けて、鏡子は「自分では別に提灯持ちをする気はなかつたでありませう」と述べている。

さりながら、「胃は実に痛かつた」（三十五）とあるように、漱石は胃痛に悩まされながらも、優等生的に大連・ハルピンの間の満鉄付属施設を一通り視察している。

次に登場するのが、『吾輩は猫である』の多々良三平のモデルとなった俣野義郎[*16]であり、東北大学教授橋本左五郎であり、旅順警視総長佐藤友熊であり、大連税関長立花政樹であり、満鉄奉天公所長佐藤安之助（俳人肋骨）であり、坂元雪鳥の兄で関東庁民政長官白仁武である。以下一人一人みていきたい。

『猫』では、「六つ井物産会社の役員」となり金田家の令嬢と結婚する多々良三平は諷刺の対象とされるが、満鉄の関係者となった俣野義郎は大連での漱石の格好の案内役の一人となり、読者に『猫』の虚構世界を奇妙にひきずってくる。「丸で英国の避暑地」（十八）の一角にある俣野の家から「大連の市街」「大連の海」「大連の向こふの山」が見える時、読者の頭の中には、肥前唐津、九州弁、大連、英国の避暑地などが一緒になってぐるぐる回り、虚構と現実が絡み合う。なお「股野」と表記される。

次の橋本左五郎とは「満鉄の依頼に応じて、蒙古の畜産事状を調査に来て、其調査が済んで今大連に帰つた許りの所へ出つ食はした」（十三）。彼は常に漱石と共にあって蒙古を意識させるのだ。例えば、漱石の「おい満州を汽車で通ると、甚だ不毛の地の様であるが、斯うして高い所に登つて見ると、沃野千里といふ感があるね」という問いかけに対して、「橋本にはそんな感がなかつたと見えて、別に要領の好い返事をしなかつた」（三十六）などというところは、「沃野千里」という満州へのプラス言説をマイナスにしないまでも無化し、さらに広い蒙古を想像させる。

次の大連税関長立花政樹は、学生時代に漱石と互いに写真を交換した立花銑三郎[*17]（十）を伴って青春を思い出させる。もっとも、銑三郎との写真交換は秘されて、漱石と前後して洋行した彼の帰国途上の客死が語られるのだが。

旅順警視総長佐藤友熊の学生時代の回顧は読者をなごませる。白虎隊の如き出立ちで出現し、雨の日は素足でなぜか鉄瓶を下げて「黒い桐油を着て饅頭笠を被つた郵便脚夫」姿で教場に現れ、「賄《まかなひ》征伐を遣つた時」は額に傷をして「しばらくの間」白布で頭を巻き勇ましい後鉢巻きの「颯爽たる姿」（二十一）であった。現旅順警視総長といういかめしい職にある佐藤友熊のスナップ写真のような青春の一駒一駒は、日清・日露戦争前の古い日本とだぶってほのぼのとした情感を読者に運んできただろう。さらに、彼らが江ノ島まで「赤毛布《あかげつと》を背負《しょ》つて弁当をぶら下げて、懐中には各二十銭づゝ持つて」（十二）の一泊二日の旅行をした際の、金がなく砂浜で赤毛布に包まれて寝た青春回顧は、満鉄総裁、作家、警視総長などの立場をとりはずし、明治十七八年の貧しい書生に引き戻すのだ。

このような回想的文体による青春回顧が、血塗られた満州を浄化し、楽しそうな旧友交歓が激戦地であった満州の非日常性をつるりと剝ぎ、その下地にある日常性を露出させる。その日常性を後押しするのが、正岡子規門下の俳人・満鉄奉天公所長・佐藤安之助（肋骨）の、中国人の現在をおおらかに肯定し「弁髪迄弁護」する美意識だ。


肋骨君の説によると、あゝ云ふぶく〳〵の着物を着て、派手な色の背中へ細い髪を長く垂らした所は、振《ふる》へ付きたくなる程好いんださうだから仕方がない。（四十八）

この美意識に驚いている語り手も、戦争とは位相のまるで違う美意識を発動させている。旅順の

「戦利品陳列所」で唯一語り手の記憶に残ったのは、「小さな白い華奢な靴」の片足の美しさである。「手投弾・鉄条網・魚形水雷・偽造の大砲」の中で語り手が唯一「鮮《あざやか》に思ひ浮べる事が出来る」のは「女の穿いた靴の片足」（二十三）なのだ。

戦争後ある露西亜の士官が此陳列所一覧の為わざ〳〵旅順迄来た事がある。其時彼は此靴を一目観て非常に驚いたさうだ。さうしてA君に、これは自分の妻の穿いてゐたものであると云つて聞かしたさうだ。（二十三）

この後日談によって妻の生死は分からないものの、血なまぐさいむごたらしい戦闘を一瞬忘れさせてくれる「小さな白い華奢な靴」の片足は、非日常性を押しのけ女性的なふわりとした日常性を運んで来てくれる。「掘ればいくらでも死骸が出て来る」（二十五）旅順の戦地を浄化した、片足の「繻子《しゅす》」の靴のように、輝いていた青春を思い起させる旧友たちとの出会いは、戦死者の霊が浮遊する忌わしい満州という非日常の地を、平和な日常の地へ転換したのである。

では、この片足の「白い華奢な靴」が旧友交歓の露出した日常性の象徴としたら、売春窟を訪れて出会った、もう一足の繻子の靴はどうだろうか。

二畳敷位の土間の後の方を、上り框の様に、腰を掛ける丈の高さに仕切つて、其処に若い女が三人ゐた。（略）三人が一枚の上衣を引き廻してゐる様に見える。其間から小さな繻子の靴が出てゐた。（略）真中のは不思議に美しかつた。色が白いので、眉がいかにも判然《はっきり》してゐた。眼も朗らかであつた。頬から顎を包む弧線は春の様に軟かつた。余が驚きながら、見惚《みと》れてゐるので、女は眼を反らして空《くう》を見た。（三十九）

前述したロシア婦人の靴が女性的なふわりとした日常性を運んできたとしたら、この小さな繻子の靴は、娼婦のはかない美しさを通じて日常性を組み立てる原基となる性的欲望を象徴しているだろう。たとえ、「余」の眼差す位置が現在から見れば不当で非難されるべきものであっても、その眼差し自体が、オリエンタリズムにどっぷり浸っていると批判されるべきものであっても、析出されるものは析出すべきである。何が析出されてくるかと言えば、日常性の芯部のセクシャアリティだろう。それによって、確実に満州という土地は日常性を回復したといえるのかもしれない。

5

当時「漱石ところぐ〵」と言われた程、旧友交歓に終始しているにもかかわらず、あるいは「自分の胃の悪さをベースにして圧倒的に不快だということしか書かない」[*18]にもかかわらず、漱石は見るべきものは見、聞くべきことは聞いている。つまり、日常の地に転換された満州において何を見たかと言えば、外目には「欧州の中心でなければ見られさうもない程に、雅《が》にも丈夫にも出来てゐる」（七）が、中身は「廃墟《ルインス》」のような寂しい近代だ。

大連港に着いた漱石は、中村是公の満鉄総裁社宅に向かう。その総裁社宅の「だゝつ広い応接間」「実は舞踏室」の吹き抜けに驚き、「こりや滅法広いな」と「細長い御寺の本堂の様な心持がし」、「仏様のない本堂」に「先づ一番に吃驚《びつくり》した」。以後通るたびに「居りもせぬ阿弥陀様を思ひ出さない事はなかつた」(五)。

次に是公に連れていってもらった大連倶楽部の玉突場、読書室、遊戯室には誰もいない。建設中の「内地には無い」電気公園にも誰もいない。大連、旅順にある満鉄経営の純西洋風旅館というコロニアルホテルも大きいばかりでがらんとしている。

> ホテルの中には一人も客がゐない様に見える。ホテルの外にも一切人が住んでゐる様には思はれない。開廊《ヴェランダ》へ出て往来を眺めると、往来は大分広い。(中略)往来を隔てゝ向ふを見ると、ホテルよりは広い赤煉瓦の家が一棟ある。けれども煉瓦が積んである丈で屋根も葺いてなければ窓硝子も付いてない。足場に使つた材木さへ処々に残つてゐる位の半建である。淋しい事には、工事を中止してから何年になるか知らないが、何年になつても此儘の姿で、到底変る事はあるまいと云ふ感じが起る。さうして其感じが家にも往来にも、美しい空にも、一面に充ちてゐる。余は開廊《ヴェランダ》の手摺を掌で抑へながら、奥にゐる橋本に、淋しいなあと云つた。(二十二)
>
> ホテルの窓から往来を一日眺めてゐたつて、通行人は滅多に眼に触れない処である。外へ出て広い路を岡の上迄見通すと、左右の家は数へる程しか並んでゐない。さうして夫が悉く西洋館である。しかも三分の一は半建の儘雨露に曝されてゐる。他の三分の一は空家である。(二十九)

旅順の大和ホテルの描写だが、漱石は「丸で廃墟《ルインス》だ」と続けている。

大連でも第一印象を聞かれて「船から上がつて此方へ来る所は、丸で焼跡の様ぢやありませんか」（十）と正直に答えている。その後、「舞踏室に変化する程の大きな」広間（満鉄本社食堂）で食事をとる。大和ホテルから運ばれ、デザートとして西洋梨のついた「肉刀《ナイフ》と肉匙《フォーク》」を使う食事が、コロニアルホテルの贅沢さと到達した西洋化をよく示している。漱石の好きなチョコレート菓子もすぐ食べられ、満鉄奉天公所ではシャンパンまで飲める。漱石は胃の具合が悪く欠席したが、舞踏会も大連を訪問している米国艦隊の歓迎のために開かれ、生活様式としても日本内地より西洋化されている。

しかし、その舞踏会の後バーへアメリカの士官たちと繰り込み、中村是公が「gentlemen!《ゼントルメン》」と叫んだがその後が続かず、日本語で「おおいに飲みませう」と怒鳴ったところは、満鉄総裁を引き下ろす「坊っちやん」の目ともいえるが、懸命に背伸びしている日本人の滑稽さを、ひいては寂しい近代を思わせる。それは、充分〈いま〉〈ここ〉に通じ、現代日本の姿であり、「廃墟《ルインス》」は現実のものになりつつあるのかもしれない。

「満韓ところぐ〵」は、漱石や橋本が撫順炭鉱の暗い坑内を降りて行くところで「もう大晦日だから一先やめる」（五十一）と突然中断され、後半の「韓国ところぐ〵」は、割愛されている。それを補うために帰国すぐの談話をみると「朝鮮に於ける日本の開化は歳月の力で自然と南部から北の方へ競り挙げて行つたもの」（『満韓の文明』明42・9・30）と述べている。その根拠となるように、日記には「京城着。車で天津旅館へ行く。道路よし。純粋の日本の開化なり」（明42・9・30）と記している。

しかし、一方で「此所で成功したものは贋造白銅、泥棒と〇〇なり」という矢野義二郎から聞いた言葉を日記（明42・10・5）に書きとめている。「〇〇」を、『増補改訂　漱石研究年表』の「巡査（推定）」に従えば、国家システムを撹乱する偽金造りと安全な生活を脅かす泥棒という犯罪者とそれを取り締まる巡査ということになる。ここには、満韓旅行の翌年執筆される『門』（明43・3・1〜6・12）の安井と坂井の弟をめぐって浮かび上がる「冒険者《アドベンチユラー》」の「自暴と自棄と、不平と憎悪と、乱倫と悖徳」（十七）という言葉の源泉が、潜んでいるだろう。それは、『彼岸過迄』の大連の電気公園の娯楽係になる森本や『明暗』の内地で食いつめて朝鮮へ流れて行く小林という人物造型につながる。満韓旅行が、『門』以降のそれぞれの作品の深部を突き動かしているということだろう。その意味において「『満韓』旅行は漱石の『精神に及ぼした影響がほとんど皆無』（友田悦生・前出）であるどころか、むしろ決定的な〝事件〟と見なされるべきであろう」（劉建輝・前出）。

日記はそれに続けて「余韓人は気の毒なりといふ」（明42・10・5）と結ばれているのだが、「満韓ところぐ〵」が「坊っちやん」的語りによる諧謔な文体を基調にしているため「日記」の肉声は消えているし、後半は抜け落ちている。

## 終わりに

以上のような未完の紀行文を「最も汚れたテキスト」（大杉重男・前出）と断罪する前に、満韓旅行の後、漱石により新設された「文芸欄」（『東京朝日』）に、漱石自身が発掘し『門』の後連載させた長塚節『土』（明43・6・13〜11・17）の序文を虚心坦懐に読んでみたい。

「土」を読むものは、屹度自分も泥の中を引き摺られるやうな気がするだらう。余もさう云ふ感じがした。或者は何故長塚君はこんな読みづらいものを書いたのだと疑がふかも知れない。そんな人に対して余はたゞ一言、斯様な生活をして居る人間が、我々と同時代に、しかも帝都を去る程遠からぬ田舎に住んで居るといふ悲惨な事実を、ひしと一度は胸の底に抱き締めて見たら、公等の是から先の人生観の上に、又公等の日常の行動の上に、何かの参考として利益を与へはしまいかと聞きたい。（中略）長塚君は余の「朝日」に書いた「満韓ところぐ〵」といふものをSの所で一回読んで、漱石といふ男は人を馬鹿にして居るといつて大いに憤慨したさうである。（中略）長塚君としては尤もの事である。「満韓ところぐ〵」抔が君の気色を害したのは左もあるべきだと思ふ。然し君から軽佻の疑を受けた余にも、真面目な「土」を読む眼はあるのである。（中略）もし余が徹頭徹尾「満韓ところぐ〵」のうちで、長塚君の気に入らない一回を以て終始するならば、到底長塚君の「土」の為に是程言辞を費やす事は出来ない理屈だからである。

（「『土』に就て」明45・5）

「人を馬鹿にして居る」という長塚節の憤慨を受け止めたということは、「満韓ところぐ〵」の基調となっている諧謔性を認めたことであり、その対極に「たゞ土を掘り下げて暗い中へ落ちて行く丈」の「苦しい読みもの」『土』を置いたということが漱石の相対化というバランスの全貌をよく示している。そして、「満韓ところぐ〵」の最後で、「坊っちゃん」的語りによって漱石たちが、日本からはるか離れた満州の撫順炭鉱の暗い坑道をどこまで降りて行ったのか分からないように、以降生身の作家漱石はたった一人で寂しい近代の暗い中をどこまでも降りて行くほかなかったのだと言えよう。

注

＊1 相馬庸郎・前掲論文、米田利昭「漱石の満韓旅行」（『文学』昭47〈一九七二〉・9）など。

＊2 竹内実「漱石の『満韓ところぐ〵』」（『日本人にとっての中国像』春秋社、昭41〈一九六六〉・10）・友田悦生「夏目漱石と中国・朝鮮――『満韓ところどころ』の問題――」（『作家のアジア体験』世界思想社、平4〈一九九二〉・7）など。

＊3 伊豆利彦『漱石と天皇制』（有精堂出版、平1〈一九八九〉・9）

＊4 大杉重男『アンチ漱石~固有名批判~』（講談社、平16〈二〇〇四〉・9）

＊5 朴裕河「『インデペンデント』の陥穽―漱石における戦争・文明・帝国主義」（『日本近代文学』第五八集平10〈一九九八〉・5）

＊6 関川夏央『二葉亭四迷の明治四十一年』（文芸春秋、平8〈一九九六〉・11）による。

＊7 大塚楠緒宛持参状に「是は虞美人草のあとへ四迷先生の短かいもの（注『平凡』）を出して其次に出す計画の由です」（明四十・七・十二）による。

＊8 青柳達雄『満鉄総裁中村是公と漱石』（勉誠出版、平8〈一九九六〉・11）による。

＊9 丸谷才一『闊歩する漱石』（講談社、平12〈二〇〇〇〉・7）による。

＊10 『鳴海文庫古書目録　第二号　日露戦争関係文献特集』（平12〈二〇〇〇〉・7）による。

＊11 『日本近代総合年表　第四版』（岩波書店、平13〈二〇〇一〉・11）

＊12 佐々木基成「〈紀行文〉の作り方――日露戦争後の紀行文論争――」（『日本近代文学』第六四集　平13

〈二〇〇一〉・5）

＊13　山内久明注解「『カラマス』（『草の葉』第三版）所収の『民主主義へ』（For You, O Democracy）にあることば」（『漱石全集　第十三巻』岩波書店、平7〈一九九五〉・2）

＊14　小宮豊隆解説『漱石全集　第八巻』（岩波書店、昭41〈一九六六〉・7）

＊15　劉建輝「『満州』幻想――『楽土』はかくして生成される」（「Ideal Places in History East and West」平8〈一九九六〉・3、国際日本文化研究センター）による。

＊16　原武哲『夏目漱石と菅虎雄―布衣禅情を楽しむ心友―』（教育出版センター、昭58〈一九八三〉・12）の「三十一『満韓ところぐ〵』の中の筑後人」において、俣野義郎、立花政樹、白仁武などが詳しく論述されている。

＊17　写真裏面に「謹呈／立花銑三郎君／辱交／夏目金之助／明治二十七年四月吉日」とある（『増補改訂　漱石研究年表』集英社、昭59〈一九八四〉・5）。

＊18　柄谷行人・小森陽一の対談「夏目漱石の戦争」（『海燕』平5〈一九九三〉・3）による。

# 幸田露伴をめぐって

# 『一国の首都』試論

## はじめに

幸田露伴『一国の首都』（明32、34）への接近方法は様々にあるだろう。例えば、露伴論として、あるいは都市論として、あるいは作品の三分の一を占める遊里論として、あるいは「産業革命期を迎えた巨大都市の矛盾を、道徳の問題に収斂させてしまった」（前田愛「『一国の首都』覚え書」『文学』昭53・11）結果、浮上してきた道徳論として。

しかし、種々な角度から照射される作品にもかかわらず、露伴が読まれなくなった作家のためか、また、小説ではなく論文であるためか多く言及されることはなかった。勿論、柳田泉・塩谷賛といった露伴研究家は、彼らの露伴論の脈絡の中で、例えば以下のように分析している。

露伴の自己覚醒、人間研究、社会研究の結果と、読書研精の結果との胸中に鬱積したものが、當時種々な人々によつて盛んに唱道されつゝあつた都市改良の空気に応じ、愛市愛郷の一念にかられて猛然爆迸したものといつて可い。（中略）まことに曠世の奇文といつてもよいもので、この一文だけでも露伴の名は永久に伝はることが出来たらうと思はれるほどの大論文である。

（柳田泉『幸田露伴』中央公論社、昭17・2）

正鵠を射た評であろうが、腑に落ちない側面がないわけではない。塩谷賛[*1]にしても同様である。ところで、どういうわけか、露伴論の脈絡に沿った作品論には、どこか露伴教ともいうべきものが潜んでいて、それが本来の露伴の作品を遠い存在にし、その作品分析をやや鈍らせているように思える。一方、正宗白鳥[*2]の如き露伴否定論者は、明治二十二年から昭和二十二年に及ぶ膨大な作品群を、『運命』（大8・4）を除いてであるが、無意味なものに転落させる。露伴は、ひいきのひき倒しか、または無視される作家のようである。彼は、今なお行き惑い、肯定か否定かの薄暗がりに佇んでいるように思われるのだ。勿論、評価軸の揺れへの言及は、何も今ばかりではない。

わが明治の象徴であつた露伴といふ文豪の死後の像は嵐の中に立つてゐる。落葉も時に高くひるがへる。その八十年の生涯を偉大と観ずる意見とともに、明治大正昭和の三代にわたつた文学史的業績を無視せんとする発言が上下し縦横しつゝある。

（「昭和二十四年版露伴全集月報抄」編纂室より『露伴全集』附録、岩波書店、昭54・8）

右の文に言う揺れ動く露伴像を『一国の首都』の作品分析を通じて、ほんの少しでも静止し得るならばと思っている。

1

『一国の首都』は、露伴が春陽堂から発刊させた雑誌『新小説』[*3]に、明治三十二年、前半が十一・十二月号に掲載され、後半（続稿）が三十四年二・三月号に分けて刊行され、同年十一月随筆『長語』に収められた。

明治二十七年の日清戦争を経て、悲惨・深刻・観念小説がいわゆる戦後文学として登場し、川上眉山・広津柳浪・泉鏡花等の硯友社の新人たちが活躍し始めたのに対し、無名の新作家に期待をかけての『新小説』（明29）の発刊だった。「日清戦争をさかいに日本の近代文学はいわゆるシュトルム・ウント・ドランク（疾風怒濤）の時代を迎えた」（小田切秀雄「日清戦後・明治三十年代の文学」『日本近代文学の展開』読売選書、昭49）という位置付け通り、他にも多くの雑誌が創刊されている。二十八年には、『文芸倶楽部』『太陽』『帝国文学』『青年文』、二十九年には、『新文壇』『めざまし草』『新聲』、他に『新著月刊』（明30）『ほととぎす』（松山版、明30）『明星』（明33）といった具合である。また、二十九年に、『国民之友』が、民友社の「社会小説出版予告」として、紅葉・露伴・緑雨・柳浪・宙外・嵯峨の屋おむろ等の名を掲げた予告を発表してから、社会小説をめぐって盛んな論議が起こる。内田魯庵・田岡嶺雲・内村鑑三・高山樗牛等がそれぞれ活発な評論活動を展開する。以上のような文学革新の気運は、日清戦後の日本の初期資本主義がその原始的蓄積過程を終え、様々な社会問題を孕み始めたという現実に淵源を発しているだろう。現実と文学が接近しつつあったこの時期、露伴は、どんな文学を渇望しどういう文学的姿勢をとろうとしていたのだろうか。

一つは、先程述べた『新小説』発刊という行動そのものに表れているのであって、「自家の文学にも、他の既成作家の文学にも、自身の文学理想の満足を見出しかねた露伴が、新しい青年作家無名作家の文学に、文学理想の実現をもとめようとした、そこに従来の文学にみたされない文学理想を模索しようとした」（柳田泉『幸田露伴』）のである。硯友社の新人たちの深刻小説・観念小説では満足できず、新作家登場に骨を折り、新しい文学を渇望したのである。「雲と集まる青年文士の小説原稿を評閲する露伴の熱心と努力は異常なものがあつた」（柳田泉・同前）という。しかし、結局は失望するしかなく、新作家登場のための雑誌という編集方針は変更を余儀無くされ、露伴は三十年十二月に編集から下りてしまう。

当時の露伴の思いを明確にするため、『新小説』発刊六カ月前の夢蝶生（横山源之助）との対談記評を見ることにする。柳田泉は、この対談記が、[*4]「いかに露伴が当時人間研究に執心してゐたか」を示しているとしている。また、以下のような見解もある。

露伴、逍遙との対談記『幸田露伴と語る』三（明29・1・15〜）、『坪内逍遙と語る』四（明29・3・4〜）。この二作は、悲惨・深刻小説との死闘にのりだした横山のために、強力な援軍役をはたしている。（中略）ともに長大であり、いずれにも異色な社会文学論の展開がある。両対談記がもたれた意図が悲惨・深刻小説批判のためであったことは、瞭然である。

（立花雄一『明治下層記録文学』創樹社、昭56・4）

二者の対談記評からでも、露伴が悲惨・深刻小説を批判し、深い人間研究に根ざしかつ社会を視野にいれた新しい文学を渇望していたことがわかるが、更に、明治二十九年一月森鷗外が創刊した『めさまし草』の匿名批評「三人冗語」の「たけくらべ評」（明29・4）のひいきの評を読むと露伴の悲惨・深刻小説批判は確実なものとなる。

近頃は世の好みにてか、評者の好みにてか、作者の好みにてか、不思議なる小説のみ多くなりて、一篇を読むごとに我等は眉をひそめて、これ意を新にして功を得んとせる人々の體を失して恠を成せるにはあらずやと打つぶやくことを免れざりしが、此作者の此作の如き、時弊に陥らずして自ら殊勝の風骨態度を具せる好文字を見ては、我知らず喜びの餘りに起つて之を迎へんとまで思ふなり。

（「三人冗語」『めざまし草』明29・4）

この『たけくらべ』絶賛の裏側にある、露伴の当時の文学への強い不満は、「詩人及び小説家等は、やゝもすれば都府を罪悪の巣窟の如く見做し、村落を天国の実現の如く謳歌す」（『一国の首都』）といった口吻からも読み取れるのであって、かたや悲惨・深刻・観念小説を切り、かたや「山林に自由存す」（明30）と高らかに謳った国木田独歩等を切るといった具合である。両方を切った向こう側に何を見ていたかというと、「至善至美、上は聖皇の御座を安《やすん》じ奉るに適ひ、下は一国民庶の風俗儀容の源泉たり模範たるに堪ふべからしむべき」（『一国の首都』）首都なのだ。「吾人は決して一脈の詩人小説家等と雷同して、無責任に都会を厭悪嫌忌し之を嘲罵するのみに終るべからず。」（同前）として、露伴は、この作品を執筆したのである。

ところで、露伴のように都会への無責任な嘲罵ととるか、田岡嶺雲のように時代の現実の反映ととるかによって、悲惨・深刻小説への評価は分かれる。しかし、横山源之助が、それらの小説との「死闘」（立花雄一・前出）の中で、貧民ルポルタージュを展開し、『日本之下層社会』（明32・4）を世に出すことや、森鷗外の『めさまし草』誌上の「三人冗語」「雲中語」の一貫した批評を考え合わせると、悲惨・深刻小説が、都会の最暗黒部から何を取り何を取らなかったのかはおくとして、それらへの批判が根強く存在したことは確かだ。

その時代に於ては（二十九年乃至三十一年頃）一葉と鏡花とが流行児であつたが、『雲中語』で一葉だけが過度に褒められるので、そう褒めるのは一面他の新進作家を圧迫するためにさういふ風に褒めちぎるのであるといふ風に私達は思つたものである。

（田山花袋「明治の小説　自然主義と写実主義―」日本文学講座11『明治文学㈡』新潮社、昭6・5）

花袋は、「圧迫するため」と表現しているが、実のところは鷗外[*5]にしても露伴にしても当時の小説（一葉を除いて）では満足できず、新しい文学を待望していたのである。

さて、露伴の求めた新しい文学とは、先程あげた横山源之助との対談記評から明瞭になった、深い人間研究に根ざしかつ社会を視野にいれた文学ということになるだろうが、更に具体的にするために、『一国の首都』発表と同年同月の「露伴子の時文談」（明32・11『国民新聞』『露伴全集』別巻所収）を見ていきたい。

私の考では、最う少し小説中の事柄が複雑で而うして廣くあつて欲しいと願ふんです。（中略）苟くも小説を書いて世に立たうとならば、少なくとも三十歳以上、五十歳以上の所謂世間の人に興味を與へる物を出さなければならない。活馬《いきうま》の眼を抜くやうな此複雑な世界を親炙して居る人が、極く狭い範囲内で、わや〳〵騒いで居るばかりの小説を読んで、何の興味がありませう。人間と云ふものは、自分の理想する處や、現実に見る處と一致しない物を見ると、少しも興味を感じない性質があるのに、其れにも関《かま》はず、飛離れた様な、管から天上を望んだやうな、小説ばかりでは、此種類の人を繋止める事が出来ないです。だから、若し此後小説の気運が変るとなつたら、断言は出来ないが、今よりは最少し小説の包含料が多くなつて、其上に最少し実世間に近い物となるだらうと思ひます。

「シュトルム・ウント・ドランク（疾風怒濤）の時代」（小田切秀雄・前出）を迎え、文学が確実に転換し始めたことを、露伴は敏感に感じとっている。そして、控え目な物言いで、転換後に「実世間に近い小説」を想定している。それは、「最う少し小説中の事柄が複雑で而うして廣くあつて欲しい」

という冒頭と、「所謂世間の人」という読者層の設定とを絡めて考えると、四十年以降の自然主義小説ではなく、内田魯庵が提唱する社会小説に近いものではなかっただろうか。

先走って言えば、『一国の首都』続稿の二年後の『天うつ浪』（明36）は、馬琴の『南総里見八犬伝』の構想をまねたとしても、社会と文学を切り結ぶ小説であろうとしているのを看過するべきではないだろう。もっとも、この露伴の意図は果たされず、『天うつ浪』は中絶されるのだが。この作品について露伴の直話を柳田泉は、次のように紹介している。

「七人の青年が盟約して立身出世を誓ふといふ発端が、馬鹿に『八犬傳』や『水滸傳』を思ひ出させるかも知れないが、この七人といふのは、種々な人々の環境を描かうとして代表的に選び出したことから出来たことで、その各方面の世界を描いて社会の諸方面を対照的に紹介し、舞台を大に賑やかにして置く、（中略）言ひ換れば現代人の現代社会の批評と解釈とにほかならぬものを描いてみたいと思つたのだ。」

（『幸田露伴』・前出）

また、社会小説への萌芽は、『新小説』発刊前年の『風流微塵蔵』（第一冊）（明28・12）に登場する、民権家のヒーローでイタリア統一史上の愛国的英雄ガリバルディの話をする雪丸の造型にほの見えていたのではないか。もっとも、糸の切れた風船のように、雪丸の造型も実を結ぶことなく、露伴における政治と文学の思考の痕跡を留めるだけに終ってしまう。

とはいえ、露伴が社会に接近しつつあったことは確認してよいだろう。明治三十年前後の文学状況とその中での露伴の文学的姿勢を下敷にすると、『一国の首都』は、大作『天うつ浪』という露伴の目論んだ社会小説へ至る第一歩ではなかったかと考えられるからである。

さて、社会へ接近しようとして、露伴は、日清戦争後の産業社会化の進行によって顕著となってきた都市問題を、小説という方法ではなく論文によって取り上げたのだが、なぜ、まず、東京であったのか。それは、「奥御坊主衆の子弟として露伴が生を享けた江戸＝東京」（前田愛・前出）と「将来に於て世界第一流の大都たるべき運命を担へるに疑ひ無き我が帝国の首都」（『一国の首都』）を、日清戦争勝利を契機にしたナショナリズムの昂揚の中で、重ね合わせることができたからであろう。この過去の東京＝江戸と未来の東京を重ねる作業に、彼が意欲的に熱情を込めて取り組んだ理由の一つは、ナショナリズム的昂揚もあろうが、他にも二つ程考えられる。

明治三十一年に江戸の占領者の代表であった藩閥政府が倒れ、政党内閣たる隈板内閣が成立したことは、何といっても東京を巡る大きな政治的状況の変化だったろう。さらに、同年、東京の市制特例が撤廃されている。

特例撤廃の要望は油然として市民の間に起り、その運動は累年行はれて次第に熾烈化したが、特例下に置かれること十年間で、遂にその要望は遂げられ、明治三十一年九月三十日限り特例は撤廃せられ、十月一日より一般市制の下に置かれることゝとなつた。

（東京市役所『東京市政概要』昭16）

同年、東京市役所が設けられ初代市長が就任した。

明治三十一年、東京は藩閥政府からと市制特例から二重に解放されたことになる。それは、露伴が『一国の首都』においてしきりに呼びかける都民の自覚を喚起させるに足る出来事ではなかったろうか。

須藤南翠・森田思軒・饗庭篁村等の根岸派の仲間と江戸の遺風をしのび、「世俗を白眼視する清談の酒徒のまどひ」（柳田泉『幸田露伴』）に参加していた露伴は、近代化されていく社会への「風流的反抗」（同上）を転換し、江戸を踏みにじられてから約三十年間の怒りと怨みを込め、帝都建設のオピニオンリーダーたる役割を果そうとしている。確かに斎藤茂吉が賛辞を呈した文体のむこうに、三十三歳の若き論客露伴の存在を感じることができる。[*6]

2

今の文士の病弊は政治宗教等社会の活問題を対岸の火災視するを以て却て文学者らしき気風なる如く誤想するにあり。（中略）されど斯は旧時代の戯作者的通弊にして苟くも明治の文壇に覇を立てんとするものは此通弊を脱して進んで社会の活問題を討尋し他の政治家宗教家等と共に之を解釈するを以て自家の責任となさざるべからず。（内田魯庵「朝茶の子」『新小説』明32・5〜7）

社会小説を待望する文脈の中で言われたこの魯庵の要請に答えるべく、露伴は「戯作者的通弊」を脱し、「社会の活問題」を咀嚼しようとして、まず『一国の首都』を執筆したのだろう。では、どのような「社会の活問題」が、東京に犇いていたかというと以下の通りである。

まず、明治三十六年の市電の新設をひかえて、「満都の人士の注意を引いている」(『一国の首都』)交通問題。これについては、市内市外の境界線を引くのが先決としている。毎年多数の死亡者を出す赤痢・コレラ等の防止のための上下水道問題。上水道については水源の保護を、下水道については現在の暗渠式の必要を強調。塵芥については、「都府自ら塵芥排除の事を執行する」という提言から、現在の公的制度・施設の必要を看破している。他に、道路問題・理髪業・共同浴場・飲食店・防火・防盗への対策等である。「犬川」と軽蔑されていた散歩を賞賛し、「竃猫」と好まれていた独居を否定し、家族の健康のための公園地域の拡大を提唱している。更に、「無害安全なる」幼稚園の必要を強調し、神社・寺院・劇場・寄席・遊び人・壮士・花札に及ぶ。劇場については、「少数の当局者の注文を定規として演劇の許否を決するが如き状態」を否定し、「演劇の性質の善悪は文学の士に問ふべき」としている。

さらに、群馬県の公娼廃止令(明24)を始めとし、廃娼論が沸騰し讃美歌を譜とした廃娼の歌まで作られ、三十三年には、救世軍、二六新報社が新吉原で廃娼運動中、遊郭側と乱闘、同年、娼妓取締規則公布といった情勢の中で、翌三十四年この作品の三分の一を占める続稿として遊里論を発表というように、タイムリーな話題を集め、露伴なりの施策を提示した意欲的な時事論文である。「露伴子の時文談」で言及した「活馬《いきうま》の眼を抜くやうな此複雑な世界を親炙して居る人」が興味を持っている問題を網羅したと言っていいだろう。しかし、反響は芳しくなかったらしく、ただ、森鷗外が推称しているばかりだ。けれども、この優秀なエリート官僚に推賞されたのであるから、その施策の有効性と政治的センスは一流だったようである。

今日の目から見てもここに種々の卓見が含まれていることは容易に理解できるし、かりにその意見が現実の施策に採り入れられていれば、少なからぬ実効が生じ得たであろうことも納得される。現実の施策にかかわる問題について語りながら、現実的になんの示唆をも与えないのが、おおよその文学者流儀だから、これはなんといっても偉とするに足る。

（川村二郎『銀河と地獄・幻想文学論』講談社、昭48）

「さまざまな事物についての、豊かな経験と追求力」（飯島衛「露伴の理学好み」『露伴全集』附録 昭54・8）に支えられて、都市空間を見つめる視点は鋭く、実際的で、まさに「偉とするに足る」のである。しかし、そのような視点によって細部に及んでいる都市論にかかわらず、なぜ、公害と都市細民の問題が欠落しているのだろうか。公害[*15]については、すでに足尾銅山鉱毒事件が起こっている。都市細民については、松原岩五郎『最暗黒之東京』（明26）や横山源之助『日本之下層社会』（明32）のルポルタージュがある。松原岩五郎は露伴の推薦で『国会』新聞社に入社（明25）しているのだし、横山源之助とも松原・二葉亭を媒介にして露伴は知己[*16]だったという。にもかかわらず、なぜ欠落しているのだろうか。

それは、「活馬《いきうま》の眼を抜くやうな此複雑な世界を親炙して居る人」（「露伴子の時文談」）を含む「所謂世間の人」(同前)を読者として設定したことによる歪みであって、当時の進化論の影響を受けて、資本主義の競争社会をそのまま認める立場に立つという陥穽に落ちこんだためではないだろうか。

進化論そのものも明治のごく初期から日本に紹介されていますが、これは明治時代の人々のものの考え方に非常に影響を及ぼしました。生存競争、自然淘汰、適者生存といった進化論の観念はやや単純すぎる形で社会生活にも応用されました。進化論が科学であり、しかも最新の学説であったため、明治時代に出来上がった新しい社会の諸現象と合理化という点で一般から争う余地のない真理として受け入れられました。

(中村光夫「進化論と美的生活論」『近代の文学と文学者』朝日新聞社、昭53)

例えば、右の文から、進化論という陥穽に落ちたのは露伴を含めた「所謂世間の人」(「露伴子の時文談」)であったことが分かる。資本主義社会を合理化し、「明治の社会の支配者ないしは強者にとって大変都合がいい考えになる」(中村光夫・同前)進化論の陥穽からは、資本主義の悪や弱者は見えなかった。すなわち、公害と都市細民の問題は俎上に載らなかったのである。

どんなところに、進化論が潜んでいると感じられるかと言うと、例えば以下のような文章や、言葉にである。

今論ぜんと欲する問題に就きて、劣者、被指導者、無力者、盲従者等は姑く擱くべし。蓋し此等の民は其数に於ては甚だ多きも其力に於ては甚だ乏しく、都府の状況を形づくる上に於ては常に能動者たる能はずして所動者たるに止まればなり。然らば都府の状況を形づくる上に於て恒に主動者となれる所謂有力者、優者、指導者、衆庶の仰視するところとなれる者は、社会に於ける権力の範囲の大なるに比例して責任の大なること云ふ迄も無ければ、此一類の人民をこそ先づ都府の状況の善悪の由つて生ずる源泉なり、基礎なり、根柢なりとして充分に注意すべきなれ。

（『一国の首都』）

「優者」と「劣者」について、露伴は江戸の占領者被占領者の意味で使い始めているが、資本主義という競争社会の優勝者劣敗者の謂ともなる。この言葉自身とその位置付けに、進化論的発想が横わっている。また、「優者」が「指導者」に、「劣者」が「被指導者」に結び付く時、儒教的社会秩序[*17]の幻想が擦り込まれているようで、「衆庶の仰視するところとなれる者」は、ほとんど士君子を連想させる。「劣者」を「指導者」とし「主動者」としようとする幸徳秋水[*18]等の社会主義運動の視点は勿論ない。儒教的社会秩序の幻想を忍び込ませた進化論的立場に立ったために、都市細民と公害の問題を欠落させることになったのだろう。

ところで、「都府の状況の善悪の由つて生ずる源泉」と規定された「有力者、優者、指導者、衆庶の仰視するところとなれる者」に士君子を幻想しようとしても、現実には士君子層は解体しており、特に東京において、彼らは「江戸の破壊者」である「薩長土肥及西南地方の人士等」であった。露伴は、彼らの堕落が東京の堕落の原因であると、「天下に公示した」姦淫と「権妻という語」を挙げて激しく非難する。これに対しては、「『東京の悪俗の急に発達せ』る要因のすべてを薩長藩閥の新来者に求めることは明らかに行きすぎである」（前田愛・前出）とは言える。けれども、この激しい非難こそは、幻想された儒教的社会秩序を支える徳高き人物である士君子への希求の強さに比例していたのだと考えられないだろうか。

「封建道徳が次第に緩んできて明治時代が一種の道徳的無政府の時代に入りつつあつた」（中村光夫・前出）ことに我慢がならなかった露伴は、特に士君子であるべき「主動者」＝「薩長藩閥の新来者」のモラルの頽廃を弾劾せずにはおられなかった。隈板内閣になったとはいえ、時の権力者達をこのように公然と非難することは、一定の政治的行為と言える。この行為は、露伴が近代化されていく社会にヴィヴィドな関心を向けており、彼にとって社会問題の一つである都市問題が道徳・倫理問題と表裏一体の関係にあるという証左であろう。

都府とは単に地理上の区画を稱するにあらず、其実は寧ろ民庶の大集合をなし、人事の大綜合をなせるところを指すことなれば、首都に住するところの民庶は即ち首都を成すところのものにして、個人は即ち首都の一分子ならずや。（中略）自己等は即ち首都の一分子にして、自己等の所行所言所思は直ちに都府の外形及び内容に少からぬ刺激及び振盪を與へ、やがて其の悪化若くは善化を促すものなることを自覚せんには、何人か敢て都府に住しながら無益の感情的或は詩的に都府を嘲罵するが如き閑時間を有せんや。

（『一国の首都』）

都市の状況の善悪は、都市を構成する人間の善悪に左右され、彼らの善悪は都市における「主動者」の善悪に左右されるのであるから、「主動者」のモラルへの糾弾が厳しくなるのは露伴にとって当然だったのだ。

江戸から東京になるにつれて、「支那の市街といくらも異なつてゐない」「雑踏と不潔と混雑」（田山花袋『東京の三十年』）の町は、刻々と相貌を改め、「有形に於ての進歩」（『一国の首都』）はめざましかったけれど、「無形に於ける堕落」（同上）も、はなはだしかった。しかるに露伴にとっての都市とは、「有形」の都市空間ばかりではなくその背後に息づく「無形」の都民の心性を含みこんだ「生命ある都府」（同上）なのでもあった。ゆえに、

いささか古風なモラリストとしての露伴と、「文明開化」の科学技術にたいして同時代の文学者の誰にもまして旺盛な好奇心をもちつづけた露伴とが、この『一国の首都』のなかに共存し、相せめぎあっている按配なのだ。

（前田愛「『一国の首都』覚え書」）

「有形」の都市空間に対しては「旺盛な好奇心」によって、「無形」の都民の心性に対しては、「古風なモラリスト」として立ち向かっているわけであるが、奇妙な逸脱ともとれる続稿の遊里論の展開や、儒教的社会秩序における君子たるべき「主動者」のモラル問題の提出の仕方から、「古風なモラリスト」の比重の方が重かったのであろう。

都府の状況の善悪の由つて生ずる一切の樞機は、都府を形づくるところの人間の情意に存することは極めて明らかなる道理なり。
（『二国の首都』）

右のような認識を持っている人間にとって、「古風なモラリスト」であることは必然であった。しかし、儒教的社会秩序をひきずった「古風なモラリスト」を、ただ「古風」とのみ言い切れるかと言うとそうではない。いったい、日清・日露の両戦争間において「古風なモラリスト」とは、どういう位置を占めていたのだろうか。

「道徳的無政府」（中村光夫）状態に乗じて「美的生活を論ず」（明34）と大胆に情欲の満足を権威付けようとする高山樗牛が圧倒的影響を与えたこの時期、「古風なモラリスト」とは、「道徳的無政府」状態にメスを入れる勇気を持った人間の取り得る一つの立場であったと言える。

「一方に於ては失望的で現世的で肉慾主義であると同時に、他方に於いては、希望的で向上的で、厳正主義で、其間に未だ統一と秩序と中正とを見出し得ない。」（『新聲』明34・1）という滑稽と悲惨の様相こそ、樗牛が一世の青年にうけ入れられた心理的基礎であつたといえよう。
（橋川文三「高山樗牛」『日本の思想家』中　朝日新聞社、昭50）

この「滑稽と悲惨の様相」は、また『二国の首都』の周りを取り巻いていたのである。やや図式的に単純化すれば、『新聲』からの引用文中の前者を高山樗牛が、後者を幸田露伴が代表することになったのだ。後者の側に、さらに坪内逍遙を加えるべきで、彼は、「馬骨人言」(明34)によって、激しく樗牛を非難し、三十六年には、「通俗倫理談」を発表する。

坪内逍遙が、「いまや文学を事としている時期ではない」として、その主宰する「早稲田文学」を廃刊し、倫理・道徳の宣揚につとめたのもこの時期である。

(川副国基「明治の評論史」『近代文学の評論と作品』早大出版部、昭52)

「この時期」すなわち「明治三十年代のはじめ」を、細かく見ていくと上からの近代化は風俗の面にも及ぼうとしていた。「明治三十四年の六月に、東京では跣足を禁止した。(中略)その少し前から裸体と肌脱ぎとの取締りが非常に厳しくなって居るのである」(柳田国男『明治大正史世相篇』)。明治三十三年男女混浴禁止(十二歳以上)、三十四年路上見世物禁止(東京市)等によって、風俗における前近代は封じ込められつつあった。体制側が一つの形式としての近代を細部にわたって実現しようとしている時、その形式に欠けている内実を、「失望的で現世的で肉慾主義」で埋めようとする樗牛に対して、その牽制のためにも、露伴は逍遙と同様に「希望的で向上的で厳正主義」で埋めようとしたのである。「古風のモラリスト」への道は、明治三十年代という時代の敷いたものでもあった。

3

さて、上述のような儒教的社会秩序の幻想を抱いた「古風なモラリスト」露伴が、明治三十年代という時代的状況下で、必然的に辿らねばならなかった問題とは何だったろうか。それは、何も一人露伴ばかりではなく、この作品の読者層と想定された「所謂世間の人」(「露伴子の時文談」)を包含した時代そのものの問題でもあった。

露伴は都市を論じ道徳を論じ、それらに付着し始めた天皇制国家の隠微な影の片鱗を表現することで、はらかずもその問題をかすかに浮かび上がらせている。すなわち、ナショナリズムが変質し、天皇制国家主義の跳梁の前夜を思わせる部分が、片鱗ではあるが見えているからだ。

十九世紀末の一八九九年(明32)と二十世紀初の一九〇一年(明34)に分けて刊行されたこの作品は、「けなげという形容がぴったりするような、まだういういしい二十世紀の少年帝国」(橋川文三「高山樗牛」・前出)の住民である露伴の論である。その論に「帝国」の住民の発想がつきまとうのは無理のない話であって、ことさら取り上げる必要はないかもしれない。しかし、一応その片鱗の所在を明らかにしたい。

蓋し古より那箇の都府が人為の修治を藉らずして美を成し善を成せるものぞ。萬葉集の歌人は、大君は神にしませばと其都の成れる所以を頌せるならずや。今日の土木の学の進歩を以て下谷浅草等の汚水排泄の道無しと云ふとも誰か敢て然りとせん。

（『一国の首都』）

右の文章は、「悪水排泄方法の完備」を提唱している一節で、結論としては「人為」の大切さを述べているが、近代土木技術でできないはずはないと強調するあまり、「大君は神にしませば」という後に天皇制ファシズムに利用されることになる万葉集の歌を挟んでいる発想に問題はある。

この作品の都市問題に対する提言は、提言のみで自立せず、「将来に於て世界第一流の大都たるべき運命を担へるに疑ひ無き我が帝国の首都」とか「我が日本神州傑然として東亜に特立す」[*19]というやや変質したナショナリズムに立脚し、その提言を実行に移すのは近代技術と精神論であるとする。その精神論が、「志あるものは成る。求むれば則ち得ん」と、この作品で何度も繰り返される努力論の範疇にある場合はいい。しかし、いつしか絶対化され、「聖上の大御坐《おほみくら》定め玉へる地」（『一国の首都』）なのだからということになると問題だ。

彼の所謂國学者流の口吻に倣ひ、漫りに、神国、神州、天孫等の文字を陳列するものにあらず。

（志賀重昂「『日本人』が懐抱する處の旨義を告白す」『日本人』明21）

東京は益々繁華を極盡して地方は益々窮乏しつゝ、東京の日本にして日本の東京にあらず。

（同前「新内閣総理大臣に所望す」『日本人』明21）

右のように、「神州」という言葉を拒否し、東京一極集中を批判する志賀重昂の立場からは、遠いところに、露伴とその時代は来てしまった。それを、更に実感させるのは、神社に対する提言である。

予は実に国家に功労ありし者の神とせられて祭祀さるゝことを是認する我が宏大なる神道の教を奉ずる者に對つて、無垢の兒童、即ち未来に於ては神たるべく、現在に於ては神の兒たる兒童を摂理する幼稚園の主人たる名誉を贈らんと欲する者也。

「徳育は知育に先だたざるべからず」として、幼稚園の設置を強調するのは結構だ。明治政府が知育教育整備に汲汲としているのにひきかえ、既に幼児教育の大切さを見抜いているのだから、その先見の明には驚く。しかし、「徳育」の基本が、「敬神崇祖の念と国体重視の心」[20]（柳田泉）である時、露伴を含めた時代そのものに、隠微に、しかし着実に、寄り添い始めた天皇制国家主義の影を感じとらざるを得ない。「二十一年我手で育て三月見ぬ間に神の国」（柳田国男『明治大正史世相篇』）という、日露戦後の流行語によって明瞭である、戦死者を国の神とする国家神道は、すでに『一国の首都』の文脈の中にもぐり込んでいるのであった。

つぎに、戦時中、天皇制ファシズム下で実施された隣組制度を連想させる「保甲の制度に似たる一種の制度」[21]を見て頂きたい。これは、遊び人・壮士等の無定業者対策として提唱されたもので、実は江戸時代の自治制度の基礎であった。

予は或人に對して都外に退去すべしといふが如き命令を發するの能力を或一部の當局者に與へん

よりは、古の所謂「町内拂ひ」「江戸拂ひ」の如くなる能力を都府全體に付與して、町は町拂ひをなすの能力あり、東京は東京市拂ひをなすの能力ありと為すことの、甚だ公平にして且つ有効なるべきを思ふなり。

露伴は、右文のように「町内拂ひ」「江戸拂ひ」の能力を復活し、「或一部の当局者」のやり方に対抗させようとしているわけで、明らかに保安条例によって壮士中江兆民・尾崎行雄ら五七〇名東京追放（明20）、壮士五十四名東京追放（明24）といった当局のやり方に反発している。露伴によれば、壮士とは「政治上の有志者と称すべきもの」で「百千万億の壮士ありと雖も憂ふるところ無し」である。ただ、「壮士の名を籍りて横暴のことを為すもの」の締め出し対策が必要で、この制度は、ゆるやかな下からの治安の核として構想されているだろう。

ところで、西洋近代の衣を着て、着実に固められていく天皇制国家主義に対して、体制内改革の視点を秘め提起された下からの治安対策が、ほぼ四十年後隣組制度として現出したことは、象徴的に思われる。露伴の真摯な思考は、彼の個人的意図を超え、見事に逆のベクトルに向けて利用された。「日清戦争は、高揚していた国民意識を、北村透谷たちが希求していた『共和制』的なナショナリズムの方へではなく、決定的に、ウルトラ・ナショナリズムの方へ変質させてしまった」（西田勝「日清戦後の『戦後文学』」『講座日本近代文学史』第2巻 大月書店、昭31）延長線上の時代思潮に浸されたこの作品は、時に後者志向の片鱗を見せ微妙に揺れながらではあるが、基本的には自分達の都市造りをめざした点において、前者の方にベクトルを向けようとしている。その意味で、露伴は官製の都市改造案にたいして、もうひとつの都市計画を自由な市民の立場から提起しようとしたのだ。

（前田愛「『一国の首都』覚え書」）

と、言われる通りである。

しかし、神社への提案や提言の影に潜んだ天皇制国家主義の隠微な片鱗も看過すべきではないだろう。それは、明治三十年代の社会の様相をよく伝えているのであって、露伴と社会との悲しい出会いの痕跡である。露伴のような偉大な作家ですら、その時代を深く呼吸しないわけにはいかず、その時代の孕んだ思潮の中から、彼の都市論を紡ぎ出して来ざるを得なかった証左であろう。

しかし、時代の虚妄の根本的ベクトルを見抜けず、それに寄り添う部分を持つという瑕瑾をも含めて、社会に向きあおうとした露伴の姿勢そのものを高く評価するべきだ。体制の抑圧の前に自己の世界に閉じこもっていった自然主義文学者達と違って、露伴は、体制のはざまに身を置き、日清戦争から日露戦争間に急速に整えられていく体制に対して、『一国の首都』という作品を置いたという行為そのものを忘れてはならない。

さて、『一国の首都』は、露伴がもっとも社会に接近した時期のものである。それは、「明治三十年代前半の言文一致の小説は、露伴としては写実・描写へのさらなる接近の試みであったろう」（登尾豊「幸田露伴の想像力と文体」『国文学　解釈と教材の研究』昭和55・8）という文体の問題と無関係ではないだろう。「この時期が露伴の最も時代の好尚に近づいた時期」（登尾豊・同前）であって、社会に深い関心を向け、「一世を非とする気概ありし者唯一馬琴あるのみ」と、この作品の後半でしきりに語られている馬琴にならい、押し寄せる近代にあって、是是非非を明確にし、「所謂世間の人」（「露伴子の時文談」）を読者層としたアクチュアルな文学をめざす第一号として、露伴は『一国の首都』を執筆した。

しかし、その延長にある『天うつ浪』が、明治三十七年、露伴の意図した社会小説の壮大な見取図の粗い線引きのまま中絶され、以後二度と小説らしき作品が書かれなかったという事実は、露伴の深すぎる挫折を物語って余りあるだろう。その挫折に、露伴の文学的資質という個の問題と、「社会の活問題」（内田魯庵）の咀嚼を阻んだ堅牢な天皇制国家の成立という社会の問題が絡まっていることは明らかだと思われる。

露伴は社会との接点を『一国の首都』に留め、以後まったく遠ざかり、時代から孤立した時空の中を雑学を友とし彷徨するのだが、その彷徨こそが、全体として近代への批評だったのではないだろうか。

注

＊1　「東京市のあるすがた、あるべきすがたについて堂々の陣を張った論文である」（塩谷賛『幸田露伴』上、中央公論社、昭40〈一九六五〉・7）。

＊2　「露伴氏の作品は、神経の古い、頭の古い、古武士の書物のやうに思はれてゐた。（中略）当時の重立つた作家のうちで、露伴氏が最も保守的で純東洋的で、清新なところがないやうに私には思はれてゐた」（正宗

白鳥「『天うつ浪』と『大菩薩峠』」『中央公論』、昭3〈一九二八〉・2)。

＊3　「露伴の『新小説』はもちろん前期の『新小説』即ち明治二十二年一月に創刊されたものとは、直接にも間接にも何の関係もない。たゞ題號と発行所が同じなので前期の、後期のといはれる」(柳田泉『幸田露伴』)。以上から復刊でなく発刊とした。

＊4　『毎日新聞』(明治二十九年一月十五日・十六日・二十一日)(柳田泉『幸田露伴』)による。

＊5　「事実鷗外はこのとき少くとも新気運に同情的ではなかった。既に「覊𦐂搔」のはじめにも、彼は柳浪・鏡花等の作品が文学となる前に病理学的または法医学的記事に堕していると非難している。また樗牛との論争の折にも観念小説とは傾向小説というべきものであって、文学の本道からそれていると指摘してもいる」(成瀬正勝「めざまし草」『文学』昭30〈一九五五〉・7)

＊6　「峻厳にして堅くるしからず、くだけてゐて粗野ならず、古今にその類例を見ざる程の大文章である」(「露伴先生に関する私記」『文学』昭13〈一九三八〉・6)

＊7　明36・8　東京電車鉄道、新橋・品川間開業(東京市に於ける路面電車の最初である)

＊8　明19・5　コレラ夏・秋にかけて全国的に大流行、患者十五万五九二三人、うち死亡十万八四〇五人(全国)(東京府　死者九八七九人)
明26　赤痢患者十六万七三〇五人、死亡四万一二八四人(全国)
明28　コレラ大流行、死亡四万一五〇人(全国)
明29　赤痢で二万二三五六人死亡、腸チフスで九一七四人死亡(全国)
『近代日本総合年表第二版』岩波書店、昭59〈一九八四〉・5)

＊9　明32・12　東京市の水道工事完成、淀橋上水場内で落成式開催。

＊10　「犬の川端歩き」の略。

＊11　明36・6　日比谷公園、開園式。明治二十一年の東京市改正事業に遊園の設置は公約されており、その成果か。

＊12　東京市における最初の幼稚園は明治十七年設立された麴町幼稚園。

＊13　湯谷紫苑、「全国廃娼同盟會年會の歌」を『女學雜誌』に発表。（明24）

＊14　「露伴の一國之首都を著してより殆ど半年なり。而して俗間人士の偶々これに言ひ及ぶものあるを見れば、唯だその文章の字句雅俗を擇ばざること濁水の横流の如しといふのみ。唯だ文士の社会の事に容喙するは許すべからざるにあらずといふのみ。獨りわれは露伴の詩人眼の能く大処遠処に徹して、彼都府の中外その屋制を殊にすといふ論を立つることを得たるを見て、喜び自ら禁ずること能はず。」（『心頭語』26　明33・4）

＊15　「たとえば、明治二十一年十月十六日の市区改正委員会では、小石川の砲兵工廠から排出される煤煙の問題がとりあげられ、遊園の転換が提案されている」（前田愛「『一国の首都』覚え書」注より）。また、明30・3　足尾銅山鉱毒被害民一〇〇〇人余、徒歩で東京に出発、警官に阻止され、この日八〇〇人、日比谷に結集し、請願運動開始。

＊16　「横山源之助は島田三郎が主宰した『毎日新聞』にはいる前から、二葉亭四迷をなかに内田魯庵・嵯峨の屋御室ともまじわり、あるいは松原岩五郎とはもちろんのこと幸田露伴とも知りあっている。」（立花雄一『明治下層記録文学』・前出）

＊17　「社会の秩序と露伴が考えているのは、彼の目前にあった明治、あるいは大正の日常の社会ではなく、さりとて、その前代の江戸時代後半の社会だというのもいささか粗雑な嫌いがあり、それよりも、むしろ江戸時代から明治にかけて日本人の社会的思考の基準ともなり、理念ともなった儒教的社会秩序というべきだろう。」（篠田一士『幸田露伴のために』岩波書店、昭59〈一九八四〉・4）

＊18　明治四十三年露伴は幸徳秋水と遇う（榎本隆司編「年譜」『幸田露伴集』明治文学全集25　筑摩書房、昭43〈一九六八〉・11）。

＊19　『天うつ浪』中絶の辞には「我が神州は前古未曽有の大活動を世界の上に開始するに際し申候。」（明37〈一九〇四〉・2）とある。

＊20　「神社の境内に、餘裕があるなら、こゝにこそ幼稚園寺子屋のたぐゐを設けて、将来の国民に敬神崇祖の

念と、國體重視の心を植ゑつくべしといふ露伴の案は、双手を掲げて賛成して可いところだ。」(柳田泉『幸田露伴』昭17〈一九四二〉・2、中央公論社)

＊21 「今若し保甲の制度に似たる一種の制度を定め、十戸若くは五戸の住民の聯合して或一戸の住民の居住を忌避する場合には、其一戸の住民をば近隣の平和安寧を破るものとして退去せしむるを得といふが如き法を起さんには、善良の人民は最も無職業者を悪むを以て少くも其の横暴甚しきものをば、自然驅逐し得るに至るべしとす」(『一国の首都』)。引用文中の保甲の制度とは、中国で、北宋の王安石が始めた自治警察・隣保の制度。

# 春を巡る漱石と露伴

春になると、桜、菜の花、蒲公英、海棠、椿、木蓮、菫、木瓜などの咲き乱れている、花物語ともいえる『草枕』（明39・9）を思い出す。満開の白木蓮を見上げて、「木蓮の花許りなる空を瞻る」（十二）とつぶやき、大きな白い花びらにかたどられた青い空を透かして見る。漱石の自注でもある「美を生命とする『俳句的小説』」（「余が『草枕』」明39・11）の面目は躍如としている。

第一章で画工は、峠の茶屋で鶏の写生をする。それは、凄まじい数の鶏の絵を残した江戸中期の画家・伊藤若冲を下敷きにしているだろう。それに画工の滞在する那古井の宿の床の間には若冲の鶴の図が掛かっている。他にも枚挙に遑無く、中国・日本文化史総浚いの感さえある。その上、「インド六派哲学の一つであるサーンキヤ哲学と符合する点が多い[*1]」という指摘を含めると、東洋文化史全体に網を掛けた文学ということになる。

もちろん、周知のように「ラファエロ前派」を代表する画家、J・E・ミレーの「オフェリア」を小説に持ち込んでおり、さらにレッシング、シェリー、ターナー、ジョージ・メレディス、ワーズワースなど、西洋文化史全体への目配りも並大抵のものではない。

例に、レッシングの『ラオコーン』を挙げれば、これはギリシア神話のトロイ戦争に材を得たアポロン神殿の祭司ラオコーン像からの芸術論である。「彫刻や絵画は空間的芸術で、詩は時間的芸術とされる」[*2]という理論とともに、ラオコーンの苦悶の表情を想起することが必要だろう。ラオコーンは木馬の脇腹に槍を投げ、真実を述べたために二匹の大蛇に巻き付かれ、絞め殺されつつある。恐らく、トロイ戦争は日露戦争から連想され、「とぐろを捲いた線香」(二)という比喩は、「時間」という大蛇を喚起する。死に至らんとして呻くラオコーンとは、一等国意識に浮かれている日露戦後の状況の中で、一人醒め苦悩し、日本は『亡びるね』(『三四郎』明41)と広田先生をして警告させた漱石その人かもしれない。

また、『草枕』は、倫敦留学の成果である『文学論』の第二編第三章「連想の作用にて醜を化して美となす表出法」の実践であって、「物は見様でどうでもなる」「見様次第で如何様とも見立てがつく」(二)ということなのだ。つまり、「見立て」という連想が、『草枕』を、東洋と西洋の絵画、彫刻、文学、芸術論、文学論へと共時的にも開かれた文学にしたのである。

次に、その「見立て」の原型の一つとして、春を巡っての露伴の俳句を挙げたい。

〇幼き時からくりといふものにて知りたる石川五右衛門を憶ふ

灌仏の姿に似たる男かな　(「雑詠」明23・7)

この句の発想で驚かされるのは、極悪人の代名詞としてさえ使われる五右衛門の最期の釜ゆでの刑を灌仏に見立てていることである。「見立て」の基底には、善と悪の通底がある。そんな露伴をよく示しているのは「悪太郎のはなし」（明22・9）という小品である。

当時勃興し始めた少年文学のはしりと位置付けられるこの小品は、悪太郎がいろいろ運命に翻弄され、結局善太郎になるわけで、どこか善悪を超越する思考を感じさせる。

この善と悪が通じ合い、連環するという東洋的思考を、露伴は持ち続けた。それを表しているのは、話がころころと転がっていく『風流微塵蔵』（明26〜28）であり、材を『明史記事本末』に採った『運命』（大8）であり、『連環記』（昭16）である。

この露伴の句は、近代人には、なかなか発想できない句である。それは、見立てて遊ぶという開き方から遠ざかり、善と悪を峻別する閉じられた近代人の息苦しさをそっと告げているといえようか。つまり、混沌とした世界への開き方の原型の一つとして、「見立て」があり、その「見立て」に驚かされる句が漱石にもある。月岡芳年の縛り絵に触発された[*3]こんな句だ。

あんかうや孕み女の釣るし斬り　（明28）

この句のグロテスクさは、やはり江戸のものに違いない。慶応三年という江戸で生まれ、明治の年号とともに育った露伴と同年齢の漱石は、そんな自分を「海陸両棲動物のやうな怪しげなもの」（「文芸と道徳」明44）と自嘲している。が、そうであるからこそ、露伴と漱石は「見立て」を自在に駆使し、善と悪、美と醜、エロスとタナトスを通底させ、世界の双面性を作品として結晶化できたのだ。

「戦争」まで輸入して近代化を進める明治にあって、露伴と漱石に結ばれたささやかな連帯が、「見立て」という方法による世界への開き方ではなかっただろうか。『草枕』を再読する時、閉じた近代文学研究ではなく、混迷を極める世界を開く近代文学研究を方法論的にも模索していくべきではないかと自省し、花冷えのなか、春愁は深まるのである。

注

＊1・＊2　今西順吉・出原隆俊注解『漱石全集第三巻』（岩波書店、平6〈一九九四〉・2）

＊3　石井和夫『漱石の俳句』（世界思想社、平10〈一九九八〉・1）による。

# 森鷗外をめぐって

# 現実からの逆襲――『舞姫』論――

## はじめに

日本近代文学としての先駆けを、二葉亭四迷が『浮雲』（明20〜22）の言文一致体において、内海文三の陰鬱な内面に凝縮していったとしたら、森鷗外は『舞姫』（明23・1）の雅文体において太田豊太郎[1]の懺悔のなかで妊娠したエリスを狂気の淵に沈めた。

鷗外は、それまでの「た」調の翻訳体を捨て、雅文体を処女作に採用した。鷗外の文芸作品最初の翻訳である「調高矣洋弦一曲《しらべはたかしギタルラのひとふし》」（明22・1）の会話文は言文一致体であるし、「緑葉歎」（明22・2）の文体は「た」調の言文一致体[2]である。また、「瑞西館」（明22・11）は、漢文訓読体である。様々な文体の模索とも見える旺盛な翻訳の発表の中で『舞姫』は制作され、「国民之友」の明治二十三年新年号付録として、世の中に躍りでた。

鷗外が雅文体を選んだのは、言文一致体による翻訳の総括としての「コノ文ヤ実ニ卑俚ナリ」（「拏破崙ガ輿中ノ書」明22・10）という感覚から抜けられなかったためもあろう。「卑俚」という感覚は結局、内面の成立という問題と深く関ってくる。*3

重要なのは、「内面」がそれ自体として存在するかのような幻想こそ「言文一致」によって確立したということである。

（柄谷行人「内面の発見」『日本近代文学の起源』講談社、昭55・8）

それなら、ほぼ言文一致体で教育され「内面」が当然のこととしてあるという幻想を肥大化し、心理学が猖獗を極めている現代の私たちの分析の立脚地は、どこにあるのだろうか。その分析の地に立つために、シニフィアンとシニフィエを同定していくことから始めたい。

1

「舞姫」という雅語は、鷗外の自注によると次のとおりである。

小芝居の舞妓と云ふものは、巴里の方で云ふ「ドミモンド」即ち上等の私娼《ぢごく》の類が多い、一体舞姫といふ字は「バレチウヅ」の訳で、「バレツト」と云ふ踊を、をどる女のことです。

（「作家苦心談」（自作小説の材料・談話）「新著月刊」明30・11）

「バレット」（仏）とは「バレエ」であり、「バレチウヅ」（仏）とは「バレリーナ」であり、「俗舞のバレエをキャバレーで踊る花柳界の踊り子」[*4]ということになるのだが、実際はどうだったのだろうか。舞姫エリスが勤める「ヰクトリア」（ヴィクトリア）座は、既に小堀桂一郎『若き日の森鷗外』（東京大学出版会、昭44・10）において発見されている。当時ベルリンに実在していた、二流の劇場で「お笑いや慰めを中心とした肩の凝らない劇場として有名であった」[*5]という。その出し物の参考になる次のような文がある。

ヴィクトリア座（一八五九年開場）では、ポルト・サン・マルタンの夢幻劇「白猫」がロングランをつづけていたが、妖精に扮して登場する踊り子たちに、肉いろのタイツを穿かせる趣向がたいへんな評判を呼んだ。

（前田愛「BERLIN 1888」[*6]）

おりしも、フランスでは、「フレンチ・カンカン」の流行の兆しが現れていた。初期の「フレンチ・カンカン」を踊る写真[*7]が残っている。ショーガールたちは、スカートをまくりあげて黒い靴下をはいた脚を観客に見せ、セクシーさをふりまいている。つまり、「舞姫」とはそのようなポルノチックな被写体にもなり得る「肉いろのタイツを穿いて」踊るショーガールと考えたらいいだろう。

鷗外が「自作小説の材料」である「舞姫」の語の説明として、「巴里では」と始めたように本文中でも「妍《かほよ》き少女の巴里まねびの粧したる」と、フランスファッションにあこがれるベルリンの少女たちが登場する。

ファッションばかりでなく、戦後のベルリンではフランスの小説本や女優のブロマイドが街頭に氾濫していた。（前田愛・前出）

エリスが読む「コルポルタアジュ」（仏）という貸本屋の小説も、「レエベマン」（独）・道楽者の「貴族めきたる鼻音」も、普仏戦争（一八七〇〜七一）に勝利した後のドイツの広汎なフランス文化の影響を物語っている。となると、フランスで一八六〇年代流行していた女性の歩き方である「グリーシアン・ベンド（Grecian bend）」（上体を少し前にかがめた姿勢での歩行）[*8]もドイツに伝播していたであろう。

彼女たちの歩く「ウンテル、デル、リンデンの大通り」の描写は「大道髪の如き」で始まる。この語句は唐の詩人儲光儀の「洛陽道」による。[*9]となると、対句的に展開する漢詩を底に敷いた文体なのだから、「石だゝみの人道を行く隊々の士女」とは「胸張り肩聳えたる士官」と、まえかがみの姿勢で歩くパリモードの少女ということになる。士官と少女は、プロシアの帝国的秩序とその中に忍び寄っているパリの世紀末文化の表象であり、姿勢も含めて対なのだ。それは、ひいては太田豊太郎とエリスに通底するだろう。

普仏戦争後のドイツでも通俗音楽（ティンゲル・タンゲル）[*10]の音色が賑やかに巷に流れつつあった。それは、十九世紀後半にその姿態をあらわにし、帝国主義の文化秩序への異和を表明し始めていた大衆の声であった。

（岩佐壮四郎『抱月のベル・エポック—明治文学者と新世紀ヨーロッパ』大修館書店、平10・5）

となると、「舞姫」とは、工業化にともなう労働者層の流入による人口の増加によって形成された大衆への娯楽を担う劇場・ミュージックホールなどの踊り子ということになる。

では、日本の場合の「舞姫」はどうだったのだろうか。

二十年代初頭の小説では、「歌姫」・「舞姫」の語は海外の事象を指す場合より、むしろ日本国内でもっとも卑近な世相に属する芸妓（芸者）を雅語めかしていう意味として、度々目にするものであった。[*11]

その原型を坪内逍遥『当世書生気質』（明18〜19）のヒロイン「田の次」にみることができる。「芸妓」と紹介され、そのルビに「シンガー」とある。この場合歌手ということになるが「歌姫」と雅語化される過程と考えてもいいだろう。

その意味において、『舞姫』は、「花柳小説の伝統を抜け切れていない」[*12]といえる。そのような見方は、以前からあって長谷川泉『鷗外文学の機構』によれば、「『舞姫』における人情本的女性観や、中国情史の濃密な影響を説く者は一、二に止まらない」（明治書院、昭54・4）のである。鷗外自身が、「唯エリスが頗る卓氏の文君、楊家の紅拂に似たるを知るのみ」（「舞姫に就きて気取半之丞に與ふる書」

『柵草紙』第七号、明23・4）と述べているぐらいだ。

　しかし、逆に言えば、『舞姫』が、花柳小説的であるからこそ、明治二十三年一月の『国民之友』新年号付録としてつけられたといえよう。花柳界こそが、硬派の雑誌の読者に恋を感じさせる世界であったのだ。「明治は徹頭徹尾、芸者の時代であった」（森まゆみ『大正美人伝』文春文庫）のだから。山県有朋夫人貞子も芸者から正妻になったのである。

　ゆえに、外遊中の山県有朋が帰国し、年末に首相に就任し第一次山県内閣を組閣し、その時事でにぎやかな『国民之友』一月号の付録として『舞姫』は華やかさを添える。漢文訓読体の堅い記事――内閣の改革、内閣官制、内閣の座席、内務大臣の訓令――などが、雅文体の『舞姫』を、包んでいる。冒頭の天方伯を紹介する次に引用する部分が、後の『美奈和集』（春陽堂、明25・7）に再録の際には削除される。が、「天方伯」と外交への言及はいかにも、発表当時の『国民之友』の読者にふさわしい。[*13]

　我がかへる故郷は外交のいとぐち乱れて一行の主たる天方伯も国事に心を痛めたまふことの一かたならぬが色に出でゝ見ゆる程なれば随行員となりて帰るわが身にさへ心苦しきこと多くて筆の走りを留めやすする（略）

　以上のように「天方伯」で縁取られた『舞姫』は、購読者である政治青年の読書行為を漢文訓読体から雅文体へ快く誘い、柔らかに崩し抒情を添えただろう。

しかも、小説空間は、芸者を正妻にした維新の功労者たちがなじんだ柳橋や吉原などではなく、皇帝ウィルヘルム一世の統治するドイツのベルリンであり、その中の近代化に伴い出現したアルトベルリンというスラムなのだ。ヒロインは読者たちの見慣れた芸者ではなく、黄金の髪を持つ肌白き清純な少女エリスである。さらにそこに山県有朋のモデルと分かる天方伯が登場するとなると、ハイカラで異色な、時事を底流させた物語ということで、耳目を強く牽引する。

外的空間から内的空間に入りこんだ異邦人の豊太郎が、最終的にはエリスを破滅させ、ふたたび外的空間に帰還して行く、ほとんど神話的と呼んでもいい構図である。（前田愛・前出）

この場合の「神話的」「構図」とは、ベルリンの都市空間における豊太郎の往還のことであろうが、それは政治青年たる読者の、政治的空間から私的空間へ、漢文訓読体から雅文体へという読書行為と重なるだろう。

それらを鷗外は十分に計算していたのではないだろうか。また、「舞姫」は、周知の通り宮中で五節の舞を舞う乙女の意味で、優雅な平安朝を連想させる。雅文体は、読者にとって日本の内部における時間と空間を遡及させる効果を持つ。その効果を鷗外はドイツという日本の外部における時間と空間を遡及する方法として使った。手記執筆地であるセイゴンが雅文体を支えていたといえようか。

当時、『舞姫』の深部に横たわっていた旧態依然とした古さとそのような仕掛けに敏感であったのは正岡子規である。『舞姫』を、高く評価する漱石に対して子規が怒り、漱石は、その怒りを解くべく次のような書簡を子規に送っている。

鷗外の作ほめ候とて図らずも大兄の怒りを惹き申訳も無之是も小子嗜好の下等なる故と只管慚愧致居候

（正岡子規宛書簡、明24・8・3）

「下等」なる「嗜好」とは、一つは雅文体であり、もう一つは『舞姫』の花柳小説的要素であり、あと一つは「鷗外が山県有朋の洋行という歴史的事件をこの小説の中に自覚的に取り込んだこと」（ロバート・キャンベル他「『舞姫』注釈」・前出）であろう。しかし、それらを一番よく知っていたのは、当然のことながら作者・鷗外である。ゆえに、次のように相澤謙吉という筆名で弁解したのだろう。

謫天情仙は嘗て此記を評して云く。太田は真の愛を知らぬものなりと。僕は此言を以て舞姫評中の雋語となす。舞姫を読みてこゝに思到らざるものは、猶情を解すること浅き人なり。（略）太田生は真の愛を知らず。然れども猶真に愛すべき人に逢はむ日には真に之を愛すべき人物なり。

（「舞姫に就きて気取半之丞に與ふる書」・前出）

さらに、『改訂水沫集』序（明39・5）に、鷗外は「舞姫。小なる人物の小なる生涯の小なる旅路の一里塚なるべし」と述べているし、翻訳の申し出を「自ラ舞姫ヲ推薦スル事ハ小生ノ芸術的良心ノ許サル所ニ有之候」（大6・9・17付推定、三好行雄注釈・前出）と、断っている。では、そのように拒否した鷗外の意識を追っていきたい。

2

『舞姫』は実事に拠ツてかいたものではありません、能くあゝいふ話はあるもんです、ボーデン・ステツド[*14]といふ人のかいた小説に、独逸の若者が巴里にゆきまして、賤しい女とですね、夫婦まがいの暮しを致《し》てゐた筋のがある、私の『舞姫』とは余程道ゆきも逢ふ。無論私はそれにたよツた訳《わけ》ではないが、鳥渡、境遇が似てゐます、（略）其の女の最後は三階だか、四階だかの窓から、町の敷石の上へ躍《と》びおりて死ぬことになツて居たと思ひます。

（「自作小説の材料・談話」・前出）

ここでいう「あゝいふ話」とは、外国からやって来た「若者」と「賤しい女」とが出会い、「夫婦まがいの暮し」をするということになる。「鳥渡」ではなく「余程」『舞姫』と似ている。

普仏戦争後、ティンゲル・タンゲルの流れる都市空間で、極東の帝国からやって来た国費留学生・太田豊太郎は、父親の葬式も出せないスラムの美しい少女エリス・ワイゲルトと出会う。エリスは、鷗外の自注によれば「賤しい女」という社会的劣性を帯びており、本文中においては次のように説明されている。

詩人ハツクレンデルが当世の奴隷といひし如く、はかなきは舞姫の身の上なり。薄き給金にて繋がれ、昼の温習、夜の舞台と緊しく使はれ、（略）されば彼等の仲間にて、賤しき限りなる業に堕ちぬは稀なりとぞいふなる。

「賤しき限りなる業」とは、売春ということになる。そのあたりの状況について、「ハツクレンデル」の言を引用しなくても、鷗外はよく知っていたはずだ。というのは、ヴィクトリア座の付近一帯はスラムで「多くの娼婦が徘徊する『赤線地帯』」（植木哲）であった。また、鷗外の第二の下宿であるクロースター通りは、『独逸日記』において「悪漢淫婦の巣窟」と紹介され、ヴィクトリア座はこの下宿に近く、「夜は芝居を見る。舞踏場にゆく」（『妄想』明44・4）という生活が可能であった。「悪漢淫婦の巣窟」というスラムは、近代化にともなって出現した新しい不思議な場所である。二葉亭の友人の松原岩五郎が『最暗黒之東京』を出版したのは日清戦争後の明治二十八年のことであるが、都市化に伴う貧民窟という題材の新鮮さの先駆けは、すでにエリスの住むアルトベルリンにあったといえよう。

しかし、アルトベルリンのごみごみした感じは、巧妙に消されている。草稿の初案にある「煤にて黒みたる層楼」や「芥溜の箱」は撤去され、匂いは消され、清潔な白が強調される。J・J・オリガスのように、ジャポニスムのヴェールをかけてそれを称賛することもいい。しかし、なぜ、スラムで汚く不衛生なはずのアルトベルリンが清潔で、エリスが白で包まれ美しいのかを問うことも必要ではないだろうか。その答えになる手掛かりは、次のような鷗外の反論にある。

本編の主とする所は太田の懺悔に在りて、舞姫は実に此懺悔によりて生じたる陪賓なり。然るに本編題して舞姫といふ。豈不穏当の表題にあらずやと。

（「舞姫に就きて気取半之丞に與ふる書」明23・4・前出）

つまり、舞姫とは鷗外にとっては、恋愛におけるファムファタール・他者という実在ではなく、太田の「懺悔」によって生まれた「賓客」なので、「姫」という美称が鷗外の内部では説得的なのだ。ゆえに、いままで翻訳してきた「卑俚」な言文一致体ではなく、「優雅」な雅文体で書き出されることになったのだし、汚いスラムは逆に清潔になったのである。

豊太郎とエリスとの出会い、また、母の死を記すあたりまで、『舞姫』には矛盾点が多い。

（嘉部嘉隆「『舞姫』についての諸問題*15（二）」）

「矛盾点」が発生する場所は、鷗外の内部にあった。当時、黒い靴下が娼婦の符号である時、「貧民街の中でも、最も条件の悪い最上階の屋根裏」（同前）に住むエリスは、白に包まれることが鷗外には必要だったのではないだろうか。

もっとも、太田が最初エリスの「マンサルド」の屋根裏部屋を訪れた時に目立った「真白に洗ひたる麻布」の白の清潔さが、最後の「堆く積み上げた」「白き木綿」の「襁褓」では、狂女エリスを際立たせるものとなる。では、その過程を次に追ってみたい。

3

太田豊太郎はエリスに導かれて、アルトベルリンの貧民窟にあるエリスの居宅に迎えられる。屋根裏部屋の「こゝに似合はしからぬ値高き花束」は、「エリス自身かエリスの母なる『老媼』が、エリスを訪れるべき客のためにしつらえて置いたもの」(清水茂「『エリス』像への一視角――『黠化(トランスズブスタンチアチオン)』の問題に関連して」[*16])であろう。客とは「身勝手なるいひ掛け」をしたヴィクトリア座の座長という設定ではないだろうか。

というのは、座長が手を出せるのは、商品である「ドミモンド」になりえる女優ではなく、まだ脇役の少女である「バレチウヅ」であった可能性が濃厚だからだ。または、「場中第二の地位」にあるエリスは、「バレチウヅ」から「ドミモンド」への異動時期にあたっており、その通過儀礼として、座長の「ユングフロイリヒカイト」(処女性)の剝奪が、慣習化していたのかもしれない。ここでは、葬式代の替わりという設定だが、「花束」や「写真」が「バレチウヅ」を巡る状況を舌足らずに語っている。

なにしろ、この屋根裏部屋は矛盾した場である。父親の葬式代もない程、窮乏しているはずなのに、「美しい氈」が掛けられている机がある。その上にある写真帖の「エリスが踊り子仲間などと、劇場で撮ってもらったものとも考えられる」(嘉部嘉隆・前出)写真は、「バレチウヅ」としてのエリスの履歴で、「ドミモンド」への異動に必要とされたということなのだろうか。

いずれにせよ、「貧苦の痕を額に印せし面」の老媼エリスの母が待っていたのは、クロステル街の古い教会で出会ったばかりの「黄なる面」の豊太郎ではない。母親が望んでいたことは、エリスのドミモンド（高級娼婦）化である。ゆえに、「かれは待ち兼ねし如く、戸を劇しくたて切りつ」という行動をとるのだ。

そんなエリスの母が豊太郎を後でしぶしぶ認めたのは、日本からの国費を受給していたからで、それが分かるのは、豊太郎が免官になってからの次のようなエリスの言である。

我が不時の免官を聞きしときに、彼は色を失ひつ。余は彼が身の事に関りしを包み隠しぬれど、彼は余に向ひて母にはこれを秘め玉へと云ひぬ。こは母の余が学資を失ひしを知りて余を疎んぜんを恐れてなり。

では、免官のきっかけとなったエリスを、作品内の他者である同郷人はどのように眺めていたのだろうか。

余と少女との交漸く繁くなりもて行きて、同郷人にさへ知られぬれば、彼等は速了にも、余を以て色を舞姫の群に漁するものとしたり。（中略）余が屢々芝居に出入して、女優と交るといふことを、官長の許に報じつ。

同郷人にとっては「ドミモンドとバレチウヅ」との区別がつかず、ついたとしてもねたみからの捏造ということも加わって同じ舞台に出ている以上、エリスは「女優」で、「ドミモンド」ということになったのだろう。この同郷人の反応は、「舞姫」が色をひさぐ女性という共通認識を物語る。それは、発表当時の明治の社会でも同じで、背後に、明治の日本人の性意識および性行動があるのだろう。「日本の人は地獄に金を使ふ人が中々ある惜しい事だ」(明34・2・20)という漱石の書簡が残されているように、国費留学生であっても地獄(下層の娼婦)ならいいが、女優である「ドミモンド」(高級娼婦)はタブーというようなものがあったのではなかろうか。それをはからずも、『舞姫』が暗示しているといえよう。

太田豊太郎は、免官された後、相沢謙吉の世話により某有名新聞社の通信員になりエリスと同棲して「憂きがなかにも楽しき月日を」送り、自己の中で起った変化について次のように描いている。

昔しの法令条目の枯葉を紙上に播寄せしとは殊にて、今は活発々たる政界の運動、文学美術に係る新現象の批評など、彼此と結びあはせて、力の及ばん限り、ビヨルネよりは寧ろハイネを学びて思を構へ、様々の文を作りし中にも、引続きて維廉一世と佛得力三世との崩殂ありて、新帝の即位、ビスマルク侯の進退如何などの事に就ては、故らに詳かなる報告をなしき。

ビヨルネもハイネも青年ドイツ派で、ビスマルクにより制定された社会主義者鎮圧法(明11〜明23)

によるドイツ官憲の弾圧を逃れてパリに住み、ビヨルネは、激しい政治文学活動を行い、ハイネは、ジャーナリスティックな現実風刺を本領とした。太田豊太郎は、抒情詩人ハイネではなく風刺家ハイネに倣って、ドイツから穏やかな政治文学活動を、『国民之友』の読者である政治青年たちに受ける漢文訓読体の通信文で行ったということになる。この豊太郎の活動は、青年たちにドイツと日本の政治の重なり合いという暗示を与えたであろう。

ところで、鷗外はこの小説を創作するにあたって「医学の説より出でたる小説論」（明22・1）において次のように述べている。

小説を作るもの若事実を得て満足せば、いづれの処にか天来の妙想を着けむ。事実は良材なり。されどこれを役することは、空想の力によりて做し得べきのみ。

事実という「良材」だけでは小説が構成できないといい、「空想の力による」「妙想」によってこそ成立すると言っている。

「良材」をほのめかすエリスのモデルには諸説[*17]ある。近頃、植木哲は、一八八八年版のヴィクトリア座の配役名簿によって、鷗外の後を追って来日したエリーゼ・ワイゲルトを探し求めたが、そのような女性はいないということを突き止めた。[*18]ということは、「妙想」に比重をかけ、考えねばならないことになるだろう。

現在、ティーアガルテンの中央にある戦勝記念塔は、一八七三年に国王ウィルヘルム一世が帝国議会議事堂前のケーニケヒ（皇帝）広場に建てさせた。その数年後、「黄金のエルゼ」という愛称のあるF・ドラーケ作の勝利の女神ヴィクトリアが付け加えられたという。[*19]

ところで、「エルゼ（Else）もエリーゼ（Elise）も、エリザベス（Elisabeth）の愛称あるいは略称のひとつ」で、「ドイツにおいてはエリスという名前は存在しない」のだから、「鷗外自身が考案した和名ではなかろうか」（植木哲・前出）という推論に、わたしとしては次のことを付け足したい。

ベルリンの象徴としてフランスの方を向いて立つ勝利の女神ヴィクトリアの愛称である「黄金のエルゼ」も、鷗外に「エリス」という名前を思いつかせた要因の一つとなったのではないだろうか。となると、舞姫エリスとは、当時の日本での芸妓という意味をひきずって、ベルリンの赤線地帯にあるヴィクトリア座の踊り子とベルリンの象徴としての「黄金のエルゼ」とドイツから鷗外を追ってやって来たエリーゼ[*20]を摺合した造型といえるだろう。その下地として、近世の人情本と中国の花柳小説とボーデン・ステット『エルンスト・ブライブトロイ』が敷かれている。

明治二十年代とは、行き過ぎた欧風化に反対する国粋主義の萌芽が現れ始め、中国的なもの、西欧的なもの、国風的なものの一種の文化シンクレティズムの場であった。その混沌とした場に舞姫エリスは降り立ち、豊太郎と恋をし妊娠し、相沢謙吉により豊太郎に欺かれていたことを知り、パラノイアとなり廃人となってしまうのだ。

## 4

では、次にエリスの「パラノイア」について考えていきたい。

> これよりは騒ぐことはなけれど、精神の作用は殆全く廃して、その痴なること赤児の如くなり。医に見せしに、過劇なる心労にて急に起りし「パラノイア」といふ病なれば、治癒の見込なしといふ。ダンドルフの癲狂院に入れむとせしに、泣き叫びて聴かず、

初出は「急性に起りし『ブリヨートジン』」であって、大正四（一九一五）年に『塵泥《ちりひじ》』に収録するさいに、「急に起りし『パラノイア』」に鷗外が修正し、以降わたしたち読者は「パラノイア」説を鵜呑みにしている。なぜ鷗外は修正したのだろうか。

> ブリョートジン Blödsinn は、すでに神戸文哉『精神病約説』（一八七六）が、「失神」（痴呆）と訳していたから、それに敬意を表そうと思えばできたはずだ。（中略）パラノイア（偏執症・妄想症）の特徴は、「固着妄想」による思考と行為の一貫性、つまり妄想が固定して体系化し、修正をうけつけないことである。（度会好一）*21

度会好一は、「ブリョートジン」から「パラノイア」への鷗外の修正に対して、植木哲説を採り入れ「アンナ・ベルタ・ルイーゼ・ヴィーゲルト（一八七二～?）と文通を続けていたが、ある時、その心の恋人に対する何らかの幻滅（いいかえれば、罪の意識からの解放）を感じるエピソードが起きたために（中略）『パラノイア』にされた」という仮説を立てている。

しかし、私はここに終生にわたって鷗外を苦しめていた「脚気細菌説」の影をみたい。鷗外の同期で鷗外を抜いて陸軍軍医総監になり、のちに男爵を授けられる小池正直とその上司・石黒忠悳や東大医科大学学長青山胤通などは一貫して細菌説つまり白米派であった。それは、もともと鷗外自身が「日本兵食論大意」（明18・11）で主張したものであったが……

実は白米派の二人がエリーゼ問題のもみ消しにおいて中心的役割を果していたようである。一人は小池正直で、彼が、「不満を持ったまま帰独した」「伯林賤女」[*22]であるエリーゼの後始末をし、その報告をもう一人の石黒忠悳にしている。石黒忠悳は、ベルリンで現地妻を持っていたし、帰国途上鷗外はエリーゼについて相談している。鷗外は彼らにエリーゼ問題と学閥という二重の軛をかけられていたことになるが、諸説があり混沌としている。

一応、「脚気細菌説」を立証すべく鷗外（陸軍省医務局長・脚気病調査会会長）は、脚気が頻発するとされたバタビヤに医学生を派遣（明41）するのだが、「激滅どころか殆ど絶滅していたのである」[*23]。細菌は発見されなかった。逆に、明治四十三年、オリザニン（後のビタミン）が発見され、脚気は栄養障害ということに傾く。にもかかわらず、東大医学部系列はそれを認めず、脚気細菌説を護持し、青山胤通『内科全集第八巻』（大3・3）や小池・森共著『衛生新編第五版』（大3・9）を刊行する。[*24]

「脚気細菌説」という妄想を「固定して体系化し、修正を受けつけない」パラノイアが、東大医学部及び陸軍省衛生部の病であったのだ。小島政二郎によれば自宅では鷗外は半搗き米を食べていた（坂内正・前出）というから、既に鷗外自身は栄養障害と認めているにもかかわらず、官僚機構の中の役職のなかでは、「脚気細菌説」パラノイアンとしてしか振る舞えなかったのである。その痕跡として、エリスはブリョートジンからパラノイアに大正四年、替えられたのではないだろうか。そうであるとすると、パラノイアになったエリスに、「脚気細菌説」しか唱えられない鷗外が刻印されていることになる。

## おわりに

ねじれたテクストとして『舞姫』は、わたしたち読者の前にたたずんでいる。「先づ立場から極めて掛らなくては、何も出来ない」（『予が立場』明42・12）と、後に述べることになる立場――「Resignation」（あきらめ）は、日本の現実から逆襲されることを悟り、『舞姫』を雅文体で書き出した時に既に構築されていたのではないだろうか。第一回総選挙（明23・7）、国会開設（明23・11）と国家体制を着実に整えていく日本の現実のなかで、『舞姫』以後、政治という選択肢をあきらめ、「帰還」（前田愛・前出）すべき定点を失って抒情し煩悶するほかない青年たちの物語が始まる。*25 雅文体を選んだという鷗外のあきらめは、政治青年たちのあきらめを先取りしたものであったのかもしれない。

その後の鷗外を射程に入れて『舞姫』を考えれば、ブリョートジンからパラノイアになったエリスに自分を封じ込めた鷗外は、『雁』（大4）で達成された言文一致体を捨て、漢文訓読体を基調とする文体で歴史小説を展開していくことになる。

## 注

＊1 太田の「懺悔」と雅文体との問題については、「現実に絶望した鷗外の脱現実的理想主義と雅文との内的関連」（磯貝英夫『森鷗外――明治二十年代を中心に――』明治書院、昭54〈一九七九〉・12）という指摘が、既にある。

＊2 「言文一致の文としては、ことばづかいはまだこなれていない」（J・J・オリガス『物と眼　明治文学論集』岩波書店、平15〈二〇〇三〉・9）という評がある。

＊3 くわしくは拙稿「二葉亭四迷と俳諧――その前近代と近代――」参照。

＊4 ロバート・キャンベル・戸松泉・宗像和重「『舞姫』注釈」（『文学』平9〈一九九七〉・7　夏）による。

＊5 植木哲『新説　鷗外の恋人エリス』（新潮選書、平12〈二〇〇〇〉・4）による。

＊6 『都市空間のなかの文学』（前田愛著作集第五巻　筑摩書房、平1〈一九八九〉・7）所収。

＊7 マネ作「フォリー・ベルジェールの酒場」（一八八一～一八八二年作）では、観客がくつろいでいるのが分かる。その「フォリー・ベルジェール劇場」でカンカンを踊るショーガールの写真がある。（荒俣宏『パリ・奇想の20世紀』NHK人間講座、平12〈二〇〇〇〉・1～3）

＊8 中野香織『モードの方程式』（新潮社、平17〈二〇〇五〉・5）による。

＊9 三好行雄注釈『森鷗外集1』（『日本近代文学大系　11』角川書店、昭49〈一九七四〉・9）による。

＊10 「低級な音楽、安キャバレー、ダンスもできる安酒場」（『独和大辞典 第二版』小学館、平10〈一九九八〉・1）である。

＊11 注＊4と同じ。

＊12 佐伯順子『「色」と「愛」の比較文化史』（岩波書店、平10〈一九九八〉・1）による。

＊13 竹盛天雄の「『舞姫』―モチーフと形象―」（『明治文学の脈動――鷗外・漱石を中心に』国書刊行会、平11〈一九九九〉・2）に「『舞姫』という作品には、この発表誌（筆者注「国民之友」）の性格を考慮にした上での計算がはたらいているように感じられる」という指摘がある。

＊14 「ボーデン・ステッド」の小説とは、「エルンスト・ブライブトロイ」（一八六二年）ではないかという指摘がある。小西健「毎日新聞」（昭44〈一九六九〉・9・12）の記事として紹介されている（注＊9と同じ）。ちなみに、エリスの父は、エルンスト・ワイゲルトである。

＊15 森鷗外研究会編『森鷗外研究』5（和泉書院、平5〈一九九三〉・1）所収。

＊16 『日本近代文学』第十三集（三省堂、昭45〈一九七〇〉・10）所載。

＊17 荻原雄一編『『舞姫』――エリス、ユダヤ人論』（至文堂、平13〈二〇〇一〉・5）など。

＊18 注＊5と同じ。

＊19 『BERLIN』（エドムント・フォン・ケーニヒ出版、平14〈二〇〇二〉）による。

＊20 鷗外がエリーゼをドイツに帰す三日前の賀古鶴所宛の書簡（明21・10・14）には、「勿論其源ノ清カラザル「故ドチラニモ満足致候様ニハ収マリ難ク」と、エリーゼとの関係を吐露していると考えられる箇所がある。すでに長谷川泉『森鷗外集1解説』（注＊9と同じ）に、指摘されており「鷗外にとっては行きずりのかかわりあいであったことを示唆している」と結論されている。

＊21 『明治の精神異説―神経病・神経衰弱・神がかり』（岩波書店、平15〈二〇〇三〉・3）による。

＊22 山﨑國紀「『舞姫』モデルの消息記す　鷗外同窓生の手紙を発見」（「朝日新聞」夕刊、平17〈二〇〇五〉・2・23）に次のような記事が掲載された。在ベルリンの小池正直から、上司石黒忠悳医監宛で、帰独したエリーゼ・ヴァイゲルトの約半年後のベルリンの消息を伝える書簡（明22・4・16付）である。

兼而小生ヨリヤカマシク申遣候伯林賤女之一件ハ能ク吾言ヲ容レ今回愈手切ニ被致度候是ニテ一安心御座候

この書簡から、「この手紙にある『伯林賤女』とは、客観状況からしてエリーゼ以外は考えにくい」と山崎氏は、結論されている。この記事は相馬庸郎氏の御教示による。

＊23・＊24　坂内正『鷗外最大の悲劇』（新潮選書、平13〈二〇〇一〉・5）による。

＊25　北村透谷・島崎藤村・馬場孤蝶・上田敏・星野天知等が『文学界』（明26・1）を創刊する。

# 『普請中』論――語り手という視点から――

## はじめに

『普請中』(明43・6)は、「フイリステル」(俗物)という「仮面」をつけ、官僚制度のなかを生き抜いている主人公・渡辺参事官が、ひととき「仮面」をはずし若き日の恋人であった「女」と普請中の築地精養軒ホテルで夕食を共にして別れる話である。

この短編は、『舞姫』後日譚で、「女」はエリス、渡辺参事官は太田豊太郎の後身で、「鷗外の思念を分けた分身」[*1]といった先行研究や、「普請中」のホテルは近代化途上にある日本の社会の隠喩であり、高級官僚・渡辺に体制内知識人である鷗外の姿を見出すといった批評[*2]もある。

拙論としては、語り手の分析を手掛かりにして、葡萄の盆栽やアザレエ(躑躅)や神代文字などの細部の叙述にこだわり、『普請中』の深部に潜入し、語り手の向こうの作者を炙り出したい。それは、この短編を創作することでたどり着いた作者鷗外の定点を、見極めていくことになるだろう。

1

『普請中』の前半は、渡辺参事官が、歌舞伎座の前で電車を降り、雨あがりの泥濘の道を通って普請中の築地精養軒ホテルにたどり着き、サロンに入るまでを描いている。語り手は、ほぼ渡辺の視点から写生文ふうに、泥濘の道を通りながら、役所帰りの洋服の男たちと待合等の女中を、漢文脈の伝統的修辞である対比として点出する。渡辺は、板囲いになっている普請中のホテルの「横町に向いた寂しい側面」の入口から入って、泥を落すべく「棕櫚の靴拭ひの傍に」「広げて置いてある」「雑巾」で、靴を拭く。ボーイも出迎えず、「釘を打つ音や手斧を掛ける」「騒がしい物音」が響いて来る。いかにも「普請最中」のホテルらしく、側面が寂しいばかりではなく内部も人少なで、後に物音が止めば「女」が言うように「大そう寂しい内」なのだ。

それは、作者の日露戦争後の日本国家というものの体感と通底するものがあっただろう。銀行の取り付け騒ぎの続いた経済恐慌（明40、41）後の慢性的不況下、ハレー彗星が接近し、流言蜚語が飛び交う社会不安の中、社会主義者が活動を活発化させていた。*3「赤旗事件」（明41・6）の後、皇帝ウィルヘルム一世（一七九七〜一八八八）統治下のドイツに留学し、その見聞によって彼らの活動の進行を予測する鷗外には、国家体制の軋む「恐ろしい音」が聞こえていただろう。その音の形象が「釘を打つ音や手斧を掛ける」「騒がしい物音」だろうし、物音の止んだ「寂しさ」の意味も深い。なにしろ、ドイツの社会主義労働者党は、皇帝暗殺未遂事件（明11・5、6）を二度にわたり起こしているのだから。

給仕の案内によって通されたサロンには、三卓と椅子とソファがあり、そのソファの傍らには温室育ちの「大きい実をならせた」「高さ三尺許」の葡萄の盆栽が置いてある。窓から見える、待合と赤煉瓦の海軍参考館は、漢文的修辞の対比として描き出され、泥濘の道での点出と同様に日本の近代化の未熟さを表出している。

ギリシア神話のディオニソス（バッカス）の神を想起させる大きな葡萄の盆栽の傍のソファに渡辺が座って、サロンを見回すと壁には、「梅に鶯」、「浦島が子」、「鷹」などの「どれも〳〵小さい丈の短い幅」の掛物が、「尻を端折つた」ように無粋に掛けてあり、さらに、「神代文字」の聯が食事室の入口の両側に掛けてある。「神代文字」から連想される国学・日本神話は、葡萄の盆栽からのギリシア神話[*4]と対なのだろうが、いかにもアンバランスで、そこにはなんらかの意図が秘められているだろう。

「梅に鶯」の月並、「浦島が子」の日本民話、鷹狩を連想させる「鷹」、「某大教正の書いた神代文字」など、すべてサロンにふさわしくなく、語り手は「日本は芸術の国ではない」[*5]と、うめくように渡辺を介して作者の声をもらしている。このうめきは、それらの「伝統的文化が近代化の進行によって否応なく、『普請中』の無残な姿をさらしている」[*6]だけでなく、次のような作者との絡み合いの中から、発せられたと考えられる。

「梅に鶯」は、旧派和歌を連想させ、山県有朋の庇護の下に賀古鶴所とともに鷗外が幹事となって毎月一回開かれていた常盤会歌会と、医学校時代に、鷗外に和歌を個人指導した福羽美静[*7]を連想させ[*8]

る。津和野派国学をうち立てた大国隆正の高弟、福羽こそが、「明治初期の神祇官の最有力者であり、明治の祭政一致を形作った者」[*9]なのだ。神道の国教化による天皇制の基礎は、津和野派国学によって築かれた。[*10]渡辺参事官の足元が泥濘であったように、日本の国家の基盤もまた祭政一致の鵺の如き天皇制であったのだ。

「浦島が子」は、登場する亀から、鷗外の旧主家・亀井家と幼名亀麿であった第十二代亀井茲明[*11]に結びつけられるだろう。この話は、海彦山彦神話と同型の古典的な仙郷滞留説話で、鷗外自身のドイツ留学を想起させる。

「鷹」狩りは、江戸時代の藩主のレジャーなのだから、最後の津和野藩主・第十一代亀井茲監[*12]を連想させる。それらに加えて、平田篤胤の主張した「神代文字」が登場するのだから、連想の糸を繋いでいった後にあぶり出されてくるのは、旧主家・亀井家や福羽美静の子孫と親密たらざるを得ない鷗[*13]外であろう。鷗外を囲む状況をコラージュしているそれらへの眼差しは、皮肉っぽく、密かにそれらを嫌悪する鷗外の内面を垣間見せる。

つまり、西洋の「自由と美との認識」（「日本に関する真相」）を捨て、「普請中」の天皇制国家である日本、ひいては津和野藩出身ということで津和野派国学と長州閥に呪縛されている作者が、はからずも漏らしたうめきではないだろうか。

ここで注意したいことは、そういう感想を吐いたものの、渡辺が「暫く何を思ふともなく、何を見聞くともなく、唯煙草を呑んで、体の快感を覚えて」いることである。つまり、渡辺参事官を描き出す語り手は、作者と距離を取ろうとしているのだ。

サロンのアンバランスさは、高級官僚・渡辺を囲む状況を反映しているが、渡辺はそれ程痛切には、感じてはいない。しかし、食事室の入口の両側に、「神代文字」の聯が掛けられ、かつて愛しあった二人が、その室内で食事をし別れるということは、作者が津和野派国学者の人脈から抜けられないということを、さりげなく寓意しているといえる。

その人脈は、長州藩と結びついていた福羽美静から長州閥の統帥・山県有朋に至るが、それは、会食するテーブルの真ん中の大きな花籠にロドダンドロン（仏語・石楠花）と共に生けてあるアザレエ（仏語・躑躅）によって表象されているだろう。

なぜ、アザレエ（躑躅）かといえば、五月を代表する花であり、山県有朋の主催する常盤会歌会の明日の兼題でもあったからで、恋愛という個人の感情にまで関って立ち現れる権力の記号ともいえる。

鷗外は、明治四十三年五月十四日（土）に『普請中』を書き上げ、翌日、日曜日にもかかわらず、「小田原の古稀庵での常盤会の歌会に出席するため、朝八時三十分新橋より汽車に乗る」（苦木虎雄・前出）。最初の兼題が、「躑躅」であった。その「躑躅」を生けこんだ花籠が、渡辺参事官と「女」の会食するテーブルの真ん中に置いてあるのは、具体的には、何を意味しているのだろうか。

## 2

渡辺参事官と「女」の向き合うテーブルの真ん中に、「躑躅」と「石楠花」を「美しく組み合わせた盛花の籠」がある。その花籠を挟んで、二人は食事をするのだが、食事室に入る前にサロンで

「女」を待っている間、渡辺は、「待つてゐる人が誰であらうと、殆ど構はない位」に「冷澹な心持」になっており、「唯煙草を呑んで、体の快感を覚えてゐた」。単なる喫煙なのに「体の快感」をことさら強調する語り手は、エロス的快感からもう遠くなった渡辺を描き出す。

この場面は、舞姫と歌姫の違いはあるが、鷗外翻訳のハックレンデル『ふた夜』（明23）の冒頭を想起させる。[*14] 五月の午後、愛する舞姫と別れて、旅立とうとするハンガリーの士官は、「ミラノの客舎」において、別れの宴をはり同輩たちとシャンパンで乾杯した後コーヒーを飲み、「烟軟きハワンナの草を口にして」くつろいでいる。その会話の中で、「色は蒼ざめて、悲愁」に沈んだ舞姫が語られる。が、士官は、「余は舞姫を愛せず。また愛せんとても金なきを奈何せむ」と、さわやかに別れ、軍務に専念しようと決意しナポリへと旅立って行く。

大きな相違は、『ふた夜』の場合は、語り手が登場人物に感情移入をせず、透明な存在であるのに対して『普請中』の場合は「待つてゐるといふ心持が少しもしない」とさえ言い募り、語り手が渡辺の「氷のやうな心」（三島由紀夫・前出）を強調して描こうとしていることである。

若き日のドイツ留学中の恋人が、ドイツからロシアへ、シベリア鉄道を経てウラジオストックから敦賀へ、それからやっと東京へたどりつき、まもなくこの精養軒ホテルに現れるというのに、渡辺は「自ら疑ふ」程、「冷澹な心持」なのだ。彼女の経巡って来たロシアは、激化した革命運動を、ひいては日本でも活発になった社会主義運動と外交交渉の始まった日露協約（第二回調印・明43・7）を、読者の脳裏に思い浮かばせる。

さて、彼女のサロンへの入り方はしどけなかった。「長く待たせて」と「ぞんざいな詞」をドイツ語で言い、持って来た傘を「無造作にソファの上に投げ」たというような動作の崩れは、身体の崩れをも感じさせる。

次に、「女」がコジンスキイと一緒と聞くと、渡辺は「あのポラック」という蔑称で呼ぶ。「あの」には、渡辺と彼女を挟んで三角関係であったことを推定させもする。また、当時ロシア領であったポーランドは、日露協約の調印という外交交渉によりロシアに承認されて、まもなく日本に併合される韓国（日韓併合・明43・8）の位置を暗示する。

寂しい二人だけの興業は、発展途上国の日本に至り、さらに太平洋を越えてアメリカに渡ろうとしている哀しいどさ回りであるから、美人局的行為も容認されていたのだろう。それは、既に「女」のしどけない登場の仕方で描写されている。

渡辺はポーランド人であるコジンスキイへの侮辱を、「女」にもかぶせるために「コジンスカア（コジンスキイ夫人）なのだな」と念を押す。

「嫌だわ。わたしが歌つて、コジンスキイが伴奏をする丈だわ」と慌てる「女」に「それ丈ではあるまい」と断定する渡辺は、若き日の恋人に対する礼儀さえ失しているといわざるを得ない。「丸つきり無しといふわけには行きませんわ」と肉体関係を告白せざるを得ないところに「女」を追い詰めるのだから、冷淡を超えて加虐的でさえある。「女」が、それに対抗して、「是非お目に掛かりたい」というコジンスキイの伝言を伝えると、渡辺は金銭の要求と捉えてすげなく拒絶する。

ここには、前述した『ふた夜』の「愛か金か」という図式が引かれているが、士官の別れに比較して、渡辺の「真平だ」という物言いには、「金」でもたかられたらという懸念が、全面に出ていて、美人局から強請まで連想する渡辺の冷たさが、語り手によって突き放されて描かれる。

しかし、冷たさを溶かすべく、若き日の恋を思い出させようとして、「女」が「キスをして上げても好くつて」と挑発すると、渡辺は「ここは日本だ」と顔を顰める。ノックもせずに入ってきた給仕に食事室に案内される際も、渡辺は「ここは日本だ」と繰り返す。女の挑発に乗らない理由として、リフレインは機能している。


女はあたりを見廻して、食卓の向側に据わりながら、「シヤンブル・セパレエ」と笑談のやうな調子で云つて、渡辺がどんな顔をするかと思ふらしく、背伸びをして覗いて見た。盛花の籠が邪魔になるのである。


この部屋は、青春の日に渡辺と過ごしたことのある「シャンブル・セパレエ」(特別室)と似ていたのである。恐らくは、その部屋でのエロスを思い出させるだろうと期待して、花籠の向こうを「女」は覗き、挑発しようとした。しかし、花籠は、互いに交し合うべき視線を妨害する程大きく、花籠の意味とは、挑発というエロスの発火を遮ることなのだ。

そんな「女」の挑発を見越して、『偶然似てゐるのだ』渡辺は平気で答へた」。語り手は、渡辺の冷淡さを「平気で」と、強調してあますところなく伝える。この渡辺の冷たさに、「女」は「あなた少しも妬んでは下さらないのね」と寂しく本音を漏らすのだ。

次に、この「女」の挑発の持つ意味について考えていきたい。

3

「女」の挑発に対して、渡辺が「平気」であることを言い募る語り手の裏には、「平気でない」語り手が隠れている。それは、「本当のフイリステルになり済ましてゐる」という渡辺の言葉に、「フイリステル」でない渡辺が担保されていることと同じであろう。「女」の渡辺への挑発は、語り手への挑発でもあり、その背後で息を潜めている作者鷗外への挑発でもある。明日、小田原の山県有朋の古稀庵へ出掛け、兼題「躑躅」を詠むべく仮面をつける自分をさいなむことでもある。

渡辺に内在していた語り手は、「女」の登場によって渡辺から抜け出し、二人の会話を聞き取り、二人の心理を解する全知の語り手に変貌し始める。

渡辺の「冷澹な気持ち」を「平気で」示そうとする語り手を裏切って、「平気でない」全知の語り手は、かつて、ドレスデンの「チエントラアルテアアテルがはねて、ブリユウル石階の上の料理屋の卓に、丁度こんな風に向き合つて据わつてゐて、おこつたり、中直りをしたりした昔の事を」「想ひ浮べずにはゐられなかつた」と「女」の内面を描き出す。

「女」の渡辺への挑発によって、語り手と作者鷗外の共犯関係は崩れ、語り手は変貌せざるを得ない。そして、究極的に全知の語り手という眼差しを内包している小説という言語形式は、「女」の寂しさを描く心優しい語り手を引きずり出してこざるを得なかった。[*15]

だが、結局は「ここは日本だ」というリフレインによって、とりすがろうとする「女」を振りほどき、過去の自分と訣別し、「フイリステル」である自分自身を渡辺は完成させる。

つまり、「女」との別れとは「仮面」をつける俗物を完成させる行為であって、作者自身が、『普請中』を書き上げて、翌日の常盤会歌会に備えたとも言える。

ゆえに、「ここは日本だ」というリフレインは、日露戦後の慢性的不況下、軋みだした天皇制国家を守ろうとする山県有朋系官僚として生きねばならないという明治人・森林太郎の矜恃を表現しているだろう。それは、主家・亀井家や福羽美静などの津和野派国学の果たした役割を守ることでもあったのである。

既に、「性欲雑説」(明36・4)に、科学的な冷たい性欲観を、鷗外は披露しているし、心情吐露とも思える「僕のやうに五十近くなると、性欲生活が生活の大部分を占めてはゐない」(『追儺』明42・4)と告白しているが、「女」との別れは書かれねばならなかっただろう。というのは、ドイツからロシアを経巡って来た「女」は、発展途上国・日本を揺るがす「恐ろしい音」を密かに発信し、それに対応して組織された「永錫会」[*16]メンバーである鷗外にとって、西洋の表象である「女」とは別れねばならなかったのだ。

「赤旗事件」から顕著になった主義者への苛酷な弾圧――ひいては大逆事件に至る日本の修羅場をくぐり抜けるために、ニーチェの言う「善悪の彼岸に立つて」(戯曲『仮面』明42・4)、生きていかざるを得ない日本の現実を、鷗外は自分自身にたたきつける必要があったのではないだろうか。

ゆえに、『舞姫』のエリスの後身を、「ポラック」と一緒に、世界を流れ続けるどさ回りの旅芸人に貶めた。高級官僚である渡辺に金をせびりに、はるばる日本まで来たのではないかという疑いまで掛けた。それは、「女」によって否定されるのだが、幾重にも巡らせた、過去の恋人に対する渡辺の冷たい仕打ちは、語り手を介在させつつ鷗外がこれから生きていこうとして、西洋の「自由と美との認識」に訣別し、俗物の「仮面」をつけることを、容赦なく自分自身に迫る行為であったとも言えるだろう。では、次に「仮面」について考えていきたい。

4

鷗外は、「仮面」をつけることについて自信があったはずである。「十九歳で肋膜炎を患ってから以降ずっと結核性の疾患をもち続けていた」「自覚開放性結核患者」で、「結核であることを隠し続けるために『仮面』を被り、決して脱がなかった」[*17]のである。『普請中』執筆三ヵ月程前の二月十八日にも、発熱し銹色の痰が出ている。

大学卒業の年以来の持病が頭をもたげたせいであったかと思われる。それは、文字通り死に至る病であった。（苦木虎雄・前出）

患者であるという自覚の強かったのを推測させるのは、『ヰタ・セクスアリス』（明42・7）で、主人公に群がってくる売春婦を散らすために「結核だ」と叫ぶところである。また、赤松登志子離縁の際には、赤松の家系には肺結核がとりわけ多かったという厳然たる理由があっただろうし[*18]、登志子自身も肺結核のために、鷗外と別れて十年後に死亡した。

戯曲『仮面』は、結核ではないという「仮面」をつけて生きて来た杉村博士が、結核と分かった学生に「仮面を尊敬せねばならない」と諭し、「善悪の彼岸に立つて」、自分と同じように「仮面」をつけて孤高に生きていこうと励ます脚本である。その杉村博士のように、鷗外は、頑固で生涯医者に自分の身体を見せるのを拒み続け、死因は萎縮腎で、後に肺結核と明かされる。[*19]

しかし、この作品においては渡辺に「仮面」を一応三時間程脱がせている。脱がせたのは、普請中である天皇制国家・日本の揺らぐ「恐ろしい音」の響いている中、それらの元凶である社会主義者を弾圧する側である山県有朋系列の官僚として生きていかざるを得ないという覚悟であろう。

恐らくは、大逆事件という日本の修羅場の予知があって、『普請中』は、その状況を深部に沈ませて成立したのではないだろうか。「普請中」のホテルとは、制度においても近代化途上にありながら、軋んでいる天皇制国家・日本の隠喩であり、食事室の入口の両側の「神代文字」の聯は、神道の国教化を進めた津和野派国学を連想させ、その室のテーブルの真ん中に石楠花と共に生けられた躑躅は、私的な恋愛にまで介入してくる権力の表象だろう。

ゆえに、この作品は、鷗外の隠された内面に踏み込んだ寓意小説ともいえる。ここから浮かび上がってくるのは、「自由と美との認識」が基礎にある西洋の社会のあり方と、天皇制イデオロギーのもと社会主義者や無政府主義者を苛酷に弾圧する日本の社会のあり方に、引き裂かれている鷗外であろう。もっとも、パリ・コミューン（明4・3・18〜5・28）の血の粛清や普仏戦争（明3〜明4）後、ビスマルクの社会主義者鎮圧法（明11〜明23）に守られていたドイツに留学した鷗外の軸足は、後者に置かれていたかもしれない。

いずれにせよ、『普請中』において、高級官僚・渡辺参事官の冷たさを強調する語り手を創造することで、その分裂を食い止め、体制側たらざるを得ない自分を受けとめ、俯瞰的な眼差しにおいて、混沌とし迷走する状況を必然であると諦観し、その原因を天皇制国家・日本に求めて「ここは日本だ」という言葉として結晶化させた。このリフレインとは、自分自身に言い聞かせるための呪文だったのではないだろうか。

しかし、渡辺に密着していた語り手は、距離を取り始める。前述したように「女」の登場とともに二人の対話を写し取る全知の語り手となり、さらにしみじみとした心優しい語り手に変貌する。

この語り手が、青春を回顧し、あわよくば「いつだって気の落ち着くやうな身の上ではない」運命から、抜け出せるような手掛かりをつかもうと、はるばるドイツから後進国の日本にやってきて、予期せぬ元恋人の冷たさに触れ、ただ染み込んでいく寂しさに身を任すほかなくなった「女」の内面を語り始める。心優しい語り手は、「……」とそのまなざしの俯瞰化をはかり、次のように締めくくる。

まだ八時半頃であつた。燈火の海のやうな銀座通を横切つて、ヱエルに深く面を包んだ女を載せた、一輛の寂しい車が芝の方へ駆けて行つた。

「まだ」という副詞の使い方に、すでに寂しさは透けてみえる。二人の逢瀬はたった三時間程なのだ。「女」の寂しさが語り手にも染み込んでいったように、しみじみとした語り口は、「女の寂しさは、鷗外の寂しさであった」（三好行雄注・前出）と言っていいのかもしれない。その寂しさは、「なんともかとも言はれない寂しさ」（『妄想』明44・4）に通底する。そのような空虚の味わいに蟠踞する「寂しさ」が、なぜ浮上してきたかと言えば、語り手の変貌によってである。次にその変貌を作者との関係においてみていきたい。

5

渡辺の冷たさを強調しようとする自嘲的ともいえる語り手は、執筆時の明治四十三年の四十九歳の鷗外の心情に淵源を持っているだろう。明治天皇暗殺謀議のかどで幸徳秋水をはじめとする数百人にも及ぶ社会主義者や無政府主義者が検挙され始めたのが、明治四十三年五月二十五日である。その総元締めたる元老・山県有朋の影は、処女作『舞姫』には天方伯として登場したが、『普請中』には躑躅の花影の中に封じ込まれ、見えない。

しかし、鷗外は、明治三十九年六月、山県有朋を中心に常盤会を興し賀古鶴所と共に幹事になっている。その歌会は、大正十一年二月まで一八五回に及んでおり、そこでは、従来の自分の歌調とはちがう常盤会向きの福羽美静に習ったであろう旧派和歌を詠んでいる。[*20]

請われて書かれた「古稀庵記」（明42・11）は、「公爵は国家の柱石」とか「一代の俊傑におはす」と山県有朋を称賛し、「その追従的な調子は已むを得ずとは言へ、読んであまり快いものではない」。[*21]ここには、山県有朋に迎合する仮面をしっかりとかぶった鷗外がいる。西洋の文化の真髄である「自由と美との認識」を剝ぎ取り、『普請中』の言葉で言えば、「フイリステル」(俗物)になっているのだ。

ところで、鷗外は不思議な行動をとる。椿山荘に出入りし、「常盤会」幹事となってほどなく、明治四十年三月、観潮楼歌会を立ち上げ、与謝野鉄幹・伊藤左千夫・佐佐木信綱、北原白秋など明星派とアララギ派の歌人を糾合し、在野での一代歌潮を作りださんと意気込んだ。観潮楼歌会とは、常盤会を相対化しようとする分裂的な作歌活動で、鷗外は、意識して作歌活動の二面性ひいては自己存在の二面性を意図したのである。ヤヌス的鷗外の面目躍如というところだろう。

当然のことながら、『普請中』にもその二面性は遺憾なく発揮されている。というより、その「仮面」を巡っての小説とも言い直すことができる。「仮面」の着脱を明かし、特別に脱いだ逢瀬だとしても、なおかつ「仮面」をひきずって冷徹な無関心を昔の恋人に示す、渡辺参事官という形象を、冷たく描いていく。そこには、自己の二面性を見据え、渡辺の冷え冷えとした形象化を目論む自嘲的な語り手がいる。

この自嘲的な語り手は、病的な「主義者」嫌いで知られる山県有朋の大きな手で、社会主義者や無政府主義者が捕縛され弾圧されることを予知しているからこそ、鷗外に胚胎したのではないだろうか。『それから』(明42・6~10)には、すでに幸徳秋水に巡査がつけられているという話(一三)が、書き留められているのだから、主義者への弾圧は当時かなり拡がっていた認識といわざるを得ない。そういう状況の中で、鷗外の「予が立場」(後に「Resignation の説」と改題　明42・12)が、次のように表明された。

私の心持を何といふ詞で言ひあらはしたら好いかと云ふと、Resignationだと云つて宜しいやうです。私は文芸ばかりではない。世の中のどの方面に於ても此心持でゐる。それで余所の人が、私の事をさぞ苦痛をしてゐるだらうと思つてゐる時に、私は存外平気でゐるのです。

つまり、「諦め」が、鷗外をどんな状況においても「平気」にし、自嘲的な語り手の胚胎につながり、青春の日の恋人の挑発を「平気」で無視する渡辺を形象化させた。

しかし、『普請中』の語り手は、「諦め」という立場で「平気」な作者そのままではない。語り手は、作者と距離を取り始め、変貌する。それは、小説の執筆そのものが、状況への違和感の表出であり、『舞姫』の後日譚という形式をとり、過去を振り返るという身振りのなかに、作者に胚胎した自嘲的な語り手を突き崩す小説の構造が孕まれているからだろう。既に、田中美代子氏が、次のように述べている。

幻のヴェールをちらと持ち上げて、鷗外の隠された心境の一端をのぞかせ、種明かしのような意味を感じさせる。つまり来日したドイツの舞姫に対する冷然たる無関心は、鷗外にとって、すでに久しい遠い過去の余映なのである。

（『小説の悪魔―鷗外と茉莉』試論社、平17・8）

なぜ、「幻のヴェール」なのかと言えば、自嘲的な語り手と全知の語り手と心優しい語り手とを統御する作者が、その二面性ゆえに不在化され空洞化されているからであろう。

「ドイツの舞姫に対する冷然たる無関心」は、『舞姫』を否定し、エリーゼ事件の総決算と解釈されもする『即興詩人』[*22]の抒情性を否定する。ひいては、あこがれの西洋の「自由と美との認識」を否定する。その中には、これから弾圧されるであろう主義者の思想の自由も入っていただろう。

## 終わりに

自分は日本人を、さう絶望しなくてはならない程、無能な種族だとも思はないから、敢て「まだ」と云ふ
(『妄想』・前出)

「まだ」は「まだ、日本は普請中だ」の「まだ」であり、「まだ、八時半頃であつた」の「まだ」と通底している。シャンパンで乾杯しようとして震える「女」の手を描き出す語り手は、寂しげに夜の銀座を駆け抜ける人力車を見送った。人力車のなかの「女」の寂しさは、自嘲的な語り手から変貌した、心優しい語り手のなかに、揺曳する。

『普請中』という小説制作の後にたどりついた鷗外の定点とは、俯瞰的なまなざしから「女」の寂しさを描き出した心優しい語り手を消すことができなかったように、「フイリステル」になりきることはできないという自覚であっただろう。

ゆえに、大逆事件発覚をうけて、明治四十三年、『フアスチエス』(九月)、『沈黙の塔』(十一月)、

『食堂』（十二月）、明治四十四年一月、翻訳五篇を一挙に発表して「言論思想の自由の確保」を「意図」し、[*23]『かのやうに』（明44・1）『妄想』[*24]（前出）などを執筆して、鷗外は天皇制国家・日本を透視しようとする。その始まりは、『普請中』における語り手の変貌によって、抽出された清冽な「寂しさ」にあるだろう。

## 注

*1 三好行雄注『日本近代文学大系11 森鷗外集1』（角川書店、昭49〈一九七四〉・9）による。

*2 三島由紀夫「鷗外の短編小説」の「深い諦観にひたりながらも、彼がなほその普請に参画してゐる」（『森鷗外読本』『文芸』臨時増刊号 河出書房、昭31〈一九五六〉・7）による。

*3 中村文雄『森鷗外と明治国家』（三一書房、平4〈一九九二〉・12）による。

*4 ギリシア神話と日本神話を詠みこんだ歌に「我百首」（『スバル』、明42・5）の冒頭の歌がある。

斑駒《ぶちごま》の骸《むくろ》をはたと抛ちぬ Olympos なる神のまとゐに

須佐之男命が、天照大神の機織小屋に、逆剝ぎに剝いだ血だらけの天の斑駒を、投げ入れ、乙女の凄惨な死を招き、機織小屋が血の赤で染まったように、私は Olympos 十二神の集いにその斑駒の骸を投げ入れた。日本神話とギリシア神話を架橋しているが、須佐之男命に自分自身を、Olympos の十二神に、第十二代亀井茲明を含めての亀井家、ひいてはギリシア神話の最高神ゼウスを想起させる天照大神を重視し、その血統を継いだ天皇を現人神とする津和野派国学者の集いを喩えているだろう。

*5 磯貝英夫は、この言葉に「『普請中』全編の含意は、早く、ここに露頭している」（『鑑賞日本現代文学1 森鷗外』角川書店、昭56〈一九八一〉・8）と指摘している。

*6 山崎正和（注*1と同じ）による。

＊7　山崎一穎監修『森鷗外　明治知識人の歩んだ道』（森鷗外記念館、平8〈一九九六〉・3）による。

＊8　福羽美静（一八三八〜一九〇七）幕末明治の津和野藩の国学者、侍講、官吏（神祇事務局権判事・参事院議官・歌道御用掛――など）、子爵。「明治二十三年貴族院議員に任じ、また錦鶏間祇候仰付けられる。和歌に長じ書に巧みであった」（宮武外骨・西田長寿『明治新聞雑誌関係者略伝』「明治大正言論資料」20、みすず書房、昭60〈一九八五〉・11）による。

＊9　ジョン・ブリーン「幕末維新期の神道思想について」（『宗教と国家』日本近代思想大系五　付録　岩波書店、平1〈一九八九〉・9）。

＊10　武田秀章「近代天皇祭祀形成過程の一考察―明治初年における津和野派の活動を中心に―」（井上順孝・阪本是丸編『日本型政教関係の誕生』第一書房、昭62〈一九八七〉・2）による。

＊11　亀井茲明のドイツ留学中、鷗外は家庭教師の世話などをした。（注＊7と同じ）

＊12　亀井茲監（一八二四〜一八八五）神道を信奉し国学の発展に力を注ぎ、幕末維新期の国学者・大国隆正とその高弟・福羽美静がそのブレインとして活躍した。参与職神祇事務局判事・神祇官副知事などを歴任。「卿は殆ど一身に先帝即位の典儀を引き受けし人」（鷗外「盛儀私記」大4）とある。

＊13　明治四十一年四月二十三日「妻と茉莉と亀井（茲常）伯の苑遊会に往く」（「日記」）「明治四十二年一月二十三日（福羽逸人の娘千代）の結婚式に、仲人役として夫婦で出席。明治四十三年三月五日　洋行する亀井茲常伯爵、福羽逸人子爵の見送りに横浜に行く。三月九日、亀井伯爵より上海に着いたと電報が来る。五月十一日、ロンドンの亀井伯爵、福羽子爵に書状を出す」（苦木虎雄『鷗外研究年表』鷗出版、平18〈二〇〇六〉・6）など極めて親密である。

＊14　前田愛対話集成1『闇なる明治を求めて』（みすず書房、平17〈二〇〇五〉・12）の中の平岡敏夫発言（「日本文学の『近代』とは何か」）において『舞姫』との関連で指摘されている。

＊15　大塚美保「〈外交交渉〉物語としての『普請中』―〈作者〉の新たな構築をめざして―」『鷗外を読み拓く』（朝文社、平14〈二〇〇二〉・8所収）に、「ここでにわかに人格性を帯びて浮上する語り手は何者なの

だろうか」という指摘が既にある。

＊16 「大逆事件の起きた明治四十三年の三月以前に成立」した「永錫会」は、まとめ役は、安広伴一郎（桂内閣法制局長官）、「秘密裏にできた山県の私的な一諮問機関」（中村文雄）、「社会運動に対する対策をねるための会合」（吉野俊彦）などの見方がある。明治四十三年三月十五日「賀古鶴所来て永錫会の事を相談す」（『自紀材料』）とある。

＊17 福田眞人『結核の文化史』（名古屋大学出版会、平7〈一九九五〉・2）による。

＊18 長谷川泉『鷗外文学の機構』（明治書院、昭54〈一九七九〉・4）

＊19 鷗外の三三回忌に長男・於菟によって発表された。

＊20 浅野三平『八雲と鷗外』（翰林書房、平14〈二〇〇二〉・9）による。

＊21 小堀桂一郎『森鷗外　批評と研究』（岩波書店、平10〈一九九八〉・11）による。

＊22 長島要一「鷗外訳『即興詩人』は、実は森林太郎のいわゆるエリーゼ・ヴィーゲルト（ヴァイゲルト）事件に関する文学的始末記」（『森鷗外の翻訳文学――『即興詩人』から『ペリカン』まで』至文堂、平5〈一九九三〉・1）による。

＊23 伊狩章「大逆事件と鷗外の抵抗―五篇の翻訳の意味―」（『鷗外・漱石と近代の文苑―（付）整・譲・八一等の回想』翰林書房、平13〈二〇〇一〉・7所収）による。

＊24 蓮實重彦『赤の誘惑　フィクション論序説』（新潮社、平19〈二〇〇七〉・3）に『妄想』に表出される「赤」の意味が詳しく論じられている。

# 森鷗外「我百首」論——津和野派国学と乙女峠事件をめぐって——

## はじめに

ここに三葉の写真（図1〜3）がある。見事な髯を蓄えている最後の津和野藩主・亀井茲監[*1]（図1）と鷗外の父・静雄[*2]（図2）と「教育勅語」を起草した元田永孚（図3）の写真である。私は「我百首」（明42・5・1）の中の一首を思い出した。

魔女われを老人《おいびと》にして髯長き侏儒のまとゐの真中《まなか》に落す

これらの写真と「我百首」を結びつけることによって、連作「我百首」の磁場とその中の森鷗外の苦悩が浮かび上がってくる。

**図1** 最後の藩主、亀井茲監

**図2** 鷗外の父、森静男
（図1・2ともに『森鷗外　明治知識人の歩んだ道』山崎一穎監修　森鷗外記念館　1996・3）

**図3** 儒者、元田永孚
（『国史大図鑑』　吉川弘文館　1933・10）

1

三葉の写真の説明から始めたい。**図1**の津和野藩主・亀井茲監（十一代）は、神道を信奉し国学の発展に力を注ぎ、幕末明治維新期の国学者・大国隆正[*3]と福羽美静[*4]がそのブレインとして活躍した。

廃藩後、茲監は、新政府参与に列し神祇事務局輔、神祇事務局判事、神祇官副知事となった。「大攘夷」として開国を唱えた大国隆正は、平田派国学と訣別し天照大神を重視し、津和野派国学を打ち立て、国家神道の形成に深くかかわり、神祇事務局権判事をつとめ、神仏分離や廃仏毀釈などの神道主義政策を指導し、神祇行政に大きな影響を与えた。長州閥に繋がっていた福羽美静がその跡を継ぎ、宗教行政の最高位（神祇大輔）に就いた（明4・10）。

そもそも、鷗外が薫陶をうけた藩校養老館は、神道家山崎闇斎の学統を継承し、その実態は津和野本学と呼ばれた国学であった。大正六年に、鷗外は、山崎闇斎派の儒者の墓所を書き留め（「闇斎派諸儒墓田録」手控えノート「道学遺書諸先輩墓所」の内題）終生その影響下にあったことを暗示している。

図2の鷗外の父静雄（藩医）は、東京の亀井氏から招かれ明治五年十一歳の林太郎を連れ、上京した。「父嘗て亀井氏の家扶たりき」（『日記』明32・10・13）とあることからも、鷗外と亀井家の関係は深い。亀井伯主催の園遊会に出席する鷗外は、人脈において、津和野藩から抜けられなかったし、特に「我百首」作成前後は、津和野派国学者の統帥・福羽美静の女婿である福羽逸人子爵や亀井家との交流が密になった時期[*5]といえよう。

図3の元田永孚（一八一八〜一八九一）は、明治時代の儒学者（肥後藩出身）で、明治四年宮内省に出仕し、侍講として明治天皇の教育にあたった。この間、儒教的皇国思想に基づいて『幼学綱要』を編集、『教育勅語』を起草し、儒教による天皇制国家の形成に寄与した。では、次にこの写真の人物と歌とを、からめながら評釈していきたい。

「魔女が、私を老人にして」とも、「魔女が私を、老人にして」ともとれるが、どちらにも掛けて、魔女が私を老人にして、老人で髯の長い見識のない人達の集まりの真ん中に、落したという歌意であろう。「侏儒」とは、見識のない人を嘲って言う語で「こびと」という意味もある。その「まとゐ」とは、具体的には写真の亀井茲監や元田永孚を指し、父静雄を介在させることで大国隆正や長州閥につながる福羽美静・津和野派国学者たちの円居、集いを指し、鷗外が津和野藩主の侍医の長男として、まさに「まとゐ」の中心に生み落されたことを詠っている。ちなみに、福羽は、幼児期の腰の打撲によって身長が伸びなかったので、まさに「こびと」であった。髯はないが、三者の中に福羽の影は十分にさしている。

彼らに対する嫌悪を裏付ける証左の一つは、ほぼ一年後の『普請中』(明43・6)において、国学者が捏造した神代文字が冷やかに描かれていることだろう。


食卓の拵へてある室の入口を挟んで、聯のやうな物の掛けてあるのを見れば、其大教正の書いた神代文字といふものである。日本は芸術の国ではない。(『普請中』)

この一首と『普請中』には、国学者に対する密かな嫌悪感が潜んでいる。[*6] しかし、自分もまた、津和野派国学者のように神道を国教化し、天皇制国家を打ち立てた長州閥の統帥・山県有朋の系列官僚として生きていかざるを得ないという諦めが、この歌には滲んでいる。津和野藩に生れ、津和野本学を藩校養老館で学び、高級官僚として受け継がざるを得ない宿命に陥れたものを「魔女」と表現している。

鷗外における宿命とは、福羽美静、「明治初期の神祇官の最有力者であり、明治の祭政一致を形作った者」[*7] との関係である。天皇自らが、敬神崇祖を率先する春季・秋季皇霊祭の新設(明4)は、「福羽美静ら、長州閥につらなる津和野派国学者たちの一貫した構想が、実現したものだという」[*8]。大国隆正は、宣教師御用係(明3)となり一年後に死去したが、福羽美静は、医学校時代の鷗外に和歌の個人指導をし、終生鷗外は、その子孫の福羽子爵夫妻と交際し、令嬢(千代)の結婚式(明42・1・23)に夫妻で仲人として出席している。

図5　由利公正

図4　丸山作楽

（図4・5共に『国史大図鑑』　吉川弘文館　1933・10）

鷗外が関った国語国字問題―仮名遣い問題[*9]――も、淵源をたどってみれば大国隆正・福羽美静が、やり始めた問題で、「大国派福羽美静をはじめ丸山作楽・物集高見・平田東雄といった国学者が名前を連ね、歴史的仮名遣いの立場をとる『かなのとも』[*10]が、明治十五年にできている。鷗外は、臨時仮名遣調査委員（明41・5・25）となり、「仮名遣意見」（同年・6・26）を発表する。ちなみに『かなのとも』の一員である丸山作楽[*11]（図4）もまた、老人で髯が長い。

もともと、「我百首」は、日露戦争の時につけた「うた日記」（明40・9）の流れを汲み、交戦の間の兵士の心情を後に回想した「相聞序」（明43・3・6）において、鷗外は次のように言っている。

明治三十七八年役の時を思ふ。（中略）さういふ間に将卒の心は何物を要求するか。一面には或る大きい威力を上に仰いでそれにたよりたく思ふ。人は神を要求する。他の一面には胸の中に鬱積する感情をどうにかして洩したく思ふ。人は詩を要求する。

つまり、日露戦争のような対外戦争においては、兵士ひいては国民を一体にする「神」と「詩」が必須と言っているわけで、「我百首」を「詩」と呼び、冒頭に神が登場するのは、日露戦争にも匹敵する修羅場に鷗外が投げ込まれたことの謂でもあろう。次男不律の死（明41・2・5、六カ月）と『半日』（明42・3）に描かれる嫁と姑の不和による森家の修羅場と、津和野藩の封印された乙女峠事件を想起させる社会主義者への苛酷な弾圧という日本の修羅場との重なり合いの中に、鷗外は投げ込まれたのである。

2

では、乙女峠事件とはどのような事件なのだろうか。

明治政府は、一八六八（明治元）年から翌年の前半中に、日本全国を政治的・軍事的に統一支配するとともに、キリスト教を弾圧し、神仏を分離し、天皇の神格化と直結する神社信仰、神道を事実上の国教とし、国民の思想的・宗教的統一をはかった。明治元年四月、「新政府、新しい禁令五条の内に切支丹邪宗門禁止の一条を加える」（『近代日本総合年表　第四版』岩波書店、平13・11）。これに応じて、キリシタンへの厳刑（磔刑・斬首・さらし首）の実施に対して、「藩主亀井茲監の名で出された津和野藩の答申」は、「厳刑が事態の根本的な解決策とはならないとしたうえで、万国に卓越した政体を樹立し、その優位性を信徒に諄々と諭す以外に方法がないこと」[*12]を主張した。この「万国に卓越した政体」が、天皇制ということになる。ゆえに、キリシタン弾圧の裏返しとしての神道の国教化には、新政府参与となり神祇局首脳となった亀井茲監と大国隆正と福羽美静とが、深く関っている。五月には長崎浦上地方の教徒の指導者百十四人を一斉検挙、長州・津和野・福山の三藩に分け投獄した。翌年にはその家族約四千人を逮捕し、十九藩に分け、結局津和野藩は百数十名の流罪処分を押し付けられた。[*13] そのことについて、次のような見解がある。

鷗外が米原家に通い始めたこの年（明治元年《筆者注》）の六月、津和野藩に長崎浦上からキリスト教徒二十八名が送り込まれた。これは、明治政府のキリシタン改宗政策を受けたもので、明治三年にも新たに百二十五名が預けられている。藩は始め、改宗はあくまで説得によるという方針で臨むがことごとく失敗し、徐々に肉体的弾圧の方法をとるようになる。

しかしながら、鷗外は生涯の膨大な著述の中にこのキリシタン迫害に関することを一切書き残していない。

（山崎一穎監修『森鷗外　明治知識人の歩んだ道』森鷗外記念館・前出）

現在、乙女峠記念堂のある場所は、キリシタンの流刑地であり殉教地であった。乙女峠は、林太郎少年の生家からは約二キロ、養老館からは約一キロの近距離にあって、風向きによっては、拷責の鞭に打たれて呻くその悲鳴を、林太郎少年は養老館への往き帰りに聞いていただろう。しかも、乙女峠事件に直接または間接に携わっていた、御預異宗徒御用掛総括兼説得方が、林太郎少年の漢学の師であり、遠戚にもあたる米原綱善の実兄金森一峰であった。[*14] のちに、米原綱善の長女思都子は、福羽子爵の女婿の媒酌で、鷗外の末弟潤三郎と結婚（明45・3・30）する。しかし、津和野での挙式に、鷗外は帰郷していない。
鷗外は乙女峠事件について、終生緘黙したが、国家権力による社会主義者への弾圧が始まっていた日露戦後のこの時期、故郷津和野の乙女峠のキリシタン迫害、拷問の暗い記憶が生々しく蘇生し、密かに「我百首」に詠い、吐き出したのではないだろうか。
次に、「我百首」制作の磁場について考えていきたい。

## 3

日露戦争後の不況下、赤旗事件（明41・6）が起こり、社会党を合法化し山県有朋の逆鱗に触れた西園寺内閣は崩壊し、第二次桂内閣の発足（明41・7）を起点とした日本を磁場として「我百首」は展開している。

明治四十一年六月二十二日、荒畑寒村ら、山口孤剣出獄歓迎会で、〈無政府共産〉の赤旗を掲げ、警官と衝突、逮捕される。六月二十五日　内相原敬、天皇に社会主義者の取締の現状について上奏（これより前、山県有朋、西園寺内閣の社会主義者取締の不完全なことを上奏）
（『近代日本総合年表　第四版』・前出）

常盤会を主催する山県有朋に近い位置にいた鷗外[*15]が、この上奏を知っていたとしても不思議ではないだろう。「鷗外先生は山県公に社会主義について講義しているそうです」（小山内薫）という証言（中村文雄・前出）もある。

この上奏の後、病的な主義者嫌いで知られる山県有朋の意を受け、腹心・桂太郎が、社会主義者に対する峻烈な弾圧政策を開始していた。そういう政府の施策は、鷗外に、キリスト教を邪宗として厳しく弾圧し最終的には虐殺した乙女峠事件を想起させたのではないだろうか。

明治元年から三年にかけて、津和野藩は、明治新政府から長崎浦上のキリシタン百数十名を預かった。流罪者には、隠れキリシタンの精鋭が多く、改宗説得と教導は失敗した。その結果は、食べ物をやらない口責め、横にもなれない三尺牢、冬の池での氷責めなど、棄教をせまる卑劣な手段や迫害、厳しい拷問や虐待が行われた。そのため四分の一近い三十六名の殉教者を出している。「こうして乙女峠は浦上キリシタンの尊い殉教の鮮血で彩られ、日本切支丹殉教史に彼等はその栄光を永遠に飾ることになってしまった」（沖本常吉・前出）。

この血塗られた乙女峠事件を鷗外に痛切に想起させたものとして、次の二つを挙げたい。

一つは、「我百首」刊行の二カ月前に出版された北原白秋の『邪宗門』（明42・3）である。「邪宗門扉銘」には十字架に磔になったキリストの版画（石井柏亭）があり、冒頭の「魔睡」の後、「澆季」（末世）という題の宣教師と修道士ら三人が海辺に立っている版画のあと「邪宗門秘曲」が始まる。「末世の邪宗、切支丹《きりしたん》でうすの魔法」に掛かり「血の礫背《はりきせ》に」なって死んだキリスト、またはキリシタンを詠んだ詩だ。キリシタンの磔刑は、血の赤として以下のように続いていく。「禁制の宗門神を、あるいはまた、血に染む聖礫《くるす》」「紅の夢／善主麿《ぜんすまろ》」「紅毛の不可思議国」「色赤きびいどろ」「匂鋭《にほひと》きあんじやべいいる」「南蛮の桟留縞《さんとめじま》」「阿剌吉《あらき》　珍酡《ちんた》の酒を」[16]「林檎」「血潮」「火點る」「血の礫背《はりきせ》」「奇しき紅の夢」と、「邪宗門秘曲」には、血の赤が滴っている。

その血の赤は、当時の人々の脳裏に、「紅毛の不可思議国」のキリスト教を連想させ、キリストあるいはキリシタンの「血の礫背《はりきせ》」から、赤旗事件の「赤」を浮上させる。それが、社会主義思想と西欧的な革命神話への連想になったとも考えられる。

文学史的には、「観念的・思想的なものを斥けた所に、『邪宗門』の『邪宗門』たる所以がある」（矢野峰人）や「唯朧げなるものを暗示するのみ」で「読者は各自の連想作用を此織物に結び付けなくてはならぬ」（木下杢太郎）と評価されている。が、奔放で華麗な詩の言語によって、感覚的に官能的に麻痺したように詠まれたキリシタン礫刑の新体詩集は、鷗外の脳裏に血の赤をしたたらせて、故郷津和野の乙女峠事件を浮上させたのではないだろうか。

もう一つは、「混沌」という題で、「我百首」作成の時期と近接する明治四十二年一月十七日津和野小学校同窓会において講演したことである。鷗外は、思想が激動する時代においては「椋鳥のやうなぽつと出のやうな考えを持つてゐて、どんな思想が出ても驚かない」ことを評価し、「椋鳥的気質」を持っている人として福羽美静を西周とともに挙げている。鷗外自身も、その気質を涵養しようとしてか、講演の二カ月後に「椋鳥通信」（明42・3〜大2・12）を始め、海外の文化等を紹介し始める。それは、鷗外流の符丁で「どんな思想が出て来ても驚かない」ことであり、国学思想にも社会主義思想にも革命神話にも、ひいては様々な宗教にも等距離をとるという暗黙の表明だったのではないだろうか。正に混沌という状態で「我百首」は制作されたということになる。

ハレー彗星が接近し、社会主義者が活動を活発化している社会不安の中、日露戦争後の不況下の日本は、「赤」に導かれてまさに混沌としていたのである。ゆえに、「我百首」に貫流しているものは、「赤旗事件」の赤であり、キリストや隠れキリシタンの流した血の赤であり、その赤は「最期の晩餐」の赤ワインであり、「自分を酔はせる酒」（『妄想』明44・3）であったニーチェの超人思想であり、社会主義者のこれから流されようとしている血の赤（大逆事件、明43・5）であろう。その混沌の原初を描いたのが、難解でなる第一首から第十首である。それらを評釈していく前に、「我百首」のおおよその見取り図を示したい。

4

「我百首」は、「現実から飛躍して詠まれた歌が多い」（平山城児[*17]）「唯雑然と収り集めた百首」（小堀桂一郎[*18]）など先行研究において、分析になじみにくいとみなされてきた。最近では、「彼の生涯にわたる悔恨の想い出である『舞姫事件』を詠った連作」（小平克[*19]）と、解釈されたが、鷗外自身は、次のように説明している。

我百首と題する短詩は、長い月日の間に作つたのを集めたのでもなく、又自ら選んだのでもない。あれは雑誌昴の原稿として一気に書いたのである。其頃雑誌あららぎと明星とが参商の如くに相隔たつてゐるのを見て、私は二つのものを接近せしめようと思つて、双方を代表すべき作者を観潮楼に請待した。此毎月一度の会は大ぶ久しく続いた。我百首を書いたのは、其会の隆盛時代に当つてゐる。
（『沙羅の木』序、大4）

鷗外は「一気に書いた」と回想しているが、実際は「『常盤会詠草』『国民新聞掲載歌』それに『観潮楼歌会』などから数首ずつを選び収めている」（山﨑國紀・前出）。それらを挿入しつつ、「一気に書いた」と想定していってもいいだろう。

この「序」を基にすれば、「我百首」は、日常生活に密着した「あららぎ」の写生的な系列と「明星」のロマン的な物語系列とによって、編み込まれた連作「詩」と考えられる。

「あららぎ」的な系列には、百日咳に罹った二人の我が子が詠まれ、夭逝した不律への挽歌を含みつつ、この修羅場に遭遇した夫婦の亀裂と森家の陰鬱な現状や、回復した茉莉の姿が詠まれている。[*20]「明星」のロマン的な物語系列には、日本神話とギリシア神話を軸に展開し、ひいては、神道を国教化した天皇制国家日本と日本人が詠まれている。

もともと、鷗外は親友の賀古鶴所と共に、日露戦争後発足した山県有朋の主催する常盤会（明38～大11、百八十五回開催）の幹事であった。陸軍上層部に鷗外を排除しようとする動きがあって、それを察知した賀古が、「謀略を防ぐ手段として、山県有朋という大樹の蔭に林太郎の身を置こうとしたのである」（苦木虎雄『鷗外研究年表』鷗出版、平18・6）。常盤会は、兼題方式の伝統的な花鳥諷詠の旧派の和歌の会であった。それにあきたりない鷗外が、「あららぎ」的なものと「明星」的なものとの融合を意図した観潮楼歌会を立ち上げ、ひいては「我百首」を創作する。

また、「明星」の「新詩社の会」のロマンと、「佐佐木信綱君一派」の花鳥諷詠歌と、「伊藤左千夫君一派」の写生歌などの「此等の流派は皆甚だしく懸隔」している。が、「これが皆いつか在来の歌と一緒になつて、渾然たる新抒情詩の一體をなす時代があるだらう」と期待し、その「新抒情詩」として言外に「我百首」の試みを語っている（「相聞序」・前出）。

つまり、「我百首」の創作を、全体的な短歌史、あるいは抒情詩史を俯瞰した上での試みと鷗外は強調しているが、それだけではあるまい。表現したいという奔出するような内面的欲求があってのことで、公私ともに戦場の如き修羅場を抱えた鷗外が、胸に鬱積する感情を吐き出したいという衝迫に駆られて、「我百首」を連作詩として書いたのではないだろうか。つまり、「徹底して類型的発想に終止する」[*21]常盤会歌会では、詠むことのできない内面を洩らすには、「明星」のロマン的な物語の枠組みを必要としたのである。

5

「先頃我百首の中で、少しリルケの心持で作つて見ようとした処が、ひどく人に馬鹿にせられましたよ」

（「家常茶飯付録・現代思想」明42・10）

と、鷗外自身が「我百首」について言及している。それは、次のような恋愛至上主義の歌群（26 すきとほり真赤に強くさて甘き Niscioree の酒二人が中は）などを指し、ニーチェの云う「運命の愛」を思う存分「西欧の近代抒情詩の精神で」（石川淳『森鷗外』岩波文庫、昭53）詠い上げたのであっただろう。代表的な一首を解釈したい。

（46）善悪の岸をうしろに神通の帆掛けて走る恋の海原

「善悪の岸」とは、ニーチェの「善悪の彼岸」から思いついたものか。「当時鷗外が読んでいたニーチェの影響を受けた歌であろう」（平山城児・前出）という指摘が、既にある。また、『追灘』（明42・4）にニーチェの言及がある。「我百首」完成直前に発表した脚本『仮面』（『昴』明42・4）は、結核患者ではないという「仮面」をつけて生きて来た杉村博士が、結核と分かった学生に「善悪の彼岸に立つて」、自分と同じように「仮面」をつけて孤高に生きていこうと励ます。

善とは家畜の群のやうな人間と去就を同じうする道に過ぎない。それを破らうとするのは悪だ。善悪を問ふべきでない。家畜の群れの凡俗を離れて、意志を強くして、貴族的に、高尚に、寂しい、高い処に身を置きたいといふのだ。（『仮面』）

「家畜の群のやうな人間」を超越し、善悪を超えて生きて行くというのだから、善悪を云々しないで神が許してくれた恋を生きていくのだと、私的な個人の感情にまで介入してくる国家に対して、「神」を出して挑戦的に「愛」を詠っている。

こういう傾向の歌を「我百首」の解釈として全面に出すこともできる。けれども、それは、津和野派国学と「乙女峠事件」を詠い、キリシタンを弾圧し神道を国教化した天皇制国家のはらわたと「夢に生き夢に死ぬ」(91)国民という捉え方を盛り込んだ歌群を隠蔽するための鷗外の「仮面」ではなかっただろうか。この「仮面」の内部に既に個人と国家の抜き差しならない対峙が秘められているのだが。

鷗外がその「仮面」を脱いだのは、「岩見ノ人森林太郎トシテ死セント欲ス」という遺言においてであり、中村不折の字で彫られた「森林太郎墓」の墓標に表れているだろう。

## 終わりに

相反する二つの系列(明星派系列とアララギ派系列)によって編みこまれた「我百首」に通底するものは、肉体を死に至らしめる悲惨で残酷な血の赤と、ニーチェの超人思想という葡萄酒のように肉体を酔わせるイデオロギーとしての赤である。ニーチェは、古代ギリシアの文献を考察する文献学から出発し、キリスト教の道徳について分析し、近代の西洋が「神の死」というニヒリズムのうちにあると主張し、西洋近代を批判した。「我百首」は、『古事記』によって正当化されている万世一系の天皇制国家・日本近代の擬制を、津和野派国学と乙女事件をからませながら透視した。

それを可能にしたのは、明治四十年に歌道御用掛でもあった福羽美静が逝去し[*22]、津和野派国学の箍が緩んだことと、結核患者ではないという「仮面」をかぶっているという罪の意識と、脚気問題における慚愧の念を超えるために、ニーチェの超人思想という「自分を酔はせる酒」（前出）をしたたかに飲んだことによるだろう。様々な「赤」のイメージに翻弄されて、[23]鷗外は「我百首」を制作したのである。

様々な赤は、掉尾の歌に凝縮され、その理由が明かされる。鷗外自身が「我百首」のまとめとしている第百首目を、評釈して終わりとしたい。

（100）我詩皆けしき臓物《ざうもつ》ならざるはなしと人云ふ或いは然らむ

この私の連作である「我百首」は、理解しがたい「臓物」（罪を犯して得た物）であると人は言うだろう、あるいはそうかもしれないと自問し半ば肯定している。罪を犯しているので、誰にも見せず隠してきた私の血にまみれたはらわたを「我百首」という詩にぶちまけたということになる。（詳しい注釈は、次章の評釈「我百首」の（100）を参照。）

その結果、あぶり出されてきたことは、苛酷な弾圧をする対象はキリシタンと社会主義者と異なるが、弾圧する側は同じで津和野派国学を基盤として立ち上がった天皇制国家を支える「侏儒のまゐ」である。

ニーチェの言う神の死に重ねて天皇の死も予想される危機的な社会状況の中、天照大神を中心とする津和野派国学の中心に運命的に産み落とされた鷗外は、「我百首」制作過程において、諦観とともにその位置を受け入れようとしているのではないだろうか。

鷗外がもう一つ詠いたいことは、不律の夭逝で、アララギ派系列として後の斎藤茂吉の連作「死にたまふ母」(『赤光』大2)に匹敵する挽歌として、詠んだ。にもかかわらず、本論(4)の冒頭で紹介したように「我百首」は、「うまくもない新発明の歌」(石川淳)「現実から飛躍して詠まれた歌が多い」(平山城児)、「唯雑然と収り集めた百首」(小堀桂一郎)、「『舞姫事件』を詠った連作」(小平克)等と評価されて来た。これらの評価は、山県有朋系官僚として歌のテーマを隠さねばならないという作者の意図に幻惑されているだろう。幻惑されなかったのは、「『我百首』が傑作[26]」とし、鷗外の文学的貢献の五つの面の第三に抒情詩として挙げた加藤周一のみかもしれない。

実のところ鷗外は、津和野藩出身という呪縛を受けながらも、真剣に自己の持てる短歌の技を縦横に駆使し、不律の夭逝と津和野の乙女峠事件を芯に家庭と国家の修羅場を詠んだのである。特に後者については、国体を護持するためには、乙女峠事件に類似する社会主義者弾圧に踏み切らざるを得ないというおぞましい罪の予感の中で制作されたのではないだろうか。

弟殺しを描いた『高瀬舟』(大5・1)を安楽死の是非を巡る作品研究から、山﨑正純『丸山眞男と文学の光景』が、哲学館事件[24]の「動機善にして悪なる行為ありや」の「問いの先端にこの弟殺しのエピソード」を創出したと評し、安楽死問題という[25]、いままでの評価軸を見事に転換させたが、『我百首』においても、国体を護るために社会主義者弾圧という「悪の行為」を犯さざるを得ないという罪の意識に心身を引き裂かれながらも、天皇制国家の基盤となった津和野派国学と、峻烈な社会主義者弾圧をせざるを得ない日本と日本人のあり方を詠わずにおられなかったと言えるだろう[27]。

まさに、明治という国家と個人が、ぎりぎりときしんでいる内面を詠って、迫力のある百首連作詩である。

注

＊1　津和野藩主（第十一代・一八二四〜一八八五）参与職神祇事務局判事・神祇官副知事・麝香間《じゃこうのま》祇候・津和野藩知事・華族会館幹事などを歴任。（『日本人名大事典』平凡社、昭54〈一九七九〉・7）

＊2　森静雄（一八三五〜一八九六）森家の婿養子で、峰子の夫。津和野藩の典医で藩主の上京に従って、林太郎を伴い出郷。「萎縮腎と肺気腫で没した」（森於菟『父親としての森鷗外』大雅書店、昭30〈一九五五〉）

＊3　大国隆正（一七九二〜一八七一）幕末維新期の国学者であり津和野藩士。尊王敬神と誠を核とする教えを説き、それを「本教」「本学」（彼自身は津和野本学と称した）と名づけ、また「大攘夷」を唱え開国を勧め、天照大神を重視し平田派国学と決別した。門人に福羽美静・玉松操がいる。（『明治維新人名事典』日本歴史学会編、吉川弘文館、平3〈一九九一〉・9）

＊4　福羽美静（一八三一〜一九〇七）幕末明治の津和野藩の国学者、天皇の侍講、官吏（神祇事務局権判事・参事院議官・錦鶏間祇候・貴族院議員・歌道御用係など）、子爵。国学のほかに和歌にも長じ、また書をよくした（『明治維新人名事典』・前出）

＊5　鷗外は、亀井家十二代茲明（一八六一〜一八九六）のドイツ留学中には家庭教師の紹介などの世話をし、分家の破産問題で家政会議にあずかり、亀井氏の奨学生の選考をし、明治三十九年にはその奨学生のための菁菁塾の理事長になっている。一年後には「亀井伯家家政相談人を委任」（当主は茲常、「自紀材料」明40・9・8）され、四十一年二月二十二日、三月二十二日とも福羽子爵とともに亀井家の家政を協議している（「日記」）。

＊6　「『普請中』論――語り手という視点から――」（本書所収）において詳しく論じた。

＊7　ジョン・ブリーン「幕末維新期の神道思想について（『宗教と国家』日本近代思想体系　五　付録、岩波

書店、平1〈一九八九〉・9）による。

＊8　武田秀章「近代天皇祭祀形成過程の一考察――明治初年における津和野派の活動を中心に――」（井上順孝・阪本是丸編『日本型政教関係の誕生』第一書房、昭62〈一九八七〉・2）による。なお、春季皇霊祭・秋季皇霊祭は、祝日となり、現在は春分の日・秋分の日。

＊9　明治四十一年五月二十五日　臨時仮名遣調査委員となる。六月二十六日　臨時仮名遣調査委員会で「仮名遣意見」を演説して文部省案に反対。六月「仮名遣意見」（私費印刷）（「年譜」）。

＊10　小森陽一『日本語の近代』（岩波書店、平12〈二〇〇〇〉・8）による。

＊11　丸山作楽（一八四〇～一八九八）明治の政治家、帝国憲法及び皇室典範の制定に従事。元老院議官、貴族院議員。神祇官の再興に力を注ぎ、神道、教育界、及び社会事業に盡悴した。（『日本人名大事典』・前出）

＊12　家近良樹『浦上キリシタン流配事件――キリスト教解禁への道』（吉川弘文館、平10〈一九九八〉・2）による。

＊13　沖本常吉『乙女峠とキリシタン』（津和野町教育委員会、昭46〈一九七一〉・7）

＊14　中村文雄『森鷗外と明治国家』（三一書房、平4〈一九九二〉・12）参照。「森家と米原家の関係は深く、米原綱善の養母於千代は、鷗外の祖母於清の妹で、娘静《ママ》子はのち鷗外の弟潤三郎の夫人となる」（山崎一穎監修『森鷗外　明治知識人の歩んだ道』・前出）による。

＊15　渋川驍「文筆や趣味のことが話題の中心になっていただろうが、時に、政治や思想の問題に話題が移ってゆくこともあったろう」（『森鷗外――作家と作品』筑摩書房、昭39〈一九六四〉・8）による。

＊16　以下（　）内は、吉田精一『日本近代詩鑑賞――明治編』（創拓社、平2〈一九九〇〉・6）による意味である。「でうす」（キリスト教における神）、「あんじゃべいいる」（オランダ語でカーネーション）、「阿刺吉」（オランダの火酒、アラク）「珍酡」（ポルトガルの赤ワインのヴィーノ・タィント）、「善主麿」（Jesus）でキリスト。

＊17　「我百首の構成」『鷗外「奈良百首」の意味』（笠間書院、昭50〈一九七五〉・10）による。

＊18 『森鷗外――批評と研究』（岩波書店、平10〈一九九八〉・11）による。

＊19 小平克『森鷗外「我百首」と「舞姫事件」』（同時代社、平18〈二〇〇六〉・6）や山﨑國紀『評伝　森鷗外』（大修館書店、平19〈二〇〇七〉・7）などによる。前者についてはまた歌番号を踏襲させていただいた。

＊20 （40）護謨をもて消したるままの文《ふみ》くるるむくつけ人と返ししてけり

当時は、鉛筆や護謨消しなどの文房具が、まだ珍しかった。茉莉が、遊びで鉛筆で書き、護謨で消した跡のある手紙を父・鷗外に渡した。その手紙を、私は無礼な人とあきれてそのまま返したのであったなあ。ここには、不律とともに百日咳にかかり死線をさまよった茉莉が、元気になって鉛筆と護謨消しで遊んでいることを詠っている。エリーゼ説（小平克・前出）があるが、親子の戯れを詠んでいると鑑賞してもいいだろう。初出は『國民新聞』（明42・1・30）。

（93）をさな子の片手して弾《ひ》くピアノをも聞きていささか楽む我は

幼子が、戯れに片手で弾いているピアノを聞いて、私は少し楽しい気分になっている。幼子とは茉莉のことで、（40）と同じく回復した娘のピアノの響きに嬉しさがこみあげている。

以上のような、日常生活に材を採ったアララギ派系列の写生歌も多いが、拙論の趣意から省略した。それらを含めて百首全体の連作としての評釈を、次章に収録している。

＊21 笠原伸夫「森鷗外における旧派和歌」（『森鷗外研究　五』森鷗外研究会編、和泉書院、平5〈一九九三〉・1）による。

＊22 「十九歳で肋膜炎を患ってから以降ずっと結核性の疾患をもち続けていた。（略）「自覚開放性結核患者」で「結核であることを隠し続けるために『仮面』を被り、決して脱がなかった」（福田眞人『結核の文化史』名古屋大学出版会、一九九五　平7・2）による。『我百首』制作以前にも「明治四十年七月十八日、胸膜炎再発の徴あり」（「自紀材料」）とある。

＊23 蓮實重彦『「赤」の誘惑――フィクション論序説』（新潮社、平19〈二〇〇七〉・3）に、『妄想』に表出される「赤」について詳しく論じられている。

＊24　明治三十五年十二月「文部省、哲学館講師中島徳蔵の倫理学講義を、国体を損う不穏な学説とみなし、同館卒業生に対する中等学校教員無試験検定の特典を剝奪」『近代日本総合年表』・前出）による。

＊25　「〈国体〉と学問との困難な関連を考究し、大逆事件の衝撃に自ら対峙を試みた五条秀麿の後継の位置に立つ作品であることをまず確認しておくべき」（洋々社、平20〈二〇〇八〉・4）と考察されている。

＊26　加藤周一『日本文学史序説下』（筑摩書房、昭55〈一九八〇〉・4）による。

＊27　次の書簡が、鷗外の内面をよく語っている。

「古き歌を善く詠む人には新しき境地に丸でわからぬ処があり又新しき歌を詠む人も皆偏頗にて已れと違ふ趣味は排斥するやうに相見え候小生は下手ながらどなたにも絶対的に服従不仕候定めてあいそのつきたる事と御聞取被成べきやう存じ候へ共御催促を受けて已むことを得ず意中をかくさず申述候他に御吹聴は御無用に被成度候早早」（明42・6・28　伊藤伊三郎宛、傍点筆者）。

# 「我百首」評釈

## （1）斑駒《ぶちごま》の骸《むくろ》をはたと抛ちぬOlympos なる神のまとゐに

「斑駒の骸」とは、「逆剝《さかは》ぎに剝《は》」いた血だらけの「天の斑駒」で、須佐之男命が天照大神の機織小屋に投げ込んだものである。「天の服織女《はたおりめ》見驚きて、梭《ひ》に陰上《ほと》を衝《つ》きて死にき」[*1]（『古事記』）と続く。須佐之男命の乱行は乙女の凄惨な死を招き機織小屋は血の赤で染まる。天照大神の弟の須佐之男命は、荒振る神で、この乱行から天の岩屋戸の事件が起こり、高天《たかま》の原から追放された。高天《たかま》の原からOlympos 山が連想され、最高神ゼウスが主催するOlympos 山の十二神の宴（円居）に、「斑駒の骸」が突然放り投げられ、日本神話とギリシア神話は架橋される。

全知全能の神ゼウスは、空を支配するとともに、政治・法律・道徳などの人間生活を支配する。日本神話とギリシア神話をすりあわせているわけだから、そこから炙り出されてくるのは、天皇とゼウスの重なり合いということになるだろうか。鷗外の混沌とした心情のなか想起されたのが、日本神話の須佐之男命であり、ギリシア神話のOlympos の十二神ということになる。

鷗外は、「我百首」の第一首を、『古事記』の須佐之男命の皮剝神話で始めた。それは、神道の「罪申す」形式[*2]を踏んでいるからであり、百首の基底を流れる血の「赤」の鮮烈な顕示である。その須佐之男命神話にキリスト教以前のギリシア神話をより合わし、西洋の世界の始原に日本神話を投げ込んだことになる。

『明星』で流行していたギリシア神話と、青木繁の「海の幸」（明37・9）「わだつみのいろこの宮」（明40）[*3]などの絵画の題材である日本神話に拠り、明治ロマン主義の色合いに染められた物語枠組みを作っている。とともに、Olymposの十二神とは、鷗外が終生仕えた、第十二代茲明[*4]を含めた亀井家の比喩であり、藩校・養老館の信奉する山崎闇斎派の神道から出て、天照大神を重視する、第十一代亀井茲監[*5]を中心とした津和野派国学者の集いを婉曲に指しているのではないだろうか。冒頭に対応する掉尾（100）が、罪を犯した須佐之男命に鷗外自身を喩えていることが、証左の一つである。

我詩皆けしき臟物《ぞうもつ》ならざるはなしと人云ふ或は然らむ

私の詩（「我百首」）は皆、異様な、血にまみれたはらわたで、「罪を犯して得た物」（法律用語）であると人は言う。或いはそうかもしれないという作者の認識は暗い。

冒頭の須佐之男命の凶行からひきおこされた乙女の凄惨な死には、乙女峠から連想された「乙女」と津和野藩の隠れキリシタンの流罪処分（改宗説得失敗のため、食べ物をやらない口責め、横にもなれない三尺牢、冬の池での氷責めなど、棄教をせまる卑劣な手段や迫害や虐待）[*6]の結合が密かに重ねられているだろう。

掉尾には、日露戦争において脚気問題の誤りのため陸軍の多くの将兵を病死させ、[*7]さらに山県有朋主催の常盤会[*8]参加から社会主義者への弾圧が予知され、弾圧する側となる自分の罪を間接的に表現したとも言える。その罪の中には、次男不律の安楽死[*9]とも考えられる夭逝や自己の結核の秘諾問題[*10]も含まれていただろう。

この冒頭と掉尾の枠組みは、「我百首」に津和野藩ひいては明治国家の罪と自己の罪が詠われていることを明瞭に示し、公私どちらの修羅場にも血の赤が流れている。

隠れキリシタン流罪処分（乙女峠事件）について、鷗外は生涯にわたって緘黙したと言われているが、「我百首」のロマン的物語枠組みの中で秘かに詠まれているだろう。ゆえに、津和野藩と自己の罪を秘めていた第一首の次には、イエス・キリストが登場する。

## （2）もろ神のゑらぎ遊びに釣り込まれ白き歯見せつ Nazareth の子も

須佐之男命は、ギリシア神話の軍神のアレスに模され、アレスと情を通じていたと言われる、アフロディテ（エロスの母）の二人の神の笑い遊ぶのに釣り込まれて、ナザレの子であるイエス・キリストも笑って白い歯をみせるという、いわゆる聖家族が描かれている。それは、鷗外と志げと不律の比喩でもある。

アレスは、特に残酷な血なまぐさい戦いの神で、アフロディテは美・恋愛・豊饒の女神で、イエスには夭逝した不律をひそかに重ねているだろう。乙女峠事件を基底にしているこの連作は、軽々とギリシア神話からキリスト教へと移行する。それは、西洋の思想を始源から照射しようとする遠近法的まなざしによるものであろう。

「天つ罪」を犯した須佐之男命は、鷗外であり軍神アレスに喩えられているのだから、アフロディテは美の女神でいわば天上界の華であり、「少々美術品ラシキ妻」（明35・2・9 賀古宛書簡）で、志げを喩えており、次の歌に、「天の華」として登場する。

## （3）天《あめ》の華石の上に降《ふ》る陣痛《ぢんつう》の断えては続く獣《けもの》めく声

志げは既に杏奴を妊娠中で、この歌が「四月中に詠まれたとするならば、夫人は妊娠九カ月目にあた」（平山城児）り、出産を間近に控えている。不律の一周忌を過ぎ五月五日の端午の節句を前に、妊娠中の胎児は、死去した不律の代りに誕生するのだという意識もあっただろう。共通するのは、妻の出産で、「石」とは白い堅いベッドの比喩で、天の華である志げが、地上に降りてきて産辱のベッドに横たわり、陣痛の苦しみのため断続的に獣のような声を漏らすという生々しい一首だ。その陣痛の結果、次の「小き釈迦」が誕生した。

## （4）小き釈迦摩掲陀の国に悪を作《な》す人あるごとに青き糞《ふん》する

「小き釈迦」とは、（2）のイエス・キリストの転位したものであり、不律を喩えているだろう。「青き糞」とは、誕生したばかりの赤ん坊が排泄する緑便であり、死を迎える人が排泄する緑便である。前歌のように志げは、苦しい陣痛の後に、不律を出産した。不律は誕生してまもなく緑便をし、百日咳から肺炎となり死が間近になって、また緑便をしたのであろう。それが複数を暗示させる「ごとに」という言葉を引き出しているとともに、須佐之男命の神話系列にある「田作りの侵害・皮剝・大便」などの「天つ罪」の大便からの連想でもあるだろう。

「摩掲陀の国」とは、古代、仏教・ジャイナ教が興った中インドの国で、（2）のNazarethの、イスラエル北部の町と対応して表出され、「小き釈迦」に喩えられる不律の誕生した、日本の比喩であり、「悪を作《な》す人」とは、不律の生きた日露戦後の不況下（明40〜41）において、活動を活発化している社会主義者と彼らを弾圧する政府首脳なのではないだろうか。鷗外の理想とした体制は「国体ニ順応シタル集産主義」（賀古鶴所宛書簡　大8・12・24）であった。

## （5）我は唯この菴没羅菓《あんむらくわ》に於いてのみ自在を得ると丸呑にする

前首のような社会不安に巻き込まれず、思いのまま本来の自分としておられるのは、菴没羅菓（マンゴー）を食べる時だけなので、丸呑みする。「菴没羅菓《あんむらくわ》に於いて自在を得るのみ」は阿育王（アショーカ王）の言葉として『阿育王事蹟』（大村西崖と共著　明42・1）にある。『我は……得る』までの二十四文字は、（中略）鷗外の「阿育王伝」中の言葉である」（平山城児）。阿育王は、「最後の布施なり」

と言って瞑目する。供え物が牛や羊などの動物から、植物に転換され、肉食を禁じた仏教徒たる王の清冽さを感じさせる。自分を仏教を広めた阿育王に喩え、西洋医学と衛生学を日本の国に広めたけれども、最期に及んでは自分を安堵させるものとしては、マンゴーのみしか残らないという暗いニヒルな心情を詠んでいる。

### (6) 年礼の山なす文《ふみ》を見てゆけど麻姑のせうそこ終にあらざる

山をなす年賀状を見ていっても、そこには、鳥のような長い爪の若い娘の姿をした道教の仙女・「麻姑」の消息がないので、前歌において自分の死期を意識したけれども、まだ「麻姑」とともに天に昇らなくてもいいようであるという歌意だろう。マンゴーの対として、仙果・桃を連想し仙女「麻姑」に至り、インドから中国へ、仏教から道教にと視野を広げ、「麻姑」の描かれる中国神話「神仙伝」に歌材を採っている。

### (7) 憶ひ起す天に昇る日籠《こ》の内にけたたましくも孔雀の鳴きし

天に昇る「麻姑」という前歌から、「麻姑」が天に昇る日、押し込められていた籠の内でけたたましく孔雀[*11]が鳴いた。孔雀は、仏典(仏母大孔雀明王教)などに説かれ、一切諸毒を除くとされる孔雀明王を想起させ、世の「穢れ」を救済するはずのものが、「籠の内」に押し込められ、世界は穢れたままだということになる。キリストが昇天する日も視野に入れれば、仏教とキリスト教を架橋しようとしている。

阿弥陀を本尊とし滅罪などを祈願する阿弥陀教を思い起こし、阿弥陀仏の乗物である孔雀が、歌材として採られたのだろうか。なお、周知の通り阿弥陀仏は、浄土宗・浄土真宗などの本尊である。

## （8）此星に来て栖みしよりさいはひに新聞記者もおとづれぬかな

前首の昇天と、現実のハレー彗星の接近から、地球を一つの星と位置づけし、天から地に来て栖み始めてから、幸いなことに嫌な新聞記者が訪問して来ないなあと詠んだ。この頃の鷗外について、啄木は次のように書き残している。

先生は近頃非常に新聞記者をイヤがつてゐた。「この里に来てすみしより漸くに新聞記者も訪ねこぬかな」といふ歌を作つたと言つてをられた。

（「啄木日記」明42・1・16）

この歌は、改作ととれるが、新聞記者への嫌悪感が深まっている。それは、「陸軍省に出入りする新聞記者等の会合する北斗会」で、「席上東京朝日新聞記者村山某、小池は愚直なりしに汝は軽薄なりと叫び、予に暴行を加ふ」（『日記』明42・2・2）という事件が起ったせいだろう。次の日の二月三日は、不律の一周忌にあたる。

## （9）或る朝け翼を伸べて目にあまる穢を掩ふ大き白鳥

前首をうけて嫌悪すべきことのある東京と、社会不安や社会主義者の活動、またはそれに対して峻烈な対策をとる政治などを「穢れ」とし、それを浄化する雪の白に、『古事記』にある日本武尊の逝去の際の白鳥伝説を重ね合わせたのだろう。雪の白が（2）の「悪を作す人」の「穢れ」を清め、「穢れ」に満ちた場所としての東京を逆照射し、一面の雪に覆われた東京を、翼を伸ばしている白鳥に喩えている。「我百首」は、一月（小平克説[*12]）から四月（平山城児説）にかけて制作されたと推定され、連日にわたって雪が降った日々は、印象深く『日記』には次のように記録されている。一月九日・十日「雪未だ歇まず」、十三日にも「前の雪未だ消えぬに又雪降り出づ」。雪の清らかさは、鷗外にとっても昨年の弟篤次郎[*13]と次男不律の死の耐え難い心痛と不幸を浄化したことだろう。

## （10）雪のあと東京といふ大沼の上に雨ふる鼠色の日

一月十八日「雪明けてより盛に降り出づ」、十九日は、「雪後の雨。泥濘」（『日記』）で、歩きにくく、「大沼」と喩えた。沼は、一度足を踏み入れたら、ずるずるとひきずられ、足が抜けず、消極的に自滅していくところである。「東京」を「大沼」として捉えたのは、（8）の「穢れ」に満ちた場所・東京を首都とする明治国家の暗い認識とそこから抜けられない自分の諦めを静かに見つめているからだろう。「東京といふ大沼」という認識は、（1）の「Olymposのまとゐ」のもう一つの表現で、（89）

の「髯長き侏儒のまとゐ」の支配する日本と、(91)の「夢に生れて夢に死ぬる民」の住む国に繋がる。ちなみに、「五箇条の御誓文」の草稿を作成し四代東京府知事に就任した、由利公正(一八二九〜一九〇九)もまた髯が長かった。*14

### (11) 突き立ちて御濠《みほり》の岸の霧ごめに枯柳切る絆纏の人

この歌から(13)までは表面的には嘱目詠の叙景歌で、(14)はそれらの風景を照射する太陽とその惑星・地球と、そこに生きる自分を表出しているが、これらの歌群は(15)の「重き言」を、効果的に引きだすための前段階なのだろう。御濠とは皇居の濠のことで、その岸で霧に込められながら、半纏を着た植木屋が枯れた柳を切っている。枯柳を切った後には、みずみずしい芽が芽吹く。冒頭の皮剝の対で植物版の死と生の再生ということになる。

### (12) 大池の鴨のむら鳥朝日さす岸に上りて一列《つら》にゐる*15

「大池」が「不忍の池」としても、「御濠」を「大池」と言い換えている背後には大津皇子の辞世の歌「ももづたふ磐余の池に鳴く鴨を今日のみ見てや雲隠りなむ」が、響いているのではないだろうか。持統天皇の仕組んだ陰謀によって死を賜った大津皇子の眼が、最期に捉えた鴨(「霊魂の保持者としての水鳥」池田弥三郎『万葉集』世界文化社、平18・1)が、群がってきて朝日の射す岸に上がり一列に並んでいる。また、旧日本帝国の軍旗が旭日旗なので、その旗の下に並ぶ兵隊を詠じたともとれる。（9）（10）と関連しており、密かに殺戮を封じ込めてきた天皇制の罪を叙景歌の底に沈めて居る。（72）「大多数まが事にのみ起立する会議の場《には》に唯列《なら》び居《を》り」にも響くものがある。「朝日」から、次歌はその光線に移る。初詠は第三十回常盤会歌会（明42・2・21）で、出詠歌題は鴨・霰・箒であった。

**（13）日の反射店の陶物《すゑもの》、看板の金字、車のめぐる輻《や》にあり**

太陽光線が反射して、店に並べてある陶器や看板の金文字や人力車の回る車輪の輻《や》に光っている。反射光は実体のないものだがその輝きは美しく、人々は魅了される。「車をめぐる輻《や》」からの連想が、次の（14）の太陽の周りを永久に回転しつつある一惑星・地球を引き出してくる。太陽神は、ゼウスの子・アポロンであり天照大神であろう。

**（14）惑星は軌道を走る我《われ》生きてひとり欠し伸せんために**

「此星」（8）の地球という惑星は太陽を中心とした軌道を走り、私もまた天照大神の子孫と言われる天皇を中心とした軌道を走るために、山県有朋系官僚として日々、陸軍軍医総監・陸軍省医務局長として勤務している。が、それは生活するなかで、一人でただ欠伸するためのようだというニヒリズムを歌とした。

明治四十三年五月十九日、ハレー彗星が、最も接近したが、一年前くらいから流言飛語が飛び交っていたので、地球は太陽系惑星という認識が強化されていただろう。天変地異にかぶせるように、大逆事件という「司法殺人」（中村文雄[*16]）が演出されたのかもしれない。

## （15）重き言《こと》やうやう出でぬ吊橋を渡らむとして卸すがごとく

山県有朋の直言を受け入れ、社会主義者を徹底的に弾圧するという重い言（決断）が、天皇から発せられた。それは、一筋の今にも切れそうな吊橋（天皇制）を渡ろうとして、重荷となる社会主義を谷底に突き落すようなものである。国家内に宿ったイデオロギーの胎児を堕ろ（卸）せば、母体である天皇制が危険にさらされるかもしれないという危惧が、吊橋を想像させたのか。

「我百首」には、（2・4・17・25・28～35）のように不律へのレクレイムの歌の流れがあり、明治四十一年の時間も一年後の現在の時間と輻輳して制作されていたと考えられ、この歌は次のような時勢の動きを詠んでいるだろう。

明治四十一年六月二十五日　内相原敬、天皇に社会主義者取締の現状につき上奏（これより前、山県有朋、西園寺内閣の社会主義者取締の不完全なことを上奏）

明治四十一年七月四日　西園寺内閣総辞職

（『近代日本総合年表　第四版』岩波書店、平13〈二〇〇一〉・11）

「明治時代の人というのは、なにか一年前とか一年後というのに非常にこだわったのじゃないかと思う」（前田愛対話集成Ⅰ『闇なる明治を求めて』みすず書房、平17・12）という前田愛発言がある。

（16）空中に放ちし征箭《そや》の黒星に中りしゆゑに神を畏るる

前歌に詠み込まれた「吊橋」のような天皇制の基礎となった津和野派国学について暗い思いを巡らせている。空中へ放たれた戦いの矢が、太陽に命中し日本神話の太陽神である天照大神を主軸とする津和野派国学が、大国隆正[*17]によって構築され、明治新政府のイデオロギーのよりどころとなった。そういう国家神道が許されるのか、不安になって私は神に対して畏まるのだ。キリスト教を突き放し、天照大神を中心とし、その子孫という万世一系の天皇を神格化する明治国家は、西洋的知性にとって、あり得べきことではなく何か悪いことがおこるのではないかという不吉な思いを「黒星」として形象し、作者の漠然とした不安感を詠んだ。

（17）脈のかず汝達《なむたち》喘ぐ老人《おいびと》に同じと薬師《くすし》云へど信ぜず

百日咳から肺炎になり呼吸困難になっている不律の脈の数は、死に近いあなたたち老人の喘ぐ脈の数と同じだと医師は言うけれども、私は信じない。前歌の明治国家に対しての不吉さと、神への畏敬をひきずった天へのまなざしを地に転換し、不律の百日咳の際の医師の診断を詠んだ。この転換は「我百首」が、明星派のロマン主義とアララギ派の写生歌という相反する系列によって編み込まれていることをよく示している。

（18）「友ひとり敢ておん身に紹介す。」「かかる楽器に触れむ我手か。」

「友人を一人特にあなたに紹介する」とあるが、「敢て」（副詞）は、打ち消しの語に伴って使用される場合もあるので上句に否定的ニュアンスが滲み、下句の「か」の反語を強調している。友の類い希な文才という名器に触れられる我手であろうか。いや、「神を畏れ」る罪人である私の手が触れることはできない。友とは、吉井勇か太田正雄（木下杢太郎）であろう。次の「日記」が示している。

吉井勇、太田正雄共に来ぬ。吉井は初めて作りて《ママ》脚本を出して示しつ。（「日記」明42・2・15）

（19）綴ぶみに金の薄《はく》してあらぬ名を貼《お》したる如し或人見れば

「或人」とは、前歌に登場した木下杢太郎だろう。彼の綴った文にまだ金箔で名前を貼ってはいないけれども、その文才・語学力・医学生としての能力において右に出る者はいないから、その将来を買い金箔で貼ってあるように感じる。四十一年八月、帝国大学医学生太田正雄は観潮楼歌会を訪れ、創刊された（明42・1）「スバル」の外部執筆者となり、戯曲「南蛮寺門前」（明42・2）を発表した。

（20）寡欲なり火鉢の縁に立ておきて暖まりたる紙巻をのむ

『半日』（明42・3）で描かれた博士の唯一の贅沢が、煙草を喫することだという一文を想起させる。博士は葉巻に火を付けた。（略）道楽は煙草丈である。それも紙巻は嫌で、高い葉巻は奢りだといふので百本二十円のVictoriaに極めてゐるのである。

この描写は、紙巻でなく葉巻で、特にハバナ産の高級葉巻を好んでいた鷗外の私生活を反映していると言われている。この歌は前歌から若い才能ある人の日常生活を連想し、また「紙巻莨の箱を手に取り」（リルケ『家常茶飯』）から、貧乏な若き芸術家の日常生活ということで「紙巻」となり、火鉢の縁に立てておいて暖まった紙巻をのむのは、欲の少ないことだと思いやっている。

（21）おのがじし靡ける花を切り揃へ束《たば》に作りぬ兵卒のごと

それぞれが、自分に靡いている花、つまり自分が捉えられる世界を不必要な部分を切って揃えて、原稿の束にして戯曲などに作った。まるで、文学の前線で戦う兵士のように。これは、木下杢太郎に続いて吉井勇の戯曲（「午后三時」「スバル」明42・3）が持ち込まれたことを詠っているのではないだろうか。「午后三時」が坪内逍遙に激賞されたことを鷗外が我が事のように喜んだと吉井勇は回想している（「或る日の鷗外先生」『文豪鷗外森林太郎』「新小説」臨時増刊　大11・8・1）。

（22）一夜をば石の上にも寝ざらんやいで世の人の読む書《しょ》を読まむ

さあ、世界で流行しているニーチェの書（小平克説）を読もう。一夜のベッドを冷たい石に替えるのは、ニーチェの「良心のやましさ」と「死の礼讃」により、自分の罪の重さにさいなまれ死に魅惑されるからである。故に、暖かいベッドが冷たい石に替わる。第三首でも、産褥のベッドを石に喩えている。前歌で詠まれた若い作家に負けまいとしてという含意が隠されているだろう。

（23）黙《もだ》あるに若かずとおもへど批評家の飢ゑんを恐れたまさかに書く

沈黙している方がいいと思うのだが、発表作品が無いと批評家が食べられないで飢えてしまうことを恐れて、私はたまには書く。前歌のベッドから夫婦生活を連想し、自分の家庭生活を描いた最初の口語体小説『平日』（明42・3）と、自己の病・結核を隠して生きようと励ます戯曲『仮面』（明42・4）の発表が、批評家の対象になったので、皮肉な気持ちで詠んだ歌といえよう。

（24）あまりにも五風十雨の序《ついで》ある国に生れし人とおもひぬ

「五風十雨」とは五日に一度風が吹き、十日に一度雨が降るということで、農作業に好都合のような順序のきちんとある日本という国に生れたとしみじみと思ったと詠んだ。「序」とは、嫁と姑のあり方をめぐる家制度や官吏としての位階なども含みこむと考えられる。『半日』が提起した嫁姑問題の根幹が日本という国の「序」にあり、その「孝」にいささかうんざりしているといえようか。後に、「家常茶飯付録　現代思想（対話）」（明42・10）で、「主人公の画家の姉さんとおつ母さんとの間の関係」は「われ〳〵の教へられてゐる孝といふ思想は跡形もなく破壊せられてしまつてゐ」て「一体孝でも、又仁や義でも、その初に出来た時のありさまは或は現代の作品に現れてゐるやうな物ではなかつたのだらうか」と疑問を呈している。

## (25) 伽羅は来て伽羅の香《か》、檀は檀の香《か》を立つべきわれは一星《せい》の火

最上の沈香である伽羅を焚くと伽羅の香がし、白檀を焚くと白檀の香がたちのぼるはずだ。私が燃え続ける一つの小さな星のような火となって、弟篤次郎と不律への手向けの香を焚くのだから。去年相次いで亡くなった二人の仏前に供える伽羅と白檀のくゆらせるべき香の中に、二人を亡くした深い悲しみが揺曳している。『金毘羅』に息をひきとった赤ん坊の次のような描写がある。

赤さんは宮詣の時着た黒地に竹の縫模様のある縮緬の紋付に着せ換へられて、急いで縫つた白金巾の布団に寝かされた。取り敢へず枕許には燭台と香炉とが置かれて、香炉からは線香の煙が立ち昇るのである。（明42・10）

伽羅も檀も不律に手向けられたと考えてもいいが、「栴檀は双葉より芳し」という言葉があるので、双葉から不律を連想した。大きな可能性を秘めているはずの不律の夭逝への哀傷が響いてくる。

（26）すきとほり真赤に強くさて甘きNiscioreeの酒二人が中は

志げと自分の仲を真っ赤で透明でアルコール度が高く甘いワインに喩え、私は四十歳で志げと結婚して、深く強く甘く愛しあったという歌意の背後には、その結実として茉莉と不律が誕生したという言外の確認がこめられているだろう。

「Nisciorceの酒とは、イタリアの作家アントニオ・フォガッツァーロ（一八四二〜一九一一）の代表作『昔の小さな世界』（一八九五年）に書かれている赤ワイン」で、鷗外とエリーゼが「相思相愛の仲であったことは間違いない」（小平克）という説もあるが、「激しい恋」の題詠ともとれる。（22）のニーチェの云う「運命の愛」を「西欧の近代抒情詩の精神で」（石川淳『森鷗外』岩波文庫、昭53）詠い上げ、（46）の姦通につなげているのではないだろうか。

また、姦通は、「国つ罪」の一つである。

（27）今来ぬと呼べばくるりとこち向きぬ回転椅子に掛けたるままに

今帰ったきたよと呼ぶと回転椅子に掛けたまま、くるりと彼女はこちらを向いた。エリーゼ説（小平克）があるが、回転椅子に座っていて、すばやく向き直るという行動は、大人よりも子供の方がふさわしいので、鷗外の帰宅時の茉莉の行動であったと考えた方がいいのではないか。森茉莉『父の帽子』にも、父親の恋人たる自身の姿が描かれているし、『半日』でも、奥さんが密かに嫉妬を抱く娘「玉ちゃん」[*18]が、登場している。（25）の不律の夭折から、同じ百日咳にかかったけれども回復した茉莉を詠んだのだろう。鷗外の書斎の北側の六畳に置いてあったという（森茉莉「幼い日々」『芸林閒歩』）ピアノの回転椅子に腰かけて父を迎えている茉莉の姿が浮かぶ。

## （28）うまいより呼び醒まされし人のごと円き目をあき我を見つむる

心地よい眠りから呼び醒まされた人のように、円い目を開けて私を見つめる。円い目なのだから赤ん坊の目を連想していいだろう。「うまい」とは、百日咳から肺炎になり高熱が続く状態を「熟睡」と表現しているわけで、父である自分を見つめる円い目に宿る信頼を感じとっている。『金毘羅』には次のような描写がある。

赤ん坊は、細君が男の子を欲しい欲しいと云つてゐるうちに生れたので、やうやう六箇月になつてゐる。それでも、もう博士の顔を見覚えて、博士が小さい、まだ自由にならない手を攫まへて何か言ふと、円い目を半月形にして、唇の間から舌の尖を少し出して笑ふのである。

この赤ん坊は、不律がモデルであろう。前歌に茉莉が登場したので、夭逝した不律が詠まれ、次の歌にも登場する。

（29）何事ぞあたら「若さ」の黄金を無縁の民に投げて過ぎ行く

いったい何事なのか。もったいなくも黄金のように貴重な命の「若さ」を、縁もゆかりもない民衆に投げ捨ててあの世に行ってしまった。「若さ」の「　」は、単なる若さではなく、不律の命の芽吹きのようなものを仮託しているのではないだろうか。

また、（2）（4）の不律の誕生とその死を、イエス・キリストと重ね併せていることから民衆を救うために磔刑になったキリストを詠っているのでもある。

（30）君に問ふその唇の紅はわが眉間なる皺を熨《の》す火か

熱にふるえる唇の紅は、私が心配で眉間に寄せている皺を熨ばすための火なのかとお前に問う。高熱を心配しながら、その熱で紅色になっている唇に焦点を合わせて詠んだ歌であろう。『金毘羅』には、百日咳から肺炎になった百合の体温は三十八度二分、赤さんのは四十度とある。この歌もまたエリーゼの唇ととる説（小平克）があるが、熨すは火熨斗で伸ばすのことであり、高熱の不律あるいは茉莉の唇を火熨斗（炭火のアイロン）と連想して詠む親心の哀しさを感じさせる。

（31）いにしへゆもてはやす径《わたり》寸《すん》と云ふ珠二つまで君もたり目に

古代から称賛される直径三・三センチの珠を二つもおまえは持っている、その目にと詠んだ。「径寸」という珠は、美しい澄んだ目のことで、不律の大きな目のことであろう。それを連想させるのは次の死を宣告された不律をモデルとする赤ん坊の描写だ。

赤ん坊はいつもの通りに、ぐいぐいと音をさせて飲んで居る。腫も昨日から増さないで、顔は常のやうに可哀らしい。目をはつきり開いてゐる。博士はこれで死の極印を打たれてゐるといふのは、嘘ではないかと思はれてならぬのである。（『金毘羅』）

ちなみに、「百合さんの目は、平生美しく大きかつた」（同前）とあるので、百合のモデルとなった茉莉の目のこととも言えるが、不律の挽歌として鑑賞するべきだろう。

## （32）舟ばたに首《かうべ》を俯して掌《たなぞこ》の大さの海を見るがごとき目

おまえを抱き上げて円い目を見つめていると、舟ばたに座り首を俯せて掌の底の大きさの海を見ているようだ。（28）の歌と同じ不律の目を詠んだもので、不律が生後半年ほどなので言葉ではなく、ただひたすら目を見つめ意思疎通をはかるほかなく、掌を使って抱いた不律の目を拡大して掌の海と喩えた。掌は、ルビの「たなぞこ」とは普通読まないが、ここでは強いて読ませ、掌を底とする大きさの海とイメージさせている。それは、流し続ける心の涙の溜められる海でもある。初出は『國民新聞』（明42・4・16）。

「舟ばた」とは、布団の端あるいはすぐに移し替えられる寝棺の端のことで、そこに座り掌で抱いた不律をのぞき込み、その目に見入る鷗外の身体行動を詠んだ歌ということになる。掌の大きさの海という比喩が、次歌では鷗外の目に反転する。次の歌とともに父鷗外の絶唱であろう。

### (33) 彼人は我が目のうちに身を投げて死に給ひけむ来まさずなりぬ

彼人とは不律のことで、その最期に掌で抱き目を見つめていたことを、「掌の大さの海」である自分の目の中に身を投げ、死んでしまったので、現世には現れなくなったと詠んだ。不律の死去による深い喪失感をなんとか埋めようとして、自分の目のうちに入り込んで自分と一体化したと想像し、納得しようとしている。が、逆縁をどうしても受け入れられない父親の哀惜の思いが伝わってくる。

### (34) 君が胸の火元あやふし刻々に拍子木打ちて廻らせ給へ

君とは茉莉か不律のことで、高熱で息をすることも難しくなった状態を詠んだものであろうが、火事見回りの拍子木という公的なものの導入と「給へ」という敬語から、君を天皇とも詠み替えられる。つまり、天皇制を否定する「無政府共産」という赤旗が掲げられた「赤旗事件」(明41・6)から、胸元に火がつきそうで危険なので時間ごとに「無政府共産」という火の「赤」の見回りをし拍子木を打って天皇の近辺を御警戒なさいと警告しているのでもある。

（35）我《われ》といふ大海の波汝《なれ》といふ動かぬ岸を打てども打てども

私は大海の大波となって、不律を生き返らせようと何度も何度も打ち寄せるのだけれども、汝（不律）は死んでしまい何の反応もしない。何度も打ち寄せる波とは、激動する作者の悲しみの波でもある。生後半歳の赤ん坊を亡くした悲しみは深い。『金毘羅』には、

その時博士は兼てこの赤ん坊が死んだらどんなにか悲しからうと思つてゐた、自分の悲しみの意外に淡く意外に軽いのに自ら驚いた。期待してゐた悲痛は殆ど起らないと云つても好い。博士は只心の空虚の寂しみを常より幾らか切に感じたばかりである。

と、傍観者的な眼差しで「心の空虚の寂しみ」を強調しているが、その拭い難い悲しみを不律の一周忌を迎え、挽歌としてまとめ表現したといえよう。

（36）接吻の指より口へ僂《かゞな》へて三とせになりぬ吝《やぶさか》なりき

儀礼的な指にする接吻から背を曲げて屈んで口にセクシュアルにするようになって、三年が経ってしまい、未練が残ってあきらめ切れない。僂の「かがめる」の意と、ルビの「かがなへて」を「かがなべて」（『古事記』）の「日数を重ねて」の意を、掛けて解釈した。不律死去によって、夫婦仲ががたぴしして、まわりの者（賀古鶴所など）に離婚を示唆された妻志げに対しての愛着の気持ちを詠んだ

のであろう。次のような『母の日記』が残っている。

茂子芝に行この夜不帰　（明42・2・11）

きのふは君子、小金井、賀古、青山等の話ありとて来るも、林太郎其ことに応じぬ様、其儘にしてかへる　（同年・2・14）

茂子を病人と考へて　（同年・2・15）

以上を踏まえて、「賀古と青山は、妻に対して断乎たる処置をとるよう忠告したらしい」（苦木虎雄『鷗外年表』）という見方や「『其のこと』とは、志げの離縁話であろうか」（田中美代子『小説の悪魔―鷗外と茉莉―』試論社、平17・8）という推定がある。

この歌について、エリーゼ説（小平克）もあるが、死去した不律ゆえに悲しみが広がった森家の家長である鷗外にとって、詠うべき対象はエリーゼよりも現在の妻志げであったのではないか。三年とは一緒に暮らした時間の長さを表現しているというより、「三年子なきは去る」といい伝えられる夫婦の基盤となるべき時間を連想してであろう。

## （37）掻い撫でば火花散るべき黒髪の縄に我身は縛られてあり

前歌と同様に妻志げに対する恋慕の情を詠んだ。私は、引っ掻くように撫でただけで火花が散るような黒髪の縄に縛られている。志げの気性の激しさを、「火花散る」と表現し、そんな志げを強く愛している自分を、黒髪に縄縛されていると詠んだ。

## (38) 散歩者の控鈕の孔に挿す料に摘ませ給はん花か我身は

志げの自分に対する態度が愛情あるものと思えないので、自分は一時の慰めものに過ぎなかったのだろうかと危惧し、散歩する者が、空きボタンの穴に挿すために摘んだ花と同じなのだろうか、我身はと詠んだ。不律死去のあとの家庭の修羅場については、『半日』がよく語っているが、「母の日記」には次のように記されている。

昨夜、茂子、夜半に外出するとて大騒といふ　　　(明42・2・20)

そのような家庭状況を歌にしたものが、「先頃我百首の中で、少しリルケの心持で作つて見ようとした処が、ひどく人に馬鹿にせられましたよ」(「家常茶飯付録・現代思想対話」明42・10)という言及につながったのだろう。

この対話のなかで、リルケの戯曲の題名「家常茶飯」とは何か質問され、「日常生活」と鷗外が説明している。画家の制作現場からの報告という体裁で、芸術家の日常生活を描いた脚本で、この戯曲から解釈すれば、昨日、意気投合し同棲までも視野に入れる関係になったと喜んでいる画家が、散歩服を来て訪ねて来た令嬢に別れを告げられ、落胆した気持ちを詠んだということになる。鷗外の短歌制作の現場である日常生活の歌が続いている。

（39）顔の火はいよよ燃ゆなり花束の中に埋《うづ》みて冷やすとすれど

（37）の歌を受け、志げの怒りを火と喩え、いっそう燃え盛るので、花束に埋めて冷やそうとするのだけれども、怒りは燃え盛るばかりだ。翻訳・ズウデルマン「花束」（明41・9）では、鷗外と同様の年齢差のある恋愛の場合で、若い令嬢の花束に託した熱い恋心が描かれ、結婚を暗示しているが、同じ花束でも逆の場合として作用している。

「家常茶飯」から解釈するなら、芸術のインスピレーションを受けて「作業熱のある顔」になってしまった芸術家は、モデルの持って来た花束（「伊太利亜種の赤き翁草の花の大束」）に顔を埋めて冷やそうとするのだが、「作業熱」はますます燃えると詠っている。

（40）護謨をもて消したるままの文《ふみ》くるるむくつけ人と返ししてけり

当時は、鉛筆や護謨消しなどの文房具が、まだ珍しかった。茉莉が、遊びで鉛筆で書き護謨で消した跡のある手紙を父鷗外に渡した。その手紙を、私は無礼な人とあきれてそのまま返したのであったなあ。ここには、不律とともに百日咳にかかり死線をさまよった茉莉が、元気になって鉛筆と護謨消しで遊んでいることを詠っている。『金毘羅』には茉莉のモデルとなっている百合の病状が悪化し、死去も視野にいれねばならない状態になって母親が次のように言っている。

鉛筆でこなひだ中書きました以呂波や画なんぞを、跡になつてから見ましたら、どんなでございいませう。

エリーゼ事件に関連させて、この手紙を鷗外がエリーゼに鉛筆で、もう会うことができなくなった旨をつたえたもので、小金井良精が築地精養軒ホテルに持参したものであるという説（林尚孝『仮面の人・森鷗外――「エリーゼ来日」三日間の謎』同時代社、二〇〇五・四）もあるが、親子の戯れという日常を詠んでいると鑑賞してもいい。初出は『國民新聞』（明42・1・30）。

「余が立場」（明42・12）の原稿は、「鉛筆で無罫の洋紙十一枚に認めて渡した」（中村武羅夫「森林太郎君の談話」『明治大正の文学者』所収）とあるので、鷗外の机上には鉛筆と消しゴムがあったと推定できる。

（41）爪を嵌む。「何の曲をか弾《ひ》き給ふ。」「あらず汝《な》が目を引き掻かむとす。」

会話記号を持つ（18）と同じ形式の歌であるが、鷗外の独創ではなく当時流行していたらしい。その事情を平山城児は次のように述べている。

『明星』最後期から『スバル』初期へかけて、ざっと数えても四十首以上もこうしたスタイルの歌が掲載されていることを考えると、むしろ、このスタイルは食傷気味なほど流行していたわけで、鷗外の右二首はその模倣というほかはない。（前出）

しかし、形式が「模倣」だとしても、実際の会話をそのまま歌にしたような迫力がある。爪を嵌めたので「何の曲を弾くのですか」と優しく尋ねた自分に対して、志げが琴ではなく、貴方の目を引っ掻くのだと怒って挑戦しているととれる。志げの強い怒りには、不律を亡くした悔恨と罪の意識がないまぜになっているのだろう。志げが本当に琴を弾いていた、あるいは小平克氏がいうように赤松登志子が嫉妬のためにそのような事態をひきおこしたということもあったのかも知れない。

しかし、「美人弾琴」という画題が従来あって、第三回内国勧業博覧会（明23・4～7）にも、原田直次郎「騎龍観音」とともに出品されているので、美人に志げを当てはめ、想像したともとれる。初詠は、観潮楼歌会（明42・4・5）。

（42）み心はいまだおちゐず蜂去りてコスモスの茎ゆらめく如く

志げの心はまだ落ち着いてはいない。姑峰子との葛藤は深く、蜂が去った後もコスモスの茎がゆらゆらとゆらめくように。前歌で自分に対する志げの怒りを詠んだのに続いてこの歌では、峰子に対しての怒りを、字体の類似から蜂に喩えて詠みこんでいるのだろう。

また、西洋では蜂が修道士の比喩なので、「切支丹邪宗門禁止」（明4）によって修道士は去ったけれども、コスモスの茎がゆらめくように秩序が、今度は社会主義者によってゆらめき、天皇の御心は落ち着いてはいないと詠んだとも鑑賞できる。

（43）まゐらするおん古里の雛棚にこの Tanagra の人形《にんぎやう》一つ

あなた（志げ）の古里の家の雛壇にこのタナグラの人形を一つ差し上げる。タナグラとは、古代ギリシアの都市でここから素焼きの人形が一八七〇年代に大量に出土した。二十〜三十センチで明るく彩色された着衣の女性小像である。我百首のロマン的物語枠組みであるギリシア神話をほのめかしている。不律の死去から断絶に近い嫁と姑の関係と、妊娠中ということで実家に帰りがちな志げに対して、悲しみとやりきれなさを込めた一首ということになるだろう。三月三日の雛祭りの日に『スバル』に掲載された『半日』の代わりに、さしあげるということになるだろう。それも、女雛だけということで、鷗外の志げへの別れの気持ちを詠んだのだろうか。

また、ドイツでこの人形の模造を入手した鷗外が「エリーゼに贈ったことを思い出している様子である」（小平克）という説がある。

## （44）籠《こ》のうちに汝幸《なれさち》ありや鶯よ恋の牢《ひとや》に我は幸あり

私はあなたを恋するという精神的牢獄に居て、幸せを感じているけれども、あなたは家庭という籠の中にいて幸せを感じているだろうか、いや感じていないようだと志げに呼びかけた。『日記』によれば、「田中彌太郎妻の免訴を喜びて予に柬し、小鳥を贈る」（明42・2・4）と「半日の稿を太田に渡す。千葉の人田口善太郎といふもの小鳥を贈る」（同年・2・15）とある。心を癒すべく贈られた籠の鶯にまで、自分と志げとの関係を反映させるのだから、悩みがいかに深いかが伝わってくる。

## （45）わが魂《たま》は人に逢はんと抜け出でて壁の間をくねりて入りぬ

私の魂は、「人」に逢おうとして抜け出て壁の間をくねって入った。現在の鬱屈した日常生活から魂だけでも抜け出て、時空間を超越したいという願望が密やかに述べられている。「人」とはエリーゼ（小平克）かもしれない。

この歌は、「遊体離脱」を歌ったもので古語の「心身が何かにひかれて、もともと居るべき所を離れてさまよう」という意味の「あくがれ」を詠ったのであろうし、「剪燈新話[*19]」には、恋しさが募って魂が抜け出し、魂のみが恋人とともに暮らしたという話がある。

## （46）善悪の岸をうしろに神通の帆掛けて走る恋の海原

「善悪の岸」とは、ニーチェの「善悪の彼岸」から思いつかれたものか。「当時鷗外が読んでいたニーチェの影響を受けた歌であろう」（平山城児）という指摘が、既にある。『追儺』（明42・5）にも、ニーチェ『人間的な、あまりに人間的な』への言及がある。

「我百首」完成直前に発表した脚本『仮面』（同年・4）は、結核患者ではないという「仮面」をつけ生きて来た杉村博士が、結核と分かった学生に「善悪の彼岸に立つて、君に盡して遣るから」、自分と同じように「仮面」を尊敬して孤高に生きていこうと次のように励ます。

善とは家畜の群のやうな人間と去就を同じうする道に過ぎない。それを破らうとするのは悪だ。

善悪を問ふべきでない。家畜の群れの凡俗を離れて、意志を強くして、貴族的に、高尚に、寂しい、高い処に身を置きたいといふのだ。その高尚な人物は仮面を被つてゐる。
「家畜の群のやうな人間」を超越し、善悪を越えて生きて行くというのだから、善悪を云々しないで神が許してくれた恋を生きていくのだと、極私的な個人の感情にまで介入してくる国家に対して、「神」を出して挑戦的に姦通を想起させる「愛」を詠っている。

この歌は、「目も綾な象徴的短歌『我百首』のエロティシズム」（田中美代子・前出）と評される短歌の一つだ。漱石の『それから』（明42・6〜10）が、姦通罪の成立（明41・10）に深く係っているように、この歌もまた姦通罪を意識して、批判的に詠まれたのであろう。

「家常茶飯」に、「人間の真実の交際はみんな因習の外の関係」という「新思想」を持つ姉が登場し、彼女に日本に出現した新しい女である「葡萄茶式部（えびちゃしきぶ）」を想像しようと、鷗外は呼びかけている（「現代思想」・前出）。

## （47）好し我を心ゆくまで責め給へ打たるるための木魚の如く

私を心ゆくまでお責めなさい。まるで、打たれるための木魚のように私は何も言わず、座り続けていますので、どうぞ責め続けてください。乙女峠事件においてのキリシタン女性の強い覚悟を詠んだ。迫害と拷問が原因となって殉教した三十四名のうち女性は十二名であった（沖本常吉[*20]）。前歌の「葡萄茶式部」から、意志の強い女性として、改心せず殉教したキリシタン女性を詠んだのだろう。

## （48）厭かれんが早きか厭くが早きかと争ふ隙や恋といふもの

（46）の歌では、姦通罪を犯しても、神だけが認めてくれる、善悪を超える激しい恋に生きると詠ったのであるが、この歌では、一般的に恋というものをシニカルに詠んだ。どっちが先に厭きるかを競争しているようなものだ、恋というものとは。乙女峠事件を連想させる前歌から、恋へと歌題を転換しているのは（47）を目立たせないようにするためだろうか。キリシタン迫害を詠んだ歌は、後述するように「我百首」から省かれている。

## （49）頬《ほ》の尖の黶子《はゝくそ》一つひろごりて面に満ちぬ恋のさめ際

前歌と同様に、恋のさめ際を詠んでいる。恋する時はいとしいと思った頬の小さな黒子が、さめ際には顔全体に広がっていくように見えて興ざめである。美貌の志げの顔にも陶然とできなくなって、冷え行く自分の恋心を黒子に焦点を当てて詠んでいる。平山城児は、「我百首」と同じ号の『スバル』に掲載された次の「鸚鵡石」の短文を挙げて、「『我百首』を詠んだ頃の鷗外の、ある心理状態を期せずして語っている」と述べている。

世には三年連れ添うた女房が死んで、一年も立たない内に、顔の黶《ほくろ》が右の目の下にあつたか、左の目の下にあつたか忘れてしまふやうな人もあるのだから、そんな人の三年の生活よりは、電車で女の手を見た男の二三分間の生活の方が intensive であると云つても好からう。（「鸚鵡石」）

## （50）うまいするやがて逃げ出づ美しき女《をみな》なれども歯ぎしりすれば

心地よく寝ているが目覚めれば、おっつけ私の下から逃げ出してしまう美しい女である。私はただ歯ぎしりするのみだ。一カ月後に発表される『魔睡』（明42・6）を暗示させる歌といえよう。魔睡術（催眠術）を、博士の細君に掛けた磯貝の視線からの作ともいえる。『魔睡』の細君が妊娠七ケ月なのは、志げとほぼ同じで磯貝のモデルが誰か、メディアで云々された。「日記」（明42・4・30）に「魔睡を草し畢る」とあるので、「我百首」制作時と重なるだろう。

初句と二句で切れ、ぐっすり寝ていたが同床していた美女が歯ぎしりするので、「そのうちに逃げ出す」気分になる（岡井隆『鷗外・茂吉・杢太郎――「テエベス百門」の夕映え』書肆山田、平20・10）と解釈するなら、（48）（49）と同じ恋のさめ際を詠んだことになる。

## （51）Messalina に似たる女《をみな》に憐を乞はせなばさぞ快からむ

Messalina とは紀元後一世紀のローマの皇帝クラウディウス一世の三番目の妃で淫乱と残忍をきわめ、恐怖政治の一翼をになった悪女として知られる。そんな女に似ている女性に、憐れみを乞わせることができれば、さぞ気持ちがすっとするであろう。初出は「メッサリナにまさる女に」で、『國民新聞』（明42・4・11）に掲載された。メッサリナには、志げの面影が反映しているか。母・峰子説（小平克）があるが、子供の存在を飲み込んでしまうようなグレートマザー的なものを鷗外が見いだし、対峙しようとしたとは考えられないので、『半日』で暴露された奥さんの悪女的側面が念頭に置かれ詠まれたのだろう。と共に次歌の拷問につながるので、恐怖政治の主謀者というニュアンスも強いのではないだろうか。

**（52）利《と》き爪に汝《な》が膚こそ破れぬれ鎖《くさり》取る我が力弛みて**

（41）と関連する一首だが、私に傷をつけようとして反対にその鋭い爪であなたは自分自身の皮膚を切り裂いてしまったと嘆き、恋の鎖を取ろうとする私の力が弛んだのでと詠んだ。夫である自分のコントロールの外に出ようとして自分自身を傷つけずにはおられない志げを、見つめての作だろうか。また、「手と足と背によせ、胸と頸に綱をかけ、背に縛りよせ、家の梁に、なんばをかけ、それに捲きあげ、棒と鞭をもって打叩」く「ドウイ」（沖本常吉・前出）というキリシタンへの拷問を連想させもする。前歌のメッサリナの生きたローマとは、ユダヤ教と分離してキリスト教が誕生し、キリスト教徒が激しい迫害をうけた地である。

**（53）氷なすわが目の光泣き泣きていねし女《をみな》の項を穿つ**

かつての愛人に対して、もう何の未練も感じない男の冷たさを浮き彫りにした一首で、女とは志げだろうか。女は心変わりをしてしまった男に対して泣くほかはなく、泣き続けて寝てしまった。その泣き崩れた女の項が穿たれるほど、男は氷のような冷たい視線を当てるのだ。後に書かれる『普請中』の渡辺参事官を連想させる。しかし、「氷なす」には、憎悪が感じられ、キリシタン女性への拷問を津和野の役人側から詠んだともとれる。

（54）貌花のしをれんときに人を引くくさはひにとて学び給ふや

貌花が咲き終わってしおれようとする時に、つまり、美貌が衰えてきたので替わりに人の注意を引く種として学ばれますか、いやあなたは、その美貌が、若いころと比べて衰えているのに、学ぼうとはしないと、前歌から志げを念頭において詠んだ。貌花とは、ヒルガオ、ムクゲ、アサガオ、美しい花など諸説あるが、志げの比喩であろう。

（55）美しき限集ひし宴会の女獅子《めじし》なりける君か、かくても

美貌の夫人や令嬢たちばかり集まった宴会においても、あなたは一番美しく、猛々しい女獅子だったことだと詠んだ。（54）をうけて、衰えかけている美貌にもかかわらず、また修羅場たる家庭にいるにもかかわらず、美しいと再確認している。園遊会の記録は「日記」に次のようにいろいろある。

「妻と茉莉と亀井伯の苑遊会に往く」（明41・4・23）、「午後妻と茉莉とを伴ひて後楽園に往く。井上角五郎の苑遊会なり」（同年・11・23）とある際での記憶に基づく歌であろう。初出は、「国民新聞」（明42・4・17）。

## （56）心の目しひたるを選れ汝《なれ》まことと金剛不壊の恋を求めば

心の目が盲目である人を選びなさい。本当のダイヤモンドのように堅固でどんなものにも壊されない恋を求めるあなたならば。この歌の背後には、しっかりと心の目を開けていて、志げとの恋が壊れかけているのを見つめる鷗外の嘆きが隠れているだろう。

## （57）汝《な》が笑顔いよいよ匂ひ我胸の悔の腫ものいよいようづく

あなたの笑顔はますます美しく、それに引き換え私の胸に秘められた後悔の腫れ物は、いよいようずくのだ。一般的な恋の諸相の一つという体裁を備えているが、鷗外の生活に引き付けて、美貌である志げの笑顔がますます美しいのと引き換えて、私の胸の後悔の腫れ物はいよいようずくのだと詠っている。後悔とは、不律の死去の悲しみと、秘匿してきた結核という自分の病と考えていいだろう。

## (58) 此恋を猶続けんは大詰の後なる幕を書かんが如し

エリーゼ事件と結び付ける（小平克）こともできるが、不律の死去の後、結婚生活を続けていくのは、「大詰」を迎えた後の幕を書いているようなものだととれる。家族の心的エネルギーが、不律の死去で喪失され、なんともいいようのない空虚感の広がった森家を戯曲の最終の幕である「大詰」以後と捉え、客観化している。

鷗外は、『一幕物』（明42・2・26〜3・7）を口訳しているので、それからの連想もあるだろう。次のような評が出ている。

鷗外氏が口訳した一幕物の近代劇八編を収めたのが本書である。現作家はシユニッツレルの『猛者』と『短剣を持ちたる女』バアルの『奥底』ショルツの『我君』ヱデキントの『出発前半時間』ズウデルマンの『花束』ハウプトマンの『僧房夢』、ホフマンスタアルの『癡人と死と』に及び何れも未だわが脚本にも舞台にも見られぬ異様の作ばかりで、智識と情熱との争、芸術と生活との戦等のうちから出た気の毒な男盛んな女の有様が躍如として居る。

（無署名「新刊批評」『帝国文学』明42・8）

鷗外と志げの場合も、「芸術と生活との戦等のうちから出た気の毒な男盛んな女」にあてはまるだろう。

## (59) 彼人を娶らんよりは寧我日和《われ》も雨もなき国にあらむ

この歌も(58)と同様に、エリーゼ事件と関係して彼人を赤松登志子と想定する(小平克)こともできるが、志げと考えてもいい。彼女と結婚するよりは、寧ろ私はかんかんと日が照ることもなく、うっとうしい雨が降ることもない国で生活していきたい。「国」とは、ドイツとも考えられるが、ユートピアでもあるだろう。志げと結婚して不律夭折によって険悪になった夫婦仲と嫁姑問題を派生させる家父長制度の強い孝の国、日本を離れて、次の歌を参考にして、日和も雨もない歴史もないネバーランドに行きたいという絶望感を潜ませた歌と考えてもいいのではないだろうか。

此瓶を残しゝ国はエルトリヤ歴史なき民の住みけるところ　(『国民新聞』明42・4・9)

エルトリヤは、エルドラド(黄金郷)でスペイン人たちがこの地を求めて新大陸を探検したが、ついに捜しあてることができなかった。この瓶を残した国は、歴史のある日本と違うエルトリアで、歴史のない民が住むところである。「この瓶」は次の歌から発想されたのでないだろうか。

希臘の瓶を抜け出でて文机の螺鈿の上を舞ふ女かな　(『国民新聞』明42・1・24)

希臘はギリシア神話を連想させ、歴史のない神話の世界から抜け出て装飾用の螺鈿の文机の上を小人の天女が舞っているということになる。エリーゼ説(森まゆみ・小平克など)があるが、当時の鷗外にとっての修羅場は、過去の甘美な追憶に浸ることを許さず、エルドラドやギリシア神話という現実から遊離できるものへの憧れが、強かっただろう。この二首は、(81)の歌に繋がる。

## (60) 慰めの詞も人の骨を刺す日とは知らずや黙《もだ》あり給へ

弟篤次郎と次男不律死去の後、友人や知人から鷗外の深い悲しみを思いやって慰めの詞が、さまざまに掛けられた。しかし、その慰めの詞が骨を刺すほどにつらい日なのだということが分からないのだろうか。そんなつらい日々を私は送っているのだから、ただ黙っていていただきたいと詠っている。この歌は、悲しみや悩みの中に突入している人間に対しての慰めの詞が、逆にきりきりと心を刺すという事情を明らかにしている。

## (61) 富む人の病のゆゑに白かねの匙をぬすみて行くに似る恋

お金持ちの子供は銀のスプーンをくわえて生まれてくるといわれている。子供には、当然不律が重ねられているだろう。私が、富裕な人の病気といわれている結核であるために、子供の銀のスプーンを盗まれて生き急いで破滅に向かって行く。そのような生き方に、恋というものは似ている。結核という病には、恵まれた人が罹患するという風説があった。江戸の川柳に次のようなものがある。労咳は大振袖の病なり／琴の音もやんで格子で悪い咳(青木正和『結核の歴史』講談社、二〇〇三・二)。

鷗外は結核患者であったから、死への意識が強かっただろうし、隠さねばならないという意識もあったださう。となると、恋というものは、祝福されるものではなく、成就するものでもないということを言外に語っている。

（62）闘はぬ女夫《めを》こそなけれ舌もてし拳をもてし霊《れい》をもてする

夫婦喧嘩をしない夫婦などないのだ。言葉で喧嘩をし、とっくみあいをし、最後には魂の深いところにある霊でもって喧嘩をするのだ。最後には霊でもって喧嘩するというところには、修復できない人間関係であるという諦めが滲んでいるだろう。『半日』の題材を彷彿とさせる歌で、不律死去の後の夫婦のどうしようもない亀裂を背景にしていると考えられる。さりながら、夫婦関係を修復するために性交は再開され、現実に志げは、妊娠中で杏奴（明42・5・27）が生まれる。

（63）処女《しよぢよ》はげにきよらなるものまだ售《う》れぬ荒物店の箒《はゝき》のごとく

まだ売れないで荒物店にかかっている箒がさばさばとして清らかなように、処女は本当に清らかなものである。真新しい箒の触感のさわやかさが処女を連想させたということになるだろうが、前歌に関連させていえば、長い肉体関係を持ち続けてきた夫婦における妻への絶望が、かすかに潜んでいる。この歌は、恋愛の思想とともに、日本に輸入された処女崇拝をさわやかに詠っている。

「售」は、「う」とルビがあるが、「売って手渡す」という意味であるから、「売る」と共に「手渡す」ことを強調したかったのではないだろうか。処女を処女のままに婚約者に手渡す任務を帯びていたトリスタンと「毛抜」の家来を連想させ、特に（95）と関連して逆立った髪を箒と喩えているだろう。ハレー彗星が接近していたので、彗星の異称である箒星（ほうきぼし）から「箒」が歌題になったのではないだろうか。「箒」は常盤会歌会（明42・2・21）の出詠歌題で、観潮楼歌会（明42・3・6）でも詠んでいる。

## （64）触れざりし人の皮もて飲まざりし酒を盛るべき嚢を縫はむ

私が触れたいと熱望したのに触れられなかった人の皮でもって、その人が飲まなかった葡萄酒を盛る袋を縫おうという不気味な歌である。「触れざりし人の皮」とは「処女の肌のことであり、登志子のこと」（小平克）という説もあるが、自分の挑発を拒否したので、ヨハネの首を継父ヘロデ王に所望したサロメ（「脚本『サロメ』の略筋」鷗外漁史談　明40・8）の残酷な心が想像でき、冒頭の須佐之男命神話の皮剝で始まる「罪申す」のうちの死体損傷に当たるだろう。

ヨハネが、私の挑発を退けたので、その皮を剝ぎ、彼が飲まなかったワインを溜める袋を縫おうと詠んだ。「わたしはお前を愛してやつた」「世の中にお前の唇ほど赤いものはなかつた」（脚本「サロメ」明42・9）というサロメの激しい恋心が、かなわなかったので、裏返しの憎悪と残虐さを、前歌の処女のさわやかさの対として詠んだ。

ヨハネがワインを飲まなかったことを、鷗外は次のように訳している。

砂漠で蝗と野の蜜とで腹を肥してゐたといふ事だ。出て来た時には駱駝の毛の着物を着て、腰に
鞣革の帯を締めてゐた。
それは次の聖書の章からのワイルドの脚本であったことが分かる。
このヨハネは、らくだの毛ごろもを着物にし、腰に皮の帯をしめ、いなごと野蜜とを食物として
いた。　（マタイによる福音書　第三章四節）
このヨハネは、らくだの毛ごろもを身にまとい、腰に皮の帯をしめ、いなごと野蜜とを食物とし
ていた。　（マルコによる福音書　第一章六節）
パプテスマのヨハネがきて、パンを食べることも、ぶどう酒を飲むこともしないと、あなたがた
は、あれは悪霊につかれているのだ、と言い　（ルカによる福音書　第七章三十三節）
（引用はすべて『新約聖書』日本聖書協会　一九五四年改訳）

## (65) 黒檀の臂の紅蓮の掌に銀盤擎げ酒を侑むる

黒檀で作られた椅子の肘の部分に置かれた掌は、怒りで赤くなっている。その怒りをしずめるよう
にと、召し使いが銀盤に酒杯を載せて捧げていると、東洋のサロメ的な女性を前歌の対として詠んだ。
その女性とは、「黒檀」とあるので場所はインドで、阿育王の二番目の正妃チシアラクシタアのこと
ではないだろうか。阿育王には、クナアラという太子がいた。太子の目が美しいので、「『クナアラ』
鳥の目に似たるより名づくと云ふ（中略）阿育王の正妃チシアラクシタア、太子の目美しきを見て恋

慕し、挑めども聴かれざりしかば、太子を嫉みぬ」（鷗外『阿育王事蹟』後記　拾参）とある。重複するが、原文は次の通りである。

拘那羅は先妃鉢摩婆底の子にして、八万四千塔の成就せし日に生まれ、その目の美しきこと拘那羅鳥に似たりと云ふを以て、名づけられ、又天帝の像に似たりとて天眼とも呼ばれき。（中略）徵沙落起多妃（チシアラクシタラ）太子の美を恋ひ、情を以てこれを挑む。太子応ぜず、妃仍りて深く太子を嫉めり。（『阿育王事蹟』十三）

阿育王の命令で反乱軍を鎮圧にいったクナアラを、健康不安から政権を委譲しようとして、王が呼び戻そうとしたが、チシアラクシタアが遮った。西欧のサロメの対として東洋のチシアラクシタアを連想したと言えよう。

(66)「時」の外《と》の御座《みくら》にいます大君の謦咳《しはぶき》に耳傾けてをり

日清戦争の従軍の際、妹の小金井喜美子からの書簡に、大君を天皇とした歌があるので、大君は明治天皇で、大君は普遍的なものとして「時間」の外に座っていらっしゃるというのだから、国家神道の中心として神格化された天皇を詠い、その咳払いや笑いや言葉にひたすら耳を傾けているという歌意だろう。前歌の阿育王の連想から天皇に移った。

## （67）詳文すわが心臓を盛るべき料に焔に堪へむ白金の壺

私の心臓を入れるべき器の原料を、高熱にも耐えられるプラチナで加工した壺にしたいので、注文する。前歌の天皇から日清・日露の戦争が連想され、その際、脚気問題における自己の罪から、罰せられるべき自身の肉体のロボット化を詠った。

陸軍軍医総監（明40・11）となったものの、弟篤次郎の死去（明41・1）次男不律の死去（明42・2）という胸のつぶれるような悲しみと脚気問題・結核問題などで罪を犯したので、煉獄の炎に堪えられるように白金の、心臓をいれる壺が欲しいと詠んだ。次歌の連想といえよう。

火に入りしことありとだに思はれぬ鋼や君が忍べる心　　（『明星』明41・1）

火に入ったことがあるとさえ思われた。君のいろいろの悩み・悲しみ・罪の意識に忍んでいる心は鋼で出来ているのだろうかという歌意だろう。鋼から白金になり、君という呼びかけから、私という主語になっているので、鷗外の悩みは更に深まっているのだろう。

## （68）拙《つた》なしや課役《えだち》する人寝酒飲むおなじくはわれ朝から飲まむ

役所でこき使われている人（腰弁当）が、眠れなくて寝酒を飲むのと同じに、もっとこき使われている私は、朝から飲みたいのだが、それは愚かであることか、いやそんなことはない。私は、前歌で詠ったように罪の意識に苛まれているのだから。山県有朋に『古稀庵記』を作るように委嘱され（明42・2・21）、それに応えるために勤務の終わった後も推敲を重ねているのでと愚痴をこぼしていることになる。以前からこの歌のような意識が強かったのか、常盤会の立ち上げ（明39・6）の後から、「腰弁当」という号で以下の詩を発表している。「日下部」「三枚一銭」「かるわざ」（明39・7）「朝の街」（同年・9）「雫」（同年・5）「都鳥」（同年・6）「後影」（同年・10）「火事」（同年・12）「かりやのなごり」「三越」（明40・1）「空洞」（同年・4）「人形」（同年・8）。初詠、観潮楼歌会（明42・4・5）。

## （69）怯れたる男子なりけり Absinthe したたか飲みて拳銃を取る

「Absinthe」は、北原白秋が『邪宗門』で「青み泡立つ火の叫び」と詠う「ニガヨモギの液汁を加えた緑色のリキュール」（小平克）である。「怯れたる」は「おそれたる」と訓じることができ、罪を犯したことにおびえ常に怯《ひる》んでいるので、いっそのことアブサンを飲んで酔っ払って拳銃を取って自殺したい。前後の歌と同様に主語は、鷗外で、家庭の修羅場と日本の修羅場のただ中で自暴自棄になっている自分の心の奥からの叫びといえよう。進行中の社会主義者弾圧の政策において山県有朋系官僚として犯さざるをえない罪も視野に入っているのではないか。

## (70) ことわりをのみぞ説きける金乞へば貸さで恋ふると云へば靡かで

『半日』において、博士は、奥さんに嫁は姑に仕えなければならないと道理を説いた。また、奥さんが着物や舶来の高価な化粧品を購入するための金が欲しいといっても与えなかった。「白く長い指が博士の手首に絡んで来る」が、「嫁に来て一二年の頃とは違って、妙な媾和にもなり兼ねる」という状態で、奥さんが挑発しても、博士は靡かない。この歌は『半日』に書かれた家庭状況を、奥さんの視点から詠んだといえる。前歌の絶望感を、家庭の修羅場の表現された『半日』の奥さんの視点から、夫は道理のみを説き、金を欲しいというと貸さないで恋しいと言えば靡かないでと詠んだ。

## (71) 世の中の金の限を皆遣りてやぶさか人の驚く顔見む

「やぶさか」人とは、吝嗇なけちな人ということで、世の中にあるすべての金を全部やって、けちな人の驚く顔が見たいと詠んだ。前歌が、志げをモデルとする奥さんの視点からの歌であったので、この歌は母君を詠んだ。『半日』によれば、高山博士は母君の節約ぶりを評価し、そのお蔭で大礼服も購入できたとひたすら感謝しているが、鷗外は母峰子の吝嗇さに辟易している気分もあったのだろう。また、観潮楼歌会（明42・1・9）の題の一つが「吝」で、その題詠である。『啄木日記』によれば十一月からの兼題。

## （72）大多数まが事にのみ起立する会議の場《には》に唯列《なら》び居《を》り

前の二首の家庭の修羅場に対して、この歌では日本の修羅場に転換した。『平日』の母君と奥さんの「序」を受けて、孝明天皇祭のために参内しなくてはならない博士ひいては作者の公の「序」を詠んだ。大多数が、まが事に賛成するために起立する会議の場に、私はなす術もなく並んでいるという歌意で、まが事とは、禍事であり凶事である。「我百首」の「まが事」を詠う歌は、冒頭の「斑駒の骸をはたと抛ちぬOlymposなる神のまとゐに」と（89）の「魔女われを老人にして髯長き侏儒のまとゐの真中に落とす」などで、どちらも津和野派国学の打ち立てた祭政一致の国家神道を背景としている。天皇制国家を守るために、社会主義者弾圧という凶事に大多数と同じ賛成を表すために、私は起立して一列に連なっていると詠み、自己の無力感を客観視している。無力感は次歌にも通底する。

## （73）をりをりは四大仮合《けがふ》の六尺を真直に竪てて譴責を受く

「四大仮合」とは、仏教で「凡そ一切の有情は、地・水・火・風の四大の成す所なり」というように、生存するものは四大元素が集合して成ったもので、死ねばそれが離散してしまうという自然観である（小平克）。前歌からのつながりで、起立する身体を仏教の四大仮合で説明し、直立して「譴責」という処分を受けることを詠っている。津和野藩の国学者の「まとゐ」に生み落された人間として、仏教を詠むことは、神道上「事忌み」にあたるので、仏教的身体が国家神道において、ときどきは

「譴責」を受けるのである。

**（74）勲章は時々《じじ》の恐怖に代へたると日々《ひび》の消化に代へたるとあり**

前歌の「譴責」の対として「勲章」が詠まれる。「勲章」は、日露戦争においてのその時々の「恐怖」の代替であり、戦後は、毎日を生きていくため日々の糧として「消化」されていくものでもある。鷗外の「自紀材料」によれば、「功三級金鵄勲章並年金七百円及勲二等旭日重光章を授けらる」（明39・4・1）とある。日露戦争から帰還して勲章と年金を受けたことを振り返って詠んだものであろう。「日々の消化」は、「毎日の仕事や職業」「生の飢を慰謝しようとしてやる芸術や学問」という解釈[*21]もある。

**（75）とこしへに餓ゑてあるなり千人の乞児に米を施しつつも**

前歌に「消化」を詠んだので、それを千人の兵士に拡げた。「日本兵食論大意」（明18・10）を著し、陸軍の兵食を白米と決定した私は、千人の兵士に白米を施したが、なお貧しい人々は永遠に飢えている。日露戦争後に東北地方は、冷害のため米の収穫が激減し未曾有の飢饉となった。『吾輩は猫である』（明38〜39）にも、東北地方への義援金の話が出て来る。作者の脳裏には、飢饉から、社会主義者が浮上し「とこしへに」という言葉に結晶したのであろう。人民への糧食ということから、国家においての自分の役割が次に詠まれる。

（76）軽忽《きやうこつ》のわざをき人よ己《し》がために我が書かざりし役を勤むる

「天鈿女命《あまのうずめみこと》（略）天《あま》の石窟戸《いわやと》の前に立たして、巧みに作俳優す《わざをき》」（『日本書紀』神代上）から、「わざをき」という言葉が紡ぎだされていて、その滑稽を「軽忽《きやうこつ》」と表現している。冒頭歌の須佐之男命の事件で恐怖を感じて、天《あま》の石屋戸《いわやと》に隠れた天照大神が、天鈿女命の踊りによって出て来たおかげで、自分が描かなかった役割を勤めているが、それは「かるはずみなわざをき人」であるあなたのせいなのだと、嘆いている。

天照大神を中心とした津和野派国学が打ち立てられ、それを芯にした祭政一致の天皇制国家における自分の役割を、諦観とともに受け入れようとしている。『日本書紀』の巻一「石窟、天照大神天石窟に入りまして、磐戸《いはと》を閉《さ》し給ふ」という箇所を「日本芸術史資料」（『鷗外全集』第三十七巻）に、鷗外自身が書き抜いており、意に染まぬ役割を勤めざるを得ない苦渋を感じさせる。

（77）「愚」の壇に犠牲《いけにへ》ささげ過分なる報を得つと喜びてあり

「愚」の壇とは、「侏儒のまとゐ」（89）であり、「唯列び居」る「会議の場」（72）であり、冒頭の「Olympos の神のまとゐ」に喩えた十二代の亀井家であり、津和野派国学者の集いであろう。前歌を受けて私が書かなかった役割を懸命に山県有朋系官僚として勤めるという「犠牲」を捧げて、過分の報酬を得ていると家族みな喜んでいると詠った。

## （78）火の消えし灰の窪みにすべり落ちて一寸法師目を瞬りをり

前歌が家族にいきついたので、冬の家族の団欒の象徴である火鉢に視線が移った。火の消えてしまった灰の窪みに滑り落ちた一寸法師が、ニヒルで不快な感情をかかえる私を、じっと目を見張って見つめていると詠んだ。火鉢を囲んでいる子供の気配を運んでくる御伽噺に歌材を採った。御伽噺の体裁をとりつつ、こびとであった福羽美静（明40死去）が、自分を亡くなってからも見張っているという底意もあろう。

鷗外と福羽との関係を寓意するような次の歌を啄木が詠んでいる。

森の奥遠きひびきす木のうろに臼ひく侏儒の国にかも来し（『明星』明41・11）

この啄木の歌が、（89）の「侏儒のまとゐ」という言葉を引き出したのではないだろうか。もっとも、当時『明星』で「こびと」という歌材が流行していた（平山城児・前出）という説もある。

しかし、明治から大正にかけて現れた科学的な日本人起源論流行のなかのコロボックル先住説（坪井正五郎[*22]）の影響を受けていると想定すると、一寸ほどのコロボックルが火の消えた灰の窪みに滑り落ちて、ただ目を見張っていると詠んだこととなる。

コロボックルとは、アイヌの伝説に現れる矮小民族。アイヌ語で「ふきの葉の下の人」の意で、雨が降ると一本のふきの葉の下に何人かが集まることができるほど小さかったという。ちなみに、小金井良精は「アイヌ説」を唱えた。いずれの先住説も、国家神道をつきくずす要因となるだろう。

（79）写真とる。一つ目小僧こはしちふ。鳩など出だす。いよよこはしちふ。

この歌は、「彼女（茉莉）の入学写真を撮られたときの報告」（小平克）であろう。前歌の一寸法師の眼差しから、「一目小僧」とカメラを喩え、それを怖がっている子供をおもしろがらせようと写真屋が鳩の玩具などを出すと、それも怖がっていると愛情をこめて詠んでいる。

（80）まじの符を、あなや、そこには貼《お》さざりき櫺子《れんじ》を覗く女《をみな》の化性

一寸法師や一つ目小僧等に続き「女の化性」が詠まれる。霊験新たかな護符を、ああ櫺子には貼らなかったので、そこから、化け物の女が覗いている。「剪燈新話」（前出）に材を採った円朝の怪談「牡丹燈籠」の一場面だろうが、家長たる鷗外が手を焼いている嫁姑問題で露呈して来た女性への認識が、背後にある。それは、次のような分析と通い合う。

鷗外は自分の家に、国家の侵入を拒む結界を張るかのようにして、愛情を降り注ぐ。その緻密で

粘着質な愛情の細目は、まるで家族の体中に愛情の呪文を書き付ける。『耳なし芳一』のようだ。

（長山靖生『鷗外のオカルト、漱石の科学』新潮社、平11・9）

結界の破れ目から、母と妻のどうにも手に負えない化け物の如き女性という性が覗いている。次の一首は怪奇の対ということになる。

**（81）書《ふみ》の上に寸ばかりなる女《をみな》来てわが読みて行く字の上にゐる**

前歌の化け物のような女性の対として、此の歌では女性のかわいらしさを詠んでいる。一寸ばかりの可愛い女の小人が、私の読み進める本の字の上にいる。（78）の一寸法師の対の女で、読書に誘う文学の精であり「我百首」を詠ませ続ける詩の精でもある。（59）の歌の評釈の際に引用した「希臘の瓶を抜け出でて文机の螺鈿の上を舞ふ女かな」の続きの歌で、「我百首」が、ギリシア神話から始まっていることを意識させる。

**（82）夢なるを知りたるゆゑに其夢の醒めむを恐れ胸さわぎする**

津和野派国学が打ち立てた祭政一致の天皇制は、ドイツで学んだ科学とは対極の「夢」であることを、私は知っているので「夢に生まれて夢に死ぬ」（91）日本の民が、いつか醒めるだろうと恐れて、胸騒ぎがする。（16）の不吉な感じを具体的に詠んだ。ギリシア神話から日本神話を連想し、その神話が夢であるのに国家神道として現実化させているが、いつか日本人が「夢」から醒めるだろうと危惧している。

**(83) かかる日をなどうなだれて行き給ふ桜は土《つち》に咲きてはあらず**

桜が咲き乱れているこのような日に、どうしてうなだれていらっしゃるのですか。桜は地面に咲いているのではありませんと詠んだ。(82) から (16) を思い出して、天照大神でもある太陽の輝いている「空中」に咲く桜を見ることができないと、鬱屈した自分自身を客観的に見つめている。この歌は、津和野派国学に囚われたくないという身体的表現であろう。

**(84) 仰ぎ見て思ふところあり蹇《あしなへ》の春に向ひて開ける窓を**

春に向かって開けてある窓を、足が不自由でベッドに寝たまま仰ぎ見ていろいろ思うところがあるという歌意で、「蹇」という不具の身体なので、窓を開け空を仰いだと詠んだ。津和野藩出身という足かせゆえに自由に歩くことができないので、せめて世界に広がる窓を開け、いろいろと思うところがある。おりしも、鷗外は海外の同時代文化や文学の紹介雑誌「椋鳥通信」の連載を、『スバル』(明42・3) 誌上で始めた。この歌は、神道の「罪申す」のうちの「国つ罪」の不具に当たるだろう。

（85）何一つよくは見ざりき生《せい》を踏むわが足あまり健《すくやか》なれば

人生を歩む私の足があまりに丈夫なので、何一つよくは足元を見なかった。前歌の「蹇」からその対として「健」を詠み、生い立ちからの足かせである津和野派国学につながり、「老人にして髯長き人のまとゐの真中に落」（89）され、「まが事にのみ起立する会議の場《には》に唯列《なら》」（72）ばねばならなくなることも、分からなかったと嘆いている。

（86）世の中を駆けめぐり尋ね逢ひぬれど咳止まねば物の言はれぬ

世界を駆けめぐって尋ねてやっと逢えたけれども、咳が止まらないので物が言えない。世界の文化状況を発信しようと駆けめぐって、様々な情報に出会ったけれど、風邪を引き咳が止まらないので発信できないと詠んだ。「日記」の「感冒す」（明42・4・8）「感冒の為め、急ぎ家に帰りて臥す」（同年・4・10）「頭痛甚だしく終日臥しをり」（同年・4・11）から、風邪を引いていたことがわかり、この時期に作られた歌（小平克）であろう。

（87）十字鍬買ひて帰りぬいづくにか埋《う》もれてあらむ宝を掘ると

この頃は、前述したように科学的日本人起源説がブームになっていて、坪井正五郎はコロボックル説で小金井良精はアイヌ説であった。それを次のように鷗外は言っている。

坪井正五郎君なぞは、十字鍬や円匙を使つて、正確な意義に於いて掘り出してをられる。僕の弟にも一人土器を掘り出して歩くのがある。（「大発見」明42・6）

自分は、十字鍬を買って帰ってキリシタンがどこかに埋めたと言われている伝説の宝を掘ると詠んだ。「十字鍬」の表記が十字架を連想させ、「我百首」に津和野藩の乙女峠事件のキリシタン迫害が埋められていることを暗示しているのではないだろうか。

**（88）狂ほしき考浮ぶ夜の町にふと燃え出づる火事のごとくに**

前歌の十字架から乙女峠事件のキリシタンへの厳刑（磔刑・斬首・さらし首）が想起され、社会主義者弾圧という狂おしい考えが、暗い夜の町に真っ赤な炎の揺らめく火事のようにふと浮かぶ。赤旗事件の赤とキリシタンの厳刑による鮮血が、火事の赤と通底している。この赤が次歌のキリシタンと社会主義者を弾圧する側である「侏儒のまとゐ」を詠ませることとなる。

また、火事は「国つ罪」の一つである。

**（89）魔女われを老人《おいびと》にして髯長き侏儒のまとゐの真中《まなか》に落す**

魔女が私を老人にして、老人で髯の長い見識のない人達の集まりの真ん中に落した。国家神道という体制の礎となった津和野派国学者の集いを、老人で髯の長い小人たちの「まとゐ」と表現した。冒頭の「Olympos なる神のまとゐ」[*23]と重なる「まとゐ」の真ん中に落された宿命を、魔女の仕業と表現した。

ドイツ留学で体得した「美と自由」を希求する自分にとっては、意に染まず耐え難い磁場の真ん中で、生きていかざるを得ないことを魔女のせいにして納得しようとしている歌であろう。

「老人にして」は、自分を老人にしてとも「老人にして髯長き侏儒」ともとれ、掛詞として解釈した。「まとゐ」とは、藩主亀井茲監・大国隆正・福羽美静[*24]・加部厳夫[*25]などの津和野派国学者であり、天皇の侍講・元田永孚（儒者）・由利公正（前出）たちで、彼らが祭政一致の天皇制という国体を作り上げた。その「まとゐ」から抜けられないことを、諦めとともに詠んでいる。髭はくちひげで、鬚はあごひげで、髯はほおひげで、福羽美静以外は、亀井茲監、父・森静男[*26]、元田永孚[*27]、丸山作楽[*28]、由利公正など、すべて髯が長い。侏儒（小人）という表現は、福羽美静の小躯から出て来たのだろう。

悪魔に毛を一本渡すと、霊魂まで持つて往かずには置かない。（『追儺』明42・5）

という一文は、『追儺』では、悪魔は小説の比喩ということになるが、津和野派国学の比喩でもある。福羽美静・加部厳夫に医学校時代に和歌を習ったという一筋の道から、津和野派国学に取り込まれ、さらに自己保身のためといえ常盤会の幹事となり山県有朋に近付き、社会主義者弾圧という修羅場に至ったことを、「霊魂」までも持っていかれると喩えたともいえる。この歌から、魔女によって津和野派国学者の集まりの中心に生み落されたのだから、罪を減じて欲しいという切なる願望が詠みとれるかもしれない。

## （90）我足の跡かとぞ思ふ世々を歴て踏み窪めたる石のきざはし

前歌のように「髯長き侏儒のまとゐの真中」に落された私は、その伝統を引き継ぎ、万世一系という天皇制の基盤となった津和野派国学[*29]の中で自分に振り当てられた役割をよく果たしてきたものだと、感慨にふけっている。津和野派国学の柱となる日本神話の神々を祀った神社への石段が窪んでいるのは、神道が時代を経て、人々に踏みしめられたからで、その窪んだ石段は、自分の足跡かと思うと自己の感慨を重ねている。

## （91）円蘲の凝りたる波と見ゆる野に夢に生れて夢に死ぬる民

「円蘲の凝りたる波と見ゆる野」の「円蘲」とは、丸く盛り上がった丘が凝り固まったことで、山を言い、それが「波」と見えるとは山脈を指し、平地の広々とひろがるドイツではなく山がちな国である日本をさしている。そこに住む民が「夢に生れて夢に死ぬ」のは、万世一系である天皇制の日本神話を言い、日本神話の天照大神からの血統を継ぎ現人神となった天皇のために死ぬということを詠っており、迫真的である。（82）と（89）からの三首を説明していると思われるのは、以下の『妄想』の部分である（小平克説でもある）。

自分はこの自然科学を育てる雰囲気のある、便利な国を跡に見て、夢の故郷へ旅立った。（中略）自然科学の分科の上では、自分は結論丈を持つて帰るのではない。将来発展すべき萌芽をも持つてゐる積りである。併し帰つて行く故郷には、その萌芽を育てる雰囲気が無い。少くも「まだ」無い。その萌芽も徒らに枯れてしまひはすまいかと気遣はれる。そして自分は fatalistsch な、鈍い、陰気な感じに襲はれた。（明44・4）

「fatalistsch」（宿命論的『独和大辞典』小学館）は、（89）では「魔女」の仕業と表現され、「夢の故郷」の住民たる日本人が、「夢に生れて夢に死ぬる民」なのだ。

鷗外は、観潮楼主人とともに「ゆめみるひと」という号を用いているが、それは皮肉な諦めで、「夢見る」とは「fatalistsch な、鈍い、陰気な感じに襲われる」ことだったのではないだろうか。

## （92）舟は遠く遠く走れどマトロスは只爐一つをめぐりてありき

舟は、はるか遠くを走っているけれども、船員はただ舟のエンジンである爐一つをめぐっているだけである。舟とは、日本でもあり、遠く西洋を目指して走るけれど、船員は一つの爐を頼りにするほかない。爐とは、舟の中心であり推進力であり船員の核となるべきもので、国家神道ひいては天皇の皇祖神である天照大神であろう。船出した明治国家の脆弱さを船ではなく舟と表現し、船員の一人である自分のあり方を肯定するほかないという諦観が読み取れるのではないだろうか。次にはその船員の家庭である森家が詠まれる。初詠は、観潮楼歌会（明42・4・5）で、「走れど」が「走れと」（「スバル」）であって、「ど」の方が屈折感や徒労感が露わである。

（93）をさな子の片手して弾《ひ》くピアノをも聞きていささか楽む我は

幼子が、戯れに片手で弾いているピアノを聞いて、私は少し楽しい気分になっている。（40）と同じく回復した娘のピアノの響きに嬉しさがこみあげている。「をさな子」は、六歳になった茉莉で、片手での旋律のピアノを聞いているだけでも、百日咳から回復し、元気になった子供を見守る喜びが込み上げてくる鷗外である。その喜びを控えめに「いささか楽む」と詠っている。ほぼ、一年前の書簡では「茉莉がやつと起きて物をたべるやうになりました」（明41・3）とパリの上田敏に言文一致体[*30]で知らせ、父親としての深い愛情を真率に表現している。

（94）Wagner はめでたき作者ささやきの人に聞えぬ曲を作りぬ

前歌のピアノの旋律から、ワーグナーのオペラ「トリスタンとイゾルデ」の瀕死のトリスタンが、イゾルデに人には聞こえない愛の「ささやき」を歌う場面を想起した。その作曲者ワーグナーは、すばらしいと絶賛している。この「我百首」も、そのささやきのように人には分からない連作詩なのだという意識があったのかもしれない。

## (95) 弾じつつ頭《かうべ》を掉れば立てる髪箒《はゝき》の如く天井を掃く

この歌は歌舞伎の「毛抜」の一場面で、前歌がワーグナーのオペラに材を採ったトリスタンとイゾルデなので、その対として設定が似ている「毛抜」を歌材にしたのであろう。

「毛抜」では、姫君の髪が逆立ち、屋敷中大騒ぎの中、姫君の婚約者である主人の家来が、結婚式の催促に来てその騒ぎに出くわし、姫君の部屋の天井裏で磁石を持っていた忍者を捕らえて一件落着となる。琴を弾じている姫君の鉄製のかんざしを磁石が引っ張り、長い髪が逆立ち箒のように天井を掃いていたのだ。雑誌「歌舞伎」は、弟篤次郎が編集していた雑誌で、鷗外も歌舞伎に造詣が深かっただろう。

## (96) 一曲の胸に響きて門を出で猛火のうちを大股に行く

一曲とは(94)のオペラ曲であり(95)の歌舞伎の謡曲でもある。その一曲が胸に響いてとは、西洋と東洋とも激変する時代状況のなかを、席巻しようとしている無政府共産の燃え盛る炎の中を、私は見定める方向へ大股で歩いて行く。近づいてくるロシア革命(一九一七)を予知しているような歌で、「猛火」は隠れキリシタンの磔刑により流した血の赤と通底する。

鷗外は、日本のこれから進むべき政治体制として「国体ニ順応シタル集産主義」(賀古鶴所宛書簡、大8・12・24)と書き送っている。

「我百首」が結末に近づき、冒頭歌と響き合うように詠まれて行く。須佐之男命が、皮剝ぎされた血だらけの斑駒を「Olympos の神のまとゐ」に投げ込んだように、鷗外は、ドイツ留学で獲得した西洋的知性を、津和野派国学者の集まりに投げかけようとした。皮剝ぎされた斑駒の血の赤は、隠れキリシタンの流した血の赤につながり、津和野藩が引き起こした、乙女峠事件につながる。「赤旗事件」以後の社会主義者たちへの苛酷な処分は、流された血の赤を連想させ、猛火の赤につながる。それが、磔刑になる隠れキリシタンの心情を詠んだ次の歌になった。それは、鷗外の思いであったかもしれない。

## (97) 死なむことはいと易かれど我はただ冥府《よみ》の門守る犬を怖るる

志操堅固な隠れキリシタンである私にとって、死ぬことはたいへん容易いことであるが、ただ、ギリシア神話に登場する冥府の入り口の番犬・ケルベロスが怖いだけだ。ケルベロスとは、三つの犬の頭を持ち、蛇を尾に生やし、胴体にも無数の蛇の頭が生えていたとも、五十または百の頭をもっていたともいわれる。

この隠れキリシタンの処刑に赴く心情は、じつは作者の心情でもあって罪を犯した私は当然死すべきであって、死ぬことは容易いけれども、死者の国を守るケルベロスが怖いだけだということになる。ケルベロスが八岐大蛇を連想させるので、この歌も須佐之男命神話に繫がる部分を秘めている。

また、鷗外の漢文脈思考における対ということから、冒頭のオリンポス山（高天が原）の対比として、棹尾において冥府（黄泉国）が歌材となったと言えよう。黄泉国の統治者は、オリンポスの十二神の宴（まとゐ）の主宰者ゼウスの弟ハーディスで、天照大神の弟須佐之男命の対となる。

**（98）防波堤を踏みて踵を旋さず早や足蹠《あのうら》は石に触れねど**

キリスト教を伝導しようとやって来た神父たちは、日本の港に着き防波堤を踏んで上陸し、踵《きびす》を返さず、早くも足の裏は、堤の石に触れないで砂か水の中に入ると詠んだ。「あらゆることの『決行』にあてはまる状況」（岡井隆・前出）と考えれば、何かを決行しようとして、もう足を踏み出したことになる。何かとは、明治政府の弾圧で、対象が隠れキリシタンから社会主義者に替わった。

前歌の隠れキリシタンの処刑に赴く心情から、発端となったキリスト教の宣教師の来日が詠われ、津和野藩の乙女峠事件が想起されているのではないだろうか。

**（99）省みて恥ぢずや汝《いまし》詩を作る胸をふたげる穢除くと**

この「我百首」という短歌の連作詩を作るのは、自分の胸にしこっているどうしようもない「穢れ」を取り除くためで、そういう制作行為を省みて恥じないのか、いや恥じるはずだと二人称で「汝」と自分に呼びかけている。

この歌とともに観潮楼歌会（明42・3・6）で発表されたが、「我百首」から除外された、弾圧する側の視点から詠まれた連作歌がある。

忌はしきなむぢをみなと怒り見る頭《カウベ》にあなや円光現ず

畝を踰え棘ふみしだき闇の中を真直《ますぐ》に奔る鞭を背に受け

忌わしい隠れキリシタン、汝、女よと怒り見ると、その頭にああ聖なるものの徴ともいえる輝く円い光が現れている。隠れキリシタンは、畑の畝を越えて棘を踏みしだいて闇の中を引き出され、さらに強く真っ直ぐに容赦なくその背中に鞭が打ち下ろされるのだと詠んでいる。

どちらもキリシタン弾圧の情景を想像してのもので、幼年時、藩校に通った際に見聞きした乙女峠事件を下敷きにしているだろう。この二首がキリシタン弾圧という歌意を明確にするのではないかと恐れて、鷗外は除外したのではないだろうか。

(99)に戻れば、「胸」の「穢れ」とは、前歌をうけて、山県有朋の意をうけてキリシタン弾圧に似た社会主義者への苛酷な弾圧を、暗黙裏に了解をした自分の罪の意識ではなかっただろうか。それが、次の最後の歌で明確になる。

## (100) 我詩皆けしき臓物《ぞうもつ》ならざるはなしと人云ふ或は然らむ

「怪《け》しき」とは、「異様な」で、理解しがたいということであり、連作詩「我百首」は、全部私が罪を犯して溜めてしまった悪の権化のような血にまみれたはらわたであると、人は言うだろう。あるいはそうかもしれないと自問し肯定している。

「贓物」とは、窃盗など財産に対する罪に当る行為（贓物罪）によって得た財物で、被害者が法律上の回復追求権をもつものという法律用語（一九九五年刑法改正前の呼称）で「ぞうぶつ」であるが、ルビが「ざうもつ」なので臓物の意味も掛けているとして評釈した。

では、その「贓物」が異様で、なぜ読者が理解できないかといえば、「我百首」に通底している血の赤が巧妙に隠してあるからで、ギリシア神話に須佐之男命神話を投げ込んだ作者の意図が、山県有朋系官僚という公の立場もあって秘されているからである。

冒頭歌で詠み込まれた「天つ罪」（国家的犯罪）を犯した須佐之男命に、鷗外を喩えているということは、自身も「天つ罪」を犯した、あるいは犯す可能性があることを言外に語っているだろう。

須佐之男命が投げ込んだ「逆剝ぎに剝いだ」「天の斑駒」の血塗られた骸とは、社会主義者の「赤」を暗示しており、日本神話で始まった瑞穂の国に西洋思想の真髄ともいえるキリスト教あるいは社会主義イデオロギーが、投げ込まれたことを比喩しているだろう。

では、鷗外がなぜ「天つ罪」に巻き込まれるかと言えば、国体概念の基盤となった津和野藩国学の「まとゐ」の真ん中に産み落されたからで、ゆえに津和野藩の乙女峠事件をひきずり、それと類似した社会主義者弾圧に踏み切らねばならないというと身を切るような覚悟をせざるを得ない窮地に追い詰められていたからであろう。

従来、鷗外は、乙女峠事件については緘黙してきたとされるが、ニーチェの言う神の死に重ねて天皇の死が予想される危機的状況の中、津和野藩出身という呪縛にあがきながら鷗外は、自己の犯した「天つ罪」と「国つ罪」を詠わねばならなかった。ゆえに、明星派のロマン主義の枠組みによって、隠れキリシタンの流した血の赤とこれから流されようとしている社会主義者の血の赤を重ねたのだ。二つの血の赤が、作者に溜まった血塗られた「贓物《ぞうもつ》」の抽象的な赤のイメージであり、具体的な罪とは、前述した脚気問題・結核秘匿問題・不律夭逝などであろう。血塗られた自分のはらわたを引きずり出してこざるを得ない鷗外の「天つ罪」と「国つ罪」を犯したという自己認識はあまりにも暗い。「我百首」は、「二つの顔をもったヤヌスのような作家」（松本清張『両像・森鷗外』文芸春秋・平6）が、唯一交錯し混沌とした心情を吐露した連作詩である。

注

＊1 「駒」は、『日本書紀』の表記で、『古事記』では「馬」。「斑駒」とは種々の毛色の入り混じっている馬。その馬の尾の方から逆に皮を剝ぎ、その血だらけの骸を神聖な機織小屋の棟に穴をあけて、放り投げたので、服織女《はたおりめ》が見て驚き機《はた》の緯《よこ》糸を通すのに用いる舟形の器具で陰部を突き貫き、死んでしまった（倉野憲司校注『古事記』参照）（日本古典文学大系1 岩波書店、昭33〈一九五八〉・6）。機を織っていた乙女が、凄惨な死に方をしたので天照大神は、天の石屋戸にお隠《こも》りになった。石屋戸に隠ることは貴人の死を意味している。
初夏に行わる神衣祭（天皇が伊勢神宮に神衣を献られる大切な神事）に基づく神話で、鷗外は、「我百首」の『スバル』発表の時期と合わせている。

＊2 津和野派国学の中心である天照大神に、罪を申し祓いをうける形式をとろうとして、「我百首」の筋書きが次のような罪のおおよその列挙をなぞろうとしているのではないだろうか。
ところで、何が罪穢に当るのだろうか。周知のように、巻頭の起源神話では、倭姫が「事忌」（忌み言葉）と「祓の法」を定めたとある。「事忌」の方では、殴打・涙・血・肉食・仏教・死・病などに関わる言葉を口にすることがタブーとされる。「祓の法」の方では、田作りの侵害・皮剝・大便などスサ

ノオ神話に基づく「天つ罪」と怪我・死体損傷・姦通・不具・溺死・火事などの「国つ罪」が規定されている。こういうものが申告する罪穢に当たるのだろう（津田博幸「罪申す・考――古代伊勢神宮の巫者・祭儀・言語生活」〈斎藤英喜編『日本神話その構造と生成1』所収　有精堂、平7〈一九九五〉・4〉）。

その例を次に挙げる。皮剝（1）大便（4）仏教（5・7・73）病（17・61・86）死（69・97）殴打（47）怪我（41・52）血（3）死体損傷（64）姦通（46）不具（84）溺死（33）火事（34・88・96）

＊3　「わだつみのいろこの宮」は、東京府勧業博覧会（明40）において三等。一等は、中村不折「建国剏業」で、ともに上古の神話を念頭に描かれた力作。また、鷗外の友人の原田直次郎に「西欧の神話画の構成」とされる「素戔雄尊（素戔雄尊八岐大蛇退治）」（明28　京都市勧業博覧会三等　画稿のみ現存）がある（山梨俊夫『描かれた歴史――日本近代と「歴史画」の磁場――』ブリュッケ、平17〈二〇〇五〉・7）。

＊4　亀井茲明（一八六一～一八九六）のドイツ留学中、鷗外は家庭教師の紹介などの世話をする。茲明は写真技術を習得し『明治二十七八年戦役写真帖』を皇室に献上。

＊5　亀井茲監（第十一代・一八二四～一八八五）参与職神祇事務局判事・神祇官副知事・津和野藩知事・華族会館幹事などを歴任（『日本人名大辞典2』平凡社、昭54〈一九七九〉・7）。「卿は殆ど一身に先帝即位の典儀を引き受けし人」（鷗外「盛儀私記」大4）。拙論「『普請中』論―語り手という視点から―」注12参照。

＊6　家近良樹『浦上キリシタン流配事件―キリスト教解禁への道―』（吉川弘文館、平10〈一九九八〉・2）と沖本常吉『乙女峠とキリシタン』（津和野町教育委員会、昭46〈一九七一〉・7）による。拙論「森鷗外『我百首』論―津和野派国学と乙女峠事件をめぐって―」に詳しく論じた。

＊7　ビタミン発見の黎明期で、趨勢は脚気細菌説（鷗外）から脚気栄養説へ大転換した。脚気細菌説をとった陸軍の兵食は白米で、「鷗外帰朝後の日清、日露両戦役において陸兵の脚気患者が激増、日露戦争では、戦死者四万七千に対し、脚気の死者は二万七千余の多きに達した」（伊狩章『鷗外・漱石と近代の文苑―（付）整・譲・八一等の回想』翰林書房、平13〈二〇〇一〉・7）

*8 拙論「『普請中』論」注16参照

*9 「その大切な不律が、父の小説、『金毘羅』にあるように、百日咳にかかり、一医師の提案により、モルヒネの注射によって安楽死させられているのである（小堀杏奴「あとがきにかえて」『晩年の父』所収岩波書店、昭11〈一九三六〉・3）による。

*10 「十九歳で肋膜炎を患ってから以降ずっと結核性の疾患をもち続けていた。（略）「内部」に「キタナラシイモノ」を持ち、かつそれを外部に向けて撒き散らしていることを認識している自覚開放性結核患者」で「結核であることを隠し続けるために『仮面』を被り、決して脱がなかった」（福田眞人『結核の文化史』名古屋大学出版会、平7〈一九九五〉・2）による。『我百首』制作以前にも「明治四十年七月十八日、肋膜炎再発の徴あり」（「自紀材料」）とある。

*11 津和野藩のお抱え絵師・三浦紫（一七七二〜一八五五）は、「孔雀で傑作を沢山のこしている」（岩谷建三『津和野の誇る人びと』津和野歴史シリーズ刊行会、昭44〈一九六九〉・8）。孔雀の絵が藩邸などに飾ってあり、鷗外もその孔雀の絵について聞いたことがあっただろう。

*12 小平克『森鷗外「我百首」と「舞姫事件」』（同時代社、平18〈二〇〇六〉・6）による。また歌番号を踏襲させていただいた。

*13 三木竹二・『歌舞伎』を主宰（明33・4〜明40・12）。

*14 拙論『我百首』論・注の図5参照。礼装の写真が、由利公正逝去（明42・4・28）の次の日、都新聞に掲載された（『新聞集成明治編年史』14 財政経済学会、昭9〈一九三四〉・12）。

*15 初出は、第三十回常盤会歌会（明42・2・21 歌題は鴫）後に常盤会詠草に収録。

*16 『森鷗外と明治国家』（三一書房、平4〈一九九二〉・12）による。

*17 大国隆正（一七九二〜一八七一）幕末維新期の国学者であり津和野藩士。尊王敬神と誠を核とする教えを説き、それを「本教」「本学」（彼自身は津和野本学と称した）と名づけ、また「大攘夷」を唱え開国を勧め、天照大神を重視し平田派国学と決別した。門人に福羽美静・玉松操がいる（『明治維新人名辞典』日本歴史

学会編　吉川弘文館、平3〈一九九一〉・9）参照。「旧藩皇国学の祖とも云ふべき人にして、維新の政を神武の古に復せむとせし高遠なる理想は、此人の主唱に係る。先帝の大礼に寿詞を奏せし福羽美静は、此人の門人なり」（「盛儀私記」前出）と鷗外が紹介している。

＊18　小森陽一「核家族小説としての『半日』―性と消費の言説空間―」（『森鷗外研究』5　和泉書院、平5〈一九九三〉・1）による。

＊19　中国、明の文語怪異小説集。一三八一年頃成立。代表作「牡丹燈記」は三遊亭円朝の名作「怪談牡丹燈籠」となった。

＊20　注6と同じ。

＊21　清田文武「第四章　宮柊二の津和野及び鷗外詠」『鷗外文芸とその影響』所収　翰林書房、平19〈二〇〇七〉・11

＊22　坪井正五郎（一八六三〜一九一三）人類学者。江戸生れ。東大教授。日本の人類学の始祖。日本石器時代住民について、コロボックル説を主唱した。

＊23　「Olympos なる神のまとゐ」とは「天照大御神を中心にした人々の集まり」という指摘（小平克・前出）がある。

＊24　福羽美静（一八三一〜一九〇七）幕末明治の津和野藩の国学者、天皇の侍講、官吏（神祇事務局権判事・参事院議官・歌道御用係など）、子爵。国学のほかに和歌にも長じ、また書をよくした（『明治維新人名事典』参照）。また、福羽は幼児期、腰を打撲し身長が伸びず、新政府の会議の席上では、いつも椅子に立ち上って堂々とまくしたてたという（岩谷建三・前出）。

鷗外「俳句と云ふもの」（明45・1）に、鷗外の祖父の歌を福羽美静が半切に書き、歌を書き添えた掛軸の紹介がある。医学校時代の鷗外の歌の師で、鷗外は生涯にわたって女婿・福羽逸人子爵と交際した。

＊25　加部厳夫（一八五〇〜一九二二）福羽美静の弟子で国学に通じ和歌に長じ、又絵画をよくした。医学校時代の鷗外の歌の師で、音楽取調委員として「君が代」の選定に当たった。

＊26　森静雄（一八三五〜一八九五）森家の婿養子で、峰子の夫。津和野藩の典医で藩主の上京に従って、林太郎を伴い出郷。「萎縮腎と肺気腫で没した」（森於菟『父親としての森鷗外』筑摩書房、昭44〈一九六九〉）
＊27　元田永孚については、「我百首」論参照。
＊28　丸山作楽については、「我百首」論の注11参照。
＊29　武田秀章「近代天皇祭祀形成過程の一考察―明治初年における津和野派の活動を中心に―」（井上順孝・坂本是丸編『日本型政教関係の誕生』第一書房、昭62〈一九八七〉・2）による。
＊30　口語体への寄与として、宗像和重『投書家時代の森鷗外』（岩波書店、平16〈二〇〇四〉・7）が、ヨーロッパ留学中の上田敏宛書簡（明41・3・17）に、「すべてのはじまりがある」と考察している。

# あとがき

還暦を迎えた私は、次のような、むのたけじ氏の言葉に胸を突かれた。「六十歳からが人生の本番。人間は六十年間苦労して、やっと物事がわかるようになる。」

「本番」の出発に際して、『寂しい近代―漱石・鷗外・四迷・露伴―』を上梓することができ、非常に嬉しい。内容は処女論文から現在まで、二十六年間ほどで書き溜めた近代文学論集である。

なぜ、漱石の『満韓ところ〴〵』論のタイトルである「寂しい近代」を、表題に選んだかといえば、この作品の結末が現代に通じているからである。中国の撫順炭鉱の坑内を、漱石が「奥へ奥へと下りて行つた」暗い世界が、私たちが生きている現代につながっているのだ。石炭から石油にエネルギー転換したにもかかわらず、未曽有の経済恐慌で資本主義システムが揺らいでいる現代を生きる私たちを、坑内に下りて行った漱石が逆照射している。

鷗外にしても漱石にしても、四年間のドイツ留学・二年間の英国留学から帰国後、洋書を開き続けつつ、自分の頭で考え続けた人であった。本書の末尾の「我百首」は、自分を須佐之男命に喩え、日本神話とギリシア神話を架橋しようとした鷗外の激情から出発する。

百首という歌の思考のなかで、日本と西洋を等分に見比べつつ〈国体〉を護持するほかないと決心した鷗外が、深い罪の意識を抱き暗い顔をして、一人寂しくたたずんでいるさまが浮かび上がるのだ。大逆事件の後、山県有朋系官僚として明治天皇恩賜の済生会病院設立に奔走したとしても、「我百首」

に流れる血の赤は、『普請中』のアザレアの花の「赤」に『妄想』の「赤」に滴り続けている。

鷗外研究への接近は、一昨年九十三歳で亡くなった母による。母が花好きで躑躅(ツツジ)・皐月(サツキ)を多く栽培しており、子供の頃から躑躅の一種として「アザレア」という名前に慣れ親しんでいたことが、『普請中』論を書く契機になった。五月になると、すべての種類に先駆けて、鮮やかな赤の大きい花びらを開き、亡き母は、「アザレアが今年も一番に咲いた」と、満足げであった。『普請中』を読み進めていた時に、渡辺参事官とドイツ女性とが会食するテーブルの上に、なぜ枝が繁茂し大振りになるアザレアと石楠花が生けてあるのだろうか、アザレアの赤は血の赤に通底するのではないかと、不審に感じたのである。

この疑問は、『普請中』を鷗外が書き上げた次の日に開かれた、常磐会歌会の兼題・躑躅に行き着いた。鷗外の空想の食卓のアザレアは、亡き母の声音とともに私の心中に咲き続ける。『普請中』の花影の下の修羅は、「我百首」に流れていた血の赤に通底する。

鷗外が「我百首」(一九〇九・五)を発表してから、百年目の二〇〇九年五月に書き下ろしの評釈を刊行できて、嬉しい限りである。また、同じ「スバル」には、マリネッティの「未来派宣言」(一九〇九・二、仏新聞フィガロ)が、鷗外翻訳の「椋鳥通信」として次のように掲載された。

未來主義の宣言十一箇條

一、吾等の歌はんと欲する所は危險を愛する情、威力と冒險とを常とする俗に外ならず。
二、吾等の詩の主なる要素は膽力、無畏、反抗なり。
三、從來詩の尊重する所は思惟に富める不動、感奮及睡眠なりき。吾等は之に反して攻撃、熱ある不眠、奔馳、死を賭する跳躍、掌を以てすると拳を以てするとの毆打を、詩として取り扱はんとす。
四、吾等は世界に一の美なるものの加はりたることを主張す。而してその美なるものの速の美なることを主張す。廣き噴出管の蛇の如く毒氣を吐き行く競争自働車、銃口を出でし彈丸の如くはためきつつ飛び行く自働車は Samothrake の勝利女神より美なり。
五、大世界の空間を奔れる地球の上を、箭の如くに奔ることを理想として、手に車上の柁機を取れる男子は、吾等の崇拜する所なり。
六、詩人たるものは其の熱心、光彩、喜捨を以てして、世界根本の元素（四大）に對する感激を大にすることに全力を傾注すべし。
七、美は唯鬪に在り。苟も著作品にして攻撃的（Aggressivo）性質を帯びざる限は安んぞ傑作たることを得む。詩とは不知諸力に對する暴力的攻撃にして、不知諸力はこれによりて人類の用に供せらるるに至るものなり。
八、吾等は歴世紀の岬の突角に立てり。何故に吾等は不可能の深祕門を開かんとするに當りて、背後を顧みんとするか。時間と空間とは死したり。而して吾等は既に絶待に住せり。吾等が同時にあらゆる處に在るべき無窮の速を成就せしは基證なり。

以下略

元気な威勢のいい、歴史や権威に対する若者の反抗宣言を、鷗外が同時掲載したということは、国家神道や家長制度や津和野派国学の呪縛から、「我百首」を詠むことによって自分を、ひいては日本、日本人を解放しようとしたのであろうか。百年後のわたしたちは、この鷗外の未来に架けた熱い思いをしっかりと受け止めるべきだろう。

今年も母の遺愛の躑躅・皐月は、見事に咲いたが雨続きで朽ちてしまった。その雨も以前は、しとしとと細やかで花の色を一層冴えさせたものだが、近頃の雨は大量に激しく打ち付け、花びらはあっと言う間に朽ちるのだ。さりながら、アザレアが咲いたことを亡き母に報告し、本書が刊行されたことを喜びたい。拙論を一本にまとめるように常に励まして下さり、推薦文を書いて下さった相馬庸郎先生と、出版を快諾していただいた今井肇氏に深く感謝したい。五月の窓から、母の遺した皐月を見つつ。

二〇〇九年五月

# 初出一覧

## 二葉亭四迷をめぐって

二葉亭四迷と俳諧――その前近代と近代――（「日本文学」VOL33・日本文学協会　一九八四・八）
『浮雲』における青年の意識の成立（「近代文学研究」第3号・日本文学協会近代部会　一九八六・九）
『平凡』――その文体の成立と位置――（「国文論叢」第14号・神戸大学文学部国語国文学会　一九八七・三）
二葉亭四迷の文学論と俳句の間（「国文論叢」第17号・神戸大学文学部国語国文学会　一九九〇・三）

## 夏目漱石をめぐって

漱石とオカルト――初期翻訳「催眠術」（Ernest Hart, M. D.）をめぐって――（「国文論叢」第38号・神戸大学文学部国語国文学会　二〇〇七・三）
反・学校小説『坊っちゃん』（「国文論叢」第29号・神戸大学文学部国語国文学会　二〇〇〇・三）
実験的小説としての『門』論――（「兵庫国漢」第48号・兵庫県高等学校教育研究会国語部会　二〇〇二・三）
寂しい近代――『満韓ところぐ〵』論――（「国文論叢」第32号・神戸大学文学部国語国文学会　二〇〇二・八）

## 幸田露伴をめぐって

『一国の首都』試論（「日本文学」VOL34・日本文学協会　一九八五・五）

春を巡る漱石と露伴（「葦の葉」第243号・日本文学協会近代部会　二〇〇四・五）

## 森鷗外をめぐって

現実からの逆襲――『舞姫』論――（「兵庫国漢」第51号・兵庫県高等学校教育研究会国語部会　二〇〇五・三）

『普請中』論――語り手という視点から――（「近代文学研究」第25号・日本文学協会近代部会　二〇〇八・四）

森鷗外「我百首」論――津和野派国学と乙女峠事件をめぐって――（「文化／批評」[cultures/critiques] 創刊号・国際日本学研究会・大阪大学大学院文学研究科日本学　川村研究室　二〇〇九・三）

「我百首」評釈（書き下ろし）

引用は、『二葉亭四迷全集』筑摩書房、一九八四・十一～一九九三・九
『漱石全集』岩波書店、二〇〇二・四～二〇〇四・九
『露伴全集』岩波書店、一九五二・十～一九五八・七
『鷗外全集』岩波書店、一九七一・十一～一九七五・六

旧漢字は適宜常用漢字に、ルビは必要なもの以外適宜省略した。

［付記］本書への収録に際し、誤記・誤植の訂正を行い、若干の変更を施したが、内容にわたる加筆・修正は最少限にとどめた。

【著者略歴】
西村好子（にしむら　よしこ）
1947年生まれ
1975年３月　神戸大学大学院文学研究科修士課程修了
（日本近代文学専攻）
2007年３月　大阪大学大学院文学研究科博士課程単位
修得退学（文化形態論・日本文化学専攻）
現在　神戸大学・梅花女子大学非常勤講師
著書　詩集『罅《ひび》われた眼《め》』1976・10　風信社
『散歩する漱石—詩と小説の間』1998・9
翰林書房

# 寂しい近代

## —漱石・鷗外・四迷・露伴—

| | |
|---|---|
| 発行日 | **2009年 6 月 20 日** 初版第一刷 |
| 著　者 | **西村好子** |
| 発行人 | **今井 肇** |
| 発行所 | **翰林書房** |
| | 〒101-0051 東京都千代田区神田神保町 1-14 |
| | 電 話 (03)3294-0588 |
| | FAX (03)3294-0278 |
| | http://www.kanrin.co.jp/ |
| | Eメール● Kanrin@nifty.com |
| 印刷・製本 | シ ナ ノ |

落丁・乱丁本はお取替えいたします

ISBN978-87737-279-8